협궤열차

협궤열차

초판 1쇄 2012년 10월 2일
지은이 윤후명
펴낸이 김영재
펴낸곳 책만드는집

주소 서울 마포구 합정동 428-49번지 4층 (121-887)
전화 3142-1585·6
팩스 336-8908
전자우편 chaekjip@naver.com
출판등록 1994년 1월 13일 제10-927호

ISBN 978-89-7944-411-7 (03810)

이 도서의 국립중앙도서관 출판사도서목록(CIP)은 e-CIP
홈페이지(http://www.nl.go.kr/cip.php)에서 이용하실 수 있습니다.
(CIP제어번호 : CIP2012004167)

협궤열차

윤후명
장편소설

책만드는집

|차례|

1
사랑의 먼 빛

먼저 류柳라는 여자를 소개한다. 이 소설은 전체를 통해서 그녀와의 이야기일지도 모르기 때문이다. 그녀와 잤다는 이야기 따위는 얼마 뒤로 미룬다. 그러므로 갑갑하더라도 그 얼마 동안은 다른 이야기를 할 수밖에 없겠다.

류, 그녀가 외박을 나왔었다는 소식을 들은 것은 그녀가 처음 집을 다녀간 뒤로부터 훨씬 뒤의 일이었다. 군대 내무반이든 학교 기숙사든 그런 곳에서 단체 생활을 해본 적이 없는 나는 외박이라는 말에 엉뚱한 상상부터 앞섰던 것이었으나, 곧 그런 것과는 거리가 먼 그녀의 외박의 실체를 받아들였다. 외박이라는 낱말은 내 머릿속에는 왜 그렇게, 그래서는 안 될 남녀가 잠자리를 같이한다는 내용으로만 박혀 있는 것일까. 왜 그렇게, 은밀하고 질탕한 성희의 장면으로만 연상되는 것일까. 누구는 머릿속에 뭐밖에 든 게 없다고 하는 표현들을 들으면 나는 조금은 찔끔하지 않을 수 없다. 가끔 나는 내 머릿속에 든 것의 '팔 할'은 섹스, 그것이 아닐까 하는 생각에 이르러 환희와 절망을 동시에 맛보는데, 그것을 지적하지나 않을까 해서인 것이다.

어쨌든 좋다. 나는 빠져나갈 구멍을 마련하기 위해 섹스'밖'에가 아니라 '팔 할'이라는 시적 표현을 썼다.

류가 경미한 환청 증세로 입원했다가 나와서 다시 들어갔다는 말을 듣는 순간 아름답다는 것은 슬픈 것이다라는 생각이 불현듯 되살아났다. 되살아났다고 하는 것은 나는 전에도 종종 그렇게 생각했었고, 또 나뿐만이 아니라 많은 사람이 그렇게 생각했었음을 알기 때문이다. 하지만 그 말이 되살아났다고 해도 그녀를 한 번도 아름답다고 여겨본 적이 없었다. 추하다고 여겨본 적이 없는 것처럼. 그녀는 뭔가 다른 종류의 여자였다.

내가 류의 외박을 모르고 있었다는 사실은 어쩌면 당연한 일이었다. 다만 같은 작은 도시에 살고 있었다는 것뿐, 그녀의 움직임에 대해 알고 있어야 한다는 아무런 책임도 권리도 없는 것이었다. 언젠가 한 번 뜻밖에 만난 뒤, 서로가 바쁘다고 사는 곳만 어물어물 말하고 헤어지고 나서 며칠 뒤에 현관 벨이 울려서 문을 열고 보니 또한 뜻밖에 그녀가 서 있었다.

"열두 시도 넘었는데."

나는 시계를 가리켰다. 밤이 깊어 있었다. 40대에 홀아비 생활을 한답시고 궁상을 떨고 있으면서 한밤중에는 여자를 불러들이는 음흉스러운 사내. 그러면 그렇지. 내숭을 떨고 있는 거야. 사실이 알려지면 일요일마다 계단 청소를 하기 위해 저마다 플라스틱 빗자

루를 들고 나오는 이웃 아낙네들은 얼굴을 돌릴 것이다. 혼자 사는 거 좋아하시네.

"잠깐만 있다 갈게. 이거만 마시고."

추켜올리는 그녀의 손에는 반쯤 남아 있는 포도주 술병이 들려 있었다. 나는 그녀를 안으로 들였다. 사실 처음 뜻밖에 그녀를 만났을 때 나는 여간 당혹스럽지 않았다. 그래서 별로 바쁘지도 않았는데 어물어물하다가 헤어지고 만 것이었다. 그렇게 헤어지고 보니 아쉽고 안타깝기 짝이 없었다. 게다가 그녀가 산다는 아파트의 동·호수는 아무리 머리를 짜내도 까맣게 잊히고 말았다. 작은 도시라는 사실 때문에 아무래도 또 쉽게 만나겠지 하는 생각이 앞섰던 것일까. 아니다. 나는 솔직히 말해 너무나 놀란 것이었다. 그것이 그만 그렇게 어이없이 헤어지게 된 까닭임이 분명했다. 그런 중에도 나는 "혼자 살고 있지" 하고 전혀 쓰잘 데 없는 말을 했으니 그것도 우스꽝스러운 노릇이었다. 나는 남몰래 가슴을 쳤었다. 그녀가 내게 예전에 어떤 여자였길래 그렇게 그냥 헤어질 수 있단 말인가. 나는 얼마나 그녀 옆에 머물고 싶었던가. 거기에는 '영원히'라는 말이 곁들여져도 좋았었다.

"잠이 도통 오질 않아서. 밖에서 보니 불이 켜져 있질 않겠어."

내가 유리컵을 갖다 주자 류는 조금도 망설이지 않고 병마개를 열어 주둥이를 컵에 기울였다. 불이 켜져 있더라는 말에 나는 잠잘 때도 그냥 켠 채로 잔다고 내 습관을 일러주었다. 한밤에 혹시 잠에서 깨게 될 때 내가 캄캄한 이불 속에 홀로 누워 있었구나 깨닫는 것이 끔찍해서 나는 언제부터인가 항상 전등을 반쯤 죽인 채로 잠들어왔었다. 잠들 때뿐이 아니었다. 볼일을 보러 외출을 할 때도 혹시나 어두운 밤에 돌아와 나를 맞이하고 있는 캄캄한 집 안을 보는 것이 두려워 스위치를 올려놓아야 했다.

"하긴 나도 불을 켜고 자."

류는 백열등 불빛에 비쳐 자색에 가까워 보이는 포도주를 입으로 흘려 넣었다. 그런 모습은 나로서는 처음이라 이 밤에 무슨 일이란 말인가 하고 나는 자못 어리둥절해 있었다. 젊은 여자가 제 발로 걸어 들어왔는데? 마다할 남자? 이따위 시답잖은 생각은 가뭇없이 사라져버렸다. 나는 마치 홀린 것처럼 그녀의 행동거지에, 말했다시피 어리둥절하고 있을 뿐인 것이었다. 하지만 그 어리둥절함을 심각한 어리둥절이라고 하지 않을 수 없다. 그때까지 정말로 나는 그녀에 대해 아무런 정보가 없었었다. 그러니까 착잡한 눈초리로 그녀를 쳐다보고 있을 도리밖에 없었다. 나로 말하면 소문이 실상보다 훨씬 험악하게 나 있는 터고, 소문대로라면 그녀는 문을 닫고 들어오는 순간 어떤 식으로든 요절이 났어야 마땅했다. 그 점에 있어서 일단 나는 나에 대한 세상의 소문을 즐기는 편이라고 해두겠다. 아니 땐 굴뚝에 연기 나랴는 속담을 결코 도외시하지 않으면서 말이다.

그날, 내 집에서는 세상 사람들이 흔히 상상할 만한 일은 일어나지 않았다. 세상 사람들은 남녀가 같이 어울려 있기만 하면 무슨 일을 치러야만 속이 시원한 모양인 것이다. 하기야 '산에 올라갈 적엔 오빠 동생 하더니 내려올 적엔 여보 당신'이라는 속담이 있듯이 남녀의 친화력에 대해서는 입이 열 개가 있더라도 다 말하기 부족한 것이다.

그러나 그날 밤 나는 그저 멍하니 그녀의 행동을 바라보는 수밖에 없었다. 중년의 홀아비인 줄 알면서도 스스럼없이 한밤에 찾아온 옛 여인. 그렇지만 다시 말하건대 나는 심각했다. 나는 그녀에 대해 묻고 싶은 게 많았다.

"심야 영업이 금지되고부터는 갈 데가 없어. 정말 미치겠어."

그러면서 그녀는 여러 업소들이 밤새도록 영업을 할 때는 잠이 오지 않아도 걱정이 없었다고 했다. 어떤 때는 춤을 추며 밤을 지새웠다고도 했다. 그리고 몇 번이고 반복해서 불면증을 호소했다.

"이 나라에서는 이제 도무지 갈 데가 없어. 무서워."

불면증이 얼마나 무서운가에 대해서 어느 정도밖에는 모르고 있던 나는 얼마 지나면 저절로 낫겠지 하고만 생각했었다. 그러던 어느 날 그녀를 찾아 그녀가 산다고 했던 아파트를 뒤진 끝에 입원 소식을 들었던 것이다. 듣기로는 그녀는 단순한 불면증 이상의 어떤 증세에 시달리고 있다고도 했다. 그러고 보니 처음 집에 왔다 가면서 그녀가 내게 엉뚱하게 졸라대던 일이 떠오른다.

"저 그림 자기지?"

류는 거실의 벽에 걸린 작은 그림을 손가락으로 가리켰다. 흔히들 그렇게 물어오므로 나는 심드렁하게 고개만 끄덕거렸다. 그러자 그녀는 말했다.

"저거 나 줄 수 없어?"

나는 내 귀를 의심했다. 있을 수 없는 주문이었다. 게다가 그녀는 결혼을 한 여자였고 그 그림은 나 개인의 모습을 그린 게 아닌가.

그런데도 그녀의 말투는 지극히 자연스러웠다. 마치 어디서나 흔히 구할 수 있는 값싼 물건이라도 달라고 하는 것 같았다. 나는 어이없는 눈으로 그녀를 쳐다보았다. 그녀의 말이 정말인가 하고 묻는 뜻도 있었다.

"왜? 안 되나?"

내가 그렇게 쳐다보았으나 그녀는 아랑곳없었다. 그때 내가 왜 그녀의 머리가 어떻게 된 게 아닌가 의심하지 않았는지 알 수 없다. 세상에는 너무나 많은 종류의 사람들이 있어서 제각기 나름대로의 살아가는 방식을 존중해야 한다고 여기는 평소의 믿음 때문인지도 모른다.

"저게 안 되면 저건?"

내가 어이없는 가운데 도대체 어찌해야 할지 망설이는 동안 그녀는 다른 쪽 벽면을 가리켰다. 그제서야 나는 단호히 고개를 가로저었다.

먼저 그녀가 가리켰던 그림은 의규義圭 씨가 미국으로 가면서 내게 남겼던 것으로, 내가 술 마시는 것을 그린 그림이다. 그 그림에 대해 좀 더 자세히 설명하자면, 우선 석쇠가 놓인 화덕이 들어앉은 둥근 테이블이 있고 석쇠 위에서는 고기 안주가 연기를 피워 올리며 익고 있으며 그 고기 안주 한 점을 젓가락으로 집어 드는 나라는 인물이 있는 것이다. 물론 테이블 한쪽으로는 소주병이, 그것도 두 개나 놓여 있다. 유리 소주잔에는 소주가 따라져 있다. '우선 석쇠가 놓인 테이블'이라고 '우선'이라는 말을 썼지만 그것이 앞쪽으로 그려져 있다는 것뿐, 작은 4호짜리 그림에서 모든 것은 한 손에 잡힐 듯 빤하다.

그런 가운데 나라는 인물은 상당히 기우뚱해져 있음을 본다. 어느 정도 취해 있다는 표현으로 받아들여진다. 고기 안주에서 피어오르는 연기를 피하려는 듯 왼쪽으로 몸을 기우뚱하고 있으나 역시 취한 모습이 분명하다.

"누가 그렸는지 잘 그렸는데."

여러 사람들이 이렇게 말하는 걸 봐서 그림의 나는 실제의 나와 매우 근사하게 닮았음을 알 수 있다. 내가 봐도 수긍이 간다.

그러나 그럼에도 불구하고 나는 왜 굳이 그것을 '나'라고 하지 않고 '나라는 인물'이라고 해야만 하는지 모를 일이다. 의규 씨가 뜻밖에 그 그림을 가져와 포장지를 끌러놓았을 때, 나는 고마운 마음에 눈을 휘둥그레 뜨고 잠깐 동안 말문이 막혔었다. 그러다가 무슨 말인지 해야 되지 않나 싶어 문득 입을 열었었다.

"내가 언제 이런 안주를 이렇게 먹나……."

웃으며 얼버무렸지만 고맙다는 뜻을 그렇게밖에 나타내지 못했다. 어떻게 보면 평소에 술을 마시는 버릇이 안주를 잘 먹지 않는데도 그림 속의 나는 제법 푸짐한 고기 안주를 앞에 놓고 그것을 젓가락으로 덥석 집어 들고 있어서 선뜻 받아들이지 못한 때문이라고도 할 수 있었다. 그러나 그림을 그린 당사자의 말로는 '이제부터는 안주를 이렇게 좀 드시라'는 의도라니 이런 식으로 꼬투리를 잡을 건 없는 일이겠다.

잘 그린 그림이다. 고맙다. 그러나 그럼에도 불구하고 나는 굳이 그것을 '나'라고 하지 않고 '나라는 인물'이라고 해야만 한다.

이 이야기는 여기서 잠깐 제쳐두고 의규 씨가 미국에 갈 꿈도 안 꾸고 있을 무렵 내게 남긴 그림이 또 있음을 주저하면서 밝히기로 한다. 애초에 그것부터 밝히기가 뭣했던 것은 그 그림이 정식 그림이 아니기 때문이다. 그 그림은 내가 살고 있는 이 지방 도시에서 갑자기 시화전을 개최하기로 되어, 그의 말대로 하루아침에 '쓱쓱' 그린 것이었다. 하기야 그림을 필생의 일로 삼겠다는 뜻을 세우고 한 차례 개인전까지 연 입장이고 보면 아무리 '쓱쓱' 그렸다고 해도 결코 함부로 볼 것은 아님은 두말할 필요도 없다. 그러나 역시 정식 그림은 아니다. 싸구려 액자에 들어 있어서도 아니며 시와 어울려 있어서도 아니다. 시와 어울려 있다는 것에 관해서 말하면, 어떤 사람은 시화를 사서 시가 씌어 있는 부분은 감쪽같이 도려내고 그림만 액자에 넣어 걸어놓는다는 웃지 못할 이야기가 있기는 있다. 시와 그림이 어우러져 엄연히 시화로서 하나의 작품을 이루는 것인데도 말이다. 어쨌든 의규 씨가 '쓱쓱' 그린 그림을 바탕으로 씌어 있는 시는 다음과 같다.

가장 사랑하는 고운 님에게
시들지 않는 추파를 엮어드리리
오직 하나밖에 없는
내 개승냥이의 얼굴을 보여드리리

이 시를 들여다볼 때마다 나는 '개승냥이'에서 한순간 생각을 멈춘다. 처음 이 시를 썼을 때 그것은 승냥이와 이리라는 뜻을 가진 시랑豺狼이라는 어려운 낱말이었다. 그런데 개승냥이는 늑대가 개와 많이 닮았다고 해서 이르는 말로 늑대를 일컫는 것이라고 한다. 그러니까 개승냥이는 승냥이와는 관계가 없는 것임을 알 수 있다. 개승냥이는 늑대임을 확인하고서도 나는 개승냥이를 늑대가 아닌 승냥이의 일종으로서 승냥이보다 더 못생기고 저급한 어떤 것으로 나타내고 싶었다. 여기서 지금 늑대니 이리니 승냥이니 읊어대고는 있지만 사실 그것들을 동물원에 가서 자세히 살펴본 적이 없는 만큼 그 차이점이 어떻다 하고 짚을 수는 없다. 산속에서 맞닥뜨린다 해도 저놈은 늑대도, 이리도 아닌 승냥이다 하는 투로 분별할 재간은 없다. 사전을 뒤져보아도 모두 갯과科에 속하므로 개와 조금 다를 뿐 모두 그게 그거라고 한다 해도 동물학자가 아닌 한 크게 탓할 사람은 없을 것이다. 실제로 내 시에서도 개승냥이라는 말이 던지는 느낌만 전해지면 되었던 것과 같다. 시화를 보면 녹색과 주황색을 주로 사용하여 사람의 얼굴 같기도 하고 무슨 짐승의 얼굴 같기도 한 형상이 그려져 있다. 두 얼굴이 함께 있는 가면처럼 보이기도 한다.

나는 왜 늑대니 이리니 승냥이니 하는 이야기를 쓸데없이 길게 늘어놓고 있는 것일까. 나 자신도 잘 모를 일이다. 하지만 짐작으로 결론을 내려보건대, 그것은 '나라는 인물'이 인간과 짐승 두 얼굴 형상의 가면을 쓰고 살아가고 있다는 것을 그 그림들에서 어느새 점점 짙게 느껴가고 있기 때문이 아닐까 하는 것이다.

이 두 그림에 그녀가 과연 각별한 눈독을 들인 거였던 것인지 아니면 그저 건성으로 말했던 것인지에 대해서는 아직도 미지수로 남아 있다. 다만 그 첫 외박의 사실로부터 나는 그녀를 되돌아보게 되었고 그러다 보니 그 이야기를 꺼내지 않을 수 없었던 것이다. 그 뒤 여기저기서 귀동냥을 한 결과 그녀의 병증은 잠을 못 이루는 것 이상인 모양으로 꽤 오랜 뿌리를 갖고 있다는 것이었다. 심해지면 병원에 들어가고 덜해지면 집에 와 있고 하기를 이미 오래전부터 계속해왔다는 것이었다.

그리고 두 번째 외박 때인지 세 번째 외박 때인지, 그녀는 느닷없이 친구와 함께 꽃을 사 들고 내 아파트를 방문했다. 이제는 그녀의 병력을 들었던 터라 얼마쯤은 떨떠름하게 맞아들일 수밖에 없었는데, 내 마음을 미리 알아채고 고정관념을 가차 없이 깨부숴 버리려는 듯 그녀는 친구와 함께 깔깔대며 명랑한 모습이었다.

"얘, 넌 과대망상증이지? 그치?"

류는 친구에게 손가락을 뻗쳐 까딱거리며 웃어 보였다.

"아냐, 얘. 니가 그렇지. 호호홋."

꽃무늬 원피스를 단정하게 입은 친구도 그녀 못지않게 명랑하게 웃어 보였다. 그녀들은 문학이나 미술에 관심을 가지고 있다는 공통점으로 같은 병원에서 만난 사이임을 곧 알 수 있었다. 그녀들이 내게 꽃을 사 들고 온 것은 내가 시를 쓴다는 사실 때문이었다. 이런 어엿하고 멀쩡한 여자들이 왜 어떻게 그런 병원에 입원을 하게 되었는지 도무지 짐작조차 할 길이 없었다. 그녀가 가지고 와서 보여준 책자에 그 두 여자의 시가 실려 있는 것도 보았다. 다만 『마음의 고향』이든가 하는 제목의 그 책자가 단순한 책자가 아니라 비슷한 병증에 시달리고 있는 사람들이 모여 만든 것이라는 데서 마음이 걸리는 것은 어쩔 수 없는 일이었다. 그런 사람들을 치유하는 한 방법으로 사이코드라마인지 뭔지를 공연한다는 사실을 들은 적이 있어서 그 책자도 그런 방법의 한 종류인가 괜스레 마음이 아득해졌던 것이다.

또 이것은 지극히 우연에 속하는 일로서, 이번 여름 한 문학 단체에서 충남의 안면도로 '여름 문학 캠프'를 떠난다고 해서 머쓱거리며 따라나섰던 때 그 친구라는 여자를 만났던 것도 이야기하고 넘어가기로 한다. 대절 버스는 서산과 태안을 지나 안면도와 육지를 잇는 연륙도를 건너서 안면읍으로 들어가고 있었다. 그때 누군가 여자의 목소리가 뒤에서 들려왔다. 유난히 큰 목소리였다.

"저 정육점 간판 좀 봐, 안면정육점. 너무했다. 안면정육점이라니! 하하하."

그 정육점 이름이 편안히 잠잔다는 뜻의 그곳 지명인 안면安眠에서 따온 것을 물어 무엇하겠는가만, 그 말은 순간적으로 이상하게도 내 안면 근육에 신경이 쓰이게 했다. 전혀 뜻은 달라도 같은 발음의 낱말, 즉 동음이의어를 구사해서 어떤 효과를 노리는 작품이 종종 있지 하고 생각하며 나도 모르게 뒤를 돌아보았다. 그 여자의 '안면'을 보고자 했던 것이다. 그랬더니 그쪽에서도 나를 보고 꾸벅 인사까지 했다. 바로 그, 류의 친구였다. 그를 막상 안면도에 가서는 모습조차 못 보게 된 까닭에 대해서는 나로서는 알 수 없다. 내게 꽃다발을 들고 왔었으면서도 일부러 숨어버려야 했던 무슨 사연은 더더구나 없다. 그러므로 그 여자는 꽃다발과 안면정육점으로서만 내게 기억을 불러일으킬 뿐이다.

친구 집 창문 밖에 저 나무는

어머니같이 서 있어요

친구와 깔깔대던 그녀가 펼쳐 보인 친구의 시는 이렇게 시작되고 있었다. 그리고 3단지 아파트 저 앞 수자원공사 밑에 서 있는 한 그루 나무를 아시느냐고 물었다. 그녀가 사는 아파트는 앞 동네의 맨 앞줄에 속해 있어서 늘 그 나무가 눈에 들어온다는 것이었다. 나는 당연히 모른다고 대답했다.

"큰 나무 하나 있잖아."

사람은 누구나 자기 자신이 의미를 부여하고 있는 것에는 그만큼 값어치가 있다고 믿는 구석이 있다. 남녀 간의 사랑도 그런 것이다. 그 나무가 그녀 집의 창문에서 내다보이는 가장 큰 나무라 한들 내 눈에는 아직 띄지 않았었다. 그와 마찬가지로 그녀 눈에는 띄지 않았을지라도 나는 동네 옆 산에 내 나무를 가지고 있었다.

내가 여전히 모른다는 표정으로 있자 그녀는 적이 실망한 모양이었다. 웬일인지 나는 그녀가 남편과도 떨어져 이 객지에 홀로 와 있다고 상상했다. 번잡한 서울을 떠나 홀로 조용한 곳에서 심신을 쉰다는 상상이었다.

"커피 없어?"

류가 다시 생기를 되찾으려는 듯 물었다.

"있지."

나는 간단하게 대답하고 그대로 앉아 있었다. 꽃다발을 들고 온, 비록 나이는 꽤들 들었으나 꽃다운 여자들이 앞에 있는데도 나는 조금 전 혼자 있을 때와는 전혀 달리 자꾸만 무력해져서 꼼짝도 하기 싫었다.

"우리가 끓여 먹어도 되지?"

그녀는 벌써 몸을 일으키고 있었다. 싱크대 위에 놓여 있는 중국제의 빨간 주전자에 물을 받아 끓여, 역시 그 옆에 놓여 있는 찻잔을 씻어 커피를 타는 류의 모습은 조금도 흐트러짐이 없었다. 나는 그렇게 커피를 마시니까 불면증이 오지 않느냐고 한마디 하려다가 그만두었다. 부질없는 일일 것이었다. 류는 친구가 자기 자신을 외국의 유명 여배우의 손녀딸이라고 우긴다는 말을 했다. 우기는 게 아니라 철석같이 믿고 있다고 했었다. 나중에 그런 말을 들은 사람은 '신분상승 욕구 때문이 아닐까' 하고 진단하고 있었다.

"선생님, 누가 썼더라……『생의 한가운데』라고 있지요? 그걸 마루 걸레질을 하면서 다 읽었다니까요."

이번에는 친구가 '깔깔'이 아니라 '키득키득' 웃었다고 해야 한다. 밑도 끝도 없는 말이었다. 하루 종일 마루 걸레질을 하면서 그 책을 읽었다는 것인지, 마침 그 책을 다 읽을 무렵 걸레질을 했다는 것인지 어쨌다는 것인지 알 수 없었다.

그러다가 커피를 다 마시고는 고맙게도 "그만 가봐야겠어요" 하고 둘이 나란히 일어났다. 그날 그녀가 그림에 대해서는 한마디도 이러쿵저러쿵하지 않는 것으로 보아 전에 했던 어이없는 주문은 주문이라기보다 그냥 한번 던져본 말에 지나지 않는 듯했다. 나갈 때 그 짐승사람 쪽으로 흘깃 눈길을 돌렸으나 별다른 의미는 없는 것으로 보였다.

며칠 뒤 나는 류가 다시 병원으로 들어갔다는 소식을 들었고, 그 사실과 직접적인 관계는 없겠으나 승냥이에 대해서도 까맣게 잊었다.

그러나 그 승냥이가 엉뚱한 곳에서 다시 나타나게 될 줄은 꿈에도 몰랐다. 이렇게 말하면 그 이야기야말로 무슨 엉뚱한 이야기냐고 물을 것이다. 도대체 어디를 갔기에 이미 우리나라에는 있을 법도 하지 않은 그 짐승을 보았느냐고 물을지도 모른다. 물론 나는 그 짐승을 직접 보았다고 하는 게 아니다. 따라서 그 이야기는 좀 길게 하지 않으면 안 된다.

한여름의 폭서가 기세를 꺾지 않고 있던 무렵, 그러니까 안면도를 다녀온 지 얼마 되지 않아서 갑자기 한 잡지사의 청탁을 받고 남해안의 삼천포 일대를 다녀와야 했다. 앞질러 밝히건대 거기서 다시 승냥이를 만난 것이었다. 그것은 1박 2일의 짧은 여정이었는데 원고가 너무 급해 현지에서 직접 팩시밀리로 부치게끔 되어 있었다. 나는 하루 종일 이곳저곳을 돌아보고 그날 저녁 여관방에서 다음과 같이 쓰기 시작했다. 내가 보고 느낀 삼천포라는 곳의 인상기였으므로 비교적 쓰기 쉬우리라 여겼었으나 낯선 여관방이어서인지 쉽게 풀리지가 않았다.

한려수도의 잔잔한 물결이 햇빛에 반사되면서 고기비늘처럼 반짝인다. 세계적으로 공인된 이른바 청정 해역의 맑고 깨끗한 바다가 열려 있는 곳, 삼천포. 이곳의 대표적 공원인 노산공원의 층계를 올라 내려다보면 옹기종기 둘러 있는 그림 같은 섬들에 포근히 안겨 있는 그 바다를 끼고 시가지가 한가롭고 평화롭게 펼쳐져 있다.

오늘날 다른 여러 도시들은 대부분 옛 모습을 잃었다. 그러나 이곳은 예나 제나 이렇게 아름다운 바다를 안고 한가롭고 평화로운 모습을 하고 있는 것이다. 이러한 사실은 무려 35년 전인 1956년에 시로 승격되었으면서도 현재 인구가 6만 5천 명가량으로 정체되어 있는 데서도 잘 드러난다.

지리적으로 경상남도 남서쪽 바닷가에 위치한 이곳은 동쪽으로는 백암산, 향로봉을 경계로 고성군과 접하고 북쪽은 와룡산을 사이에 두고 사천군과 사천만에 이어진다. 그리고 남쪽은 남해를 건너 남해군의 창선면과 마주하며 서쪽은 하동군과 접해 있다.

우리나라에서 가장 규모가 작은 시인 이곳이지만, 그러나 남해안 연안 어업 기지로서 중요한 몫을 하며 활기를 띠고 있다. 노산공원에 시비가 서 있는 박재삼 시인이 '앞바다 호수와 같은/ 잔잔하고 조용한 물결을 자나 새나 보면서' '바닷가에 살면/ 좋으나 궂으나 간에 바다를 보고 받들어 살아야 한다'고 읊었듯이, 이곳 사람들은 바다를 향하고 열심히 살고 있다. 그래서 어떤 사람은 이곳을 '비린내로 가득 찬 도시'라고 일컫고 있는지도 모른다…….

……그런데 이곳 관광지 가운데 무엇보다도 특이한 곳으로 사천군 하이면에 속하는 상족암을 꼽지 않을 수 없다. 이곳은 바닷가의 층층으로 된 단층과 굴도 매우 특이해서 보는 이의 감탄을 자아내지만, 최초에 발견된 공룡 발자국이 눈길을 끈다. 이 발자국은 8천만 년 전인 중생대 백악기에 살았던 공룡의 것으로 추정되어 신비한 지구의 역사를 직접 볼 수 있다는 점에서 귀중한 자료로 여겨진다…….

이렇게 써 내려가자 낮에 보았던 그 공룡 발자국이 새삼스레 눈앞에 다가왔다. 지방문화재 제 몇 호로 지정되어 있으니 훼손하는 자는 처벌을 받는다는 경고문이 나붙어 있기도 한 그 공룡 발자국은 바닷가의 널찍널찍한 바위 위에 뒤뚱거리며 두 발로 걸어간 대로 찍혀 있었다. 용발횟집이니 쌍발횟집이니, 그 발자국에서 따왔을 이름의 작고 허름한 횟집이 있기는 했으나 인적이 드문 한적한 바닷가였다. 둥근 형태의 공룡 발자국은 길이가 3, 40센티미터밖에 되지 않았지만, 자료에 의하면 '부산대 김항묵 교수는 무게가 백 톤 가까이 되는 거대한 브라키오사우루스 공룡의 발자국이라고 추정하고 있다'고 했다. 공룡의 발자국은 그 바닷가 바위 위에 무수하게 찍혀 있었다.

나는 여관방에 누워 그 무시무시한 공룡들이 근처를 어정거리며 걷고 있다는 공상을 해보았다. 우리나라에도 공룡이 살았던 중요한 증거가 된다는 그 발자국들을 남기려고 한밤에도 잠자지 않고 걷고 있는 공룡들. 학생과학사전 같은 데서 보았던 그 기괴한 짐승들. 기억이 희미하지만 제각기 무슨 사우루스, 무슨 사우루스라고 이름 붙여져 있는 뇌룡雷龍, 검룡劍龍, 조룡鳥龍, 익룡翼龍, 어룡魚龍 들.

무시무시한 광경이 아닐 수 없었다. 그 거대한 공룡들이 모두 절멸하고 만 것은 수수께끼라고 했다. 그것들의 절멸의 수수께끼에 대해 나는 따지고 싶지도 않았고 또 그럴 능력도 없었다. 지금 이 세상에서 아웅다웅하며 살고 있는 모든 것들이 가뭇없이 사라져버리는 것은 시간문제다, 부귀니 영화니 명예니 하는 따위 모두 다 부질없는 짓거리다, 그러므로…… 나는 또다시 이런 청소년적인 깨달음으로 뻐끔뻐끔 담배 연기만 피워 올리고 있는 것이었다. 우리들 갖가지 문제로 간절히 애태우며 살고 있는 인간들도 머지않아 흔적도 없이 소멸하고 말 것이다. 나도 그러할 것이다. 먹고사는 문제에 매달려 이리 뛰고 저리 뛰면서, 또 어느 길모퉁이를 돌아가 애틋한 사랑의 눈길을 주고받았던 우리들. 못 이룬 사랑과 이룬 사랑의 애환 사이에서 서로 달리 울어야 했던 심금들. 모래알 하나에서 우주를 보고자 했던 철부지 사랑들.

……사우루스 ……사우루스.

상족암의 브라키오사우루스, 그 공룡들의 발자국 소리가 여관의 벽과 천장을 두근두근 울리며 들려오고 있었다. 내가 묵고 있는 방의 윗방이든 옆방이든 아랫방이든 사랑의 기쁨을 확인하려는 남녀가 투숙하여 마악 상대방의 육체에서 스스로의 영혼을 구하고 있는 소리라고 해도 좋았다. 이제는 어쩔 수 없이 헤어져야 할 아프디아픈 남녀가 투숙하여 사랑의 슬픔을 확인하려는 절망의 소리라고 해도 좋았다. 아니다, 그런 소리가 아니라 노산공원 벼랑 저 아래쪽으로 비린내 나는 생활에 지친 밤배가 어두운 바다 여울을 거슬러 가는 소리일지도 몰랐다.

밥과 사랑, 이 두 거대한 허기점 앞에서 나는 이날 이때까지 허덕여온 것이 아니었던가. 라면을 오래 먹으면 어떻게 된다구요? 그러니까 양파를 많이 넣어 끓이세요. 달걀도 푸시고요. 그렇지만 라면이 아니라 진수성찬이라도 혼자 꾸역꾸역 먹는다는 건 못 견딜 일이겠지요. 남자와 여자는 합쳐졌을 때 비로소 완전한 하나가 되지요. 하지만 밥과 사랑의 허기는 영원히 어쩌지 못한답니다.

……사우루스 ……사우루스.

용발횟집에선가 쌍발횟집에선가 주린 배를 채우기 위하여, 그리고 짝짓기를 하기 위하여 공룡들은 바닷가를 우왕좌왕 헤매고 있었다. 그 어지러운 발자국 소리를 들으며 나는 잠 속으로 빠져들어 갔다. 나 역시 그놈들과 함께 밤새도록 헤맬 것이었다. 그러나 여관방의 어느 구석에도 내 발자국 하나 남기지 못할 것이 뻔했다.

다음 날 전신전화국에 가서 종이 규격 B4 넓이의, 처음 한 장에 천 원이며 그다음부터는 오백 원씩 받는 팩시밀리로 원고를 부치고 나서야 나는 뭔가 내용을 빠뜨리지 않았나 하는 걱정이 들었다. 무슨 일이든 끝마칠 때까지는 서두르다가 막상 끝마치고 나면 과연 최선을 다했던가 미진해하기 마련이었다. 그와 함께 각산角山이라는 산 이름이 떠올랐다.

"저 산 이름이 각산인데요. 고려시대에 쌓은 산성과 봉화대가 있지요. 저기 올라 보면 한려수도가 한눈에 내려다보입니다."

전날 만난 문화원 사람은 그곳 별미인 밤젓이 밑반찬으로 나오는 식당으로 가자고 말했었다. 산성과 봉화대가 있다는 말은 들었어도 그것이 그 산만의 특징은 될 수 없다고 판단되었다.

"밤젓이라뇨? 밤으로 젓갈을 담근다는 말은 첨 듣는데……."

나는 각산이라는 산을 한번 쳐다보는 체했을 뿐이었다. 산성과 봉화대야 내우외환이 잦았다는 말을 대변하듯 전국 방방곡곡 어디든지 없는 곳이 없었다.

"전어의 창자로 만든 것이지요."

그는 간단하게 대답하고는 각산 말고도 이순신 장군이 거북선을 몰래 숨겨놓았다가 불시에 나가 왜군을 무찔렀다는 굴항掘港에 대해서도 열심히 설명했으나 전어의 창자로 담근 젓갈인 밤젓만큼 내 관심을 끌지는 못했다. 젓갈을 좋아하는 나는 흔히 인간의 유형을 두 가지로 가르는 양분법의 종류 중에 젓갈을 좋아하는 사람과 젓갈을 싫어하는 사람 두 가지로 가르는 방법도 꽤 유력한 방법이 되리라 여길 정도이다. 젓갈 앞에서 유별나게 코를 틀어쥐는 사람이 있는 것이다. 밤젓은 빛깔은 시커먼 개흙 빛이었는데 쌉싸름하고 고소한 맛이 향미가 있었다. 어제 쓴 원고의 말미에 이 젓갈을 언급한 것은 물론이었다.

나는 전신전화국의 소파에 앉아서 심심풀이 삼아 각산에 대한 자료를 뒤적거렸다. 그 산에 미안하다 하는 마음이었던 것도 같다. 그곳 산성은 고려 때 조정에 반기를 든 삼별초 군대가 남해도와 창선도를 점령하고 영남의 한 중심지인 진주성을 노림에 따라 그 길목의 요새에 쌓은 돌성이었다. 수군만호 아래 병선 열 척과 군사 7백여 명이 주둔했던 곳으로 현재 성벽은 허물어졌으나 남쪽 성문과 봉화대가 남아 있다는 것이었다.

해발 4백 미터의 산꼭대기에 역시 돌을 쌓아 만든 봉화대는 사진으로 보아 마치 굽이 높은 주발을 뒤집어놓은 꼴이었고, 그 옆에 씌어 있는 설명에는 높이가 5, 6미터라고 했다. 그리고 봉화란 옛날의 가장 빠른 통신수단으로서 대개 아홉 명의 관원과 군졸이 교대로 근무했다는 일반적인 설명이 붙어 있었다. 아무려나 특별한 무엇이 눈에 띄지 않아 다행이라면 다행이었다.

그러나 그러면 그렇지 하고 무심코 그다음 설명을 읽어 내려가던 나는 어느 곳에서 그만 눈길을 멈추었다. 그렇다. 미리 말하기로 한다. 그것은 '승냥이'라는 글자였다. 각산 봉화대의 승냥이? 누군가는 앞질러 의문을 표시해 올지도 모른다. 섣부른 의문이다. 나는 틀림없이 '승냥이'라는 글자에서 눈길을 멈추었다고 했다. 그런데 그다음에 이어지는 낱말이 있었다. 그것은 '의 똥'이었다. 나는 비록 '승냥이'라는 글자에서 눈길을 멈추었지만 설명에는 '승냥이의 똥'이라고 이어지고 있었다. 이번에는 봉화대의 설명에 웬 승냥이의 똥이 나오느냐는 물음이 나올 것이다. 어쩌구저쩌구 더 늘어놓을 것도 없이 그 부분의 설명을 그대로 옮기기로 한다.

봉홧불은 장작이나 화약을 사용하기도 하였으나 가장 많이 사용한 것은 승냥이의 똥이었다.

나는 여기서 눈길을 멈추었던 것이다. 정확히 말하면 눈길을 멈춘 게 아니라 눈을 빛냈다는 쪽이 되겠다. 설명은 계속되고 있었다.

승냥이 똥에는 인燐이 섞여 있어서 불빛이 푸르고 밤에도 멀리까지 보인다.

보다시피 그것은 각산 봉화대만에 국한된 설명이 아니었다. 그 어느 봉화대든 그랬다는 것이었다. 새로운 지식이었다. 나는 봉화대에 오르는 불은 당연히 횃불 같은 거겠거니 했었다. 대낮에는 연기를 하늘 높이 피워 올려야 했을 것이었다. 그런데 전혀 상상할 수 없었던 게 거기 있었다. 새로운 사실을 알게 되었다는 기쁨보다 내가 이 세상을 향해 보고, 느끼고, 판단하는 잣대가 형편없는 것에 지나지 않는다고 느껴져 한심스럽기까지 했다. 나는 지극히 짧은 지식을 가지고 살아가고 있었다. 내가 붙잡고 있는 것은 한낱 단순한 고정관념 몇 개뿐이란 말인가. 나는 어둠 속을 헤매고 있는 것이었다. 그것을 간단하게 밝혀 알려준 승냥이 똥!

일을 마치고 돌아오는 길은 갈 때의 비행기 편과는 달리 배를 타고 부산을 거쳐 열차를 탔다. 시속 삼십이 노트라는 엔젤호는 삼천포에서 사량도, 충무, 성포를 기항하면서 두 시간 반 만에 부산에 닿았다. 그리고 또 무궁화호 열차로 수원까지 와서 안산으로 버스를 타고 오는 동안 이번 여행에서 내가 본 것은 공룡 발자국과 승냥이 똥 두 가지뿐이었으며 그럼에도 불구하고 그 어느 여행보다도 뿌듯한 수확을 얻은 느낌이었다. 그리고 아득한 고대의 시간 속으로 되돌아갔다가 다시 현실로 되돌아오는 느낌도 들었다. 그래서 그런지 겨우 1박 2일의 일정인데도 무척 기나긴 여행이었다고도 여겨졌다.

류가 기다렸다는 듯이 다시 나를 찾아온 것은 바로 다음 날 저녁 무렵이었다. 내가 어련히 있을 것으로 믿는 듯한 그녀의 태도가 공연히 부담스러워 여행에서 하루만이라도 더 늦게 돌아올걸 하는 생각도 들었다.

"외박을 나왔어?"

나는 조금은 사무적으로 물었다. 좀 진득하게 붙어 있지 못하고 늘 촐싹대니까 병이 나을 까닭이 없지 않으냐는 질책이 섞인 말이기도 했다. 그러면서도 예전의 그녀를 향한 내 마음의 어느 부분이 흔들리며 되살아나는 것을 어쩔 수 없었다.

"아니, 퇴원했어."

"퇴원?"

"응, 왜? 난 퇴원하면 안 되나?"

나는 꼼짝없이 의표를 찔리고 있었다.

"아니, 아니. 축하를 해야겠군."

뒤늦게 얼버무리는 꼴이 되고 말았으나 내심 다행이라는 생각이 들었다.

"아니야. 또 언젠가는 입원하게 될지 모르니까."

류는 덤덤하게 받았다. 완쾌의 기약이 없이 언젠가는 다시 도질지도 모르리라고 예견하는 말에는 뭐라고 대꾸조차 할 수 없었다. 병원에서의 생활이 어떠했냐고 묻고 싶었으나 그럴 수도 없었다. 듣기로는 그곳은 무섭고 괴기스러운 곳이었다.

"협궤열차 타봤어?"

그녀가 느닷없이 물었다. 나는 무슨 물음인가 하다가 피식 웃고 말았다.

"그건 왜지?"

협궤열차라면 나는 그 역무원이나 기관사 말고는 누구보다 잘 알고 있다고 자부하고 있는 터였다. 내 주머니 수첩 속에 주민등록증과 함께 들어 있는 수인선 열차 시각표를 굳이 꺼내지 않더라도 몇 시에 닿고 떠나는지조차 손바닥 들여다보듯 환히 알고 있는 것이다.

"그걸 한번 타보고 싶어서. 요전번에도 트럭하고 부딪혀서 넘어졌다면서?"

류는 흰 이를 드러내며 웃음을 지어 보였다. 그 열차가 그런 식으로 넘어지는 것이 어쩌다 없지 않았다. 그 말을 듣자 나는 불현듯 역으로 나가보고 싶다는 생각이 불끈 일었다. 그것은 욕망에 가까웠다. 하루에 세 번씩 수인선의 협궤철도를 오르락내리락하는 그 작은 열차를 가까이서 만나지 않은 것도 꽤 오래되었다. 도저히 못 견딜 것만 같았다.

"하여튼 나가보도록 하지."

나는 짐짓 그녀의 청에 못 이겨 마지못해 나간다는 듯한 몸짓을 했다. 언제부터 나는 손해 보는 짓은 않겠다고 감정을 저울질하며 살아온 것인지 때때로 자신이 역겨워지기도 한다. 그러나 여기서는 좀 다른 무엇이 있다. 그 대상이 협궤열차인 것이다. 이 작은 열차를 바라보는 내 눈길이 남들하고 어떻게 다른지를 설명하기는 그리 어렵지 않다. 3년 전에 아내와 헤어진 뒤로 아내에게 가 있는 딸아이가 이 열차를 타고서만 나를 만나러 올 수 있다는 것부터 이야기해도 좋을 것이다. 시내의 고잔역을 혼자 지키고 있는 역장님과 내가 몇 년 되는 술친구임을 밝혀도 좋을 것이다. 색소폰 소리보다 조금 더 깊은 폐부에서 울려 나오는 듯한 경적 소리, 잘가락 잘가락 밟히는 바퀴 소리, 그리고 갓 출가하여 여대생 티가 가시지 않은 채 팔뚝에 연비 자국이 아직 아물지 않은 수해修海 스님을 태워 보내기 위해 어느 날 별을 보며 배웅 나갔던 여섯 시 반의 새벽 열차…….

언젠가 딸아이를 마중 나갔을 때 역장은 마치 외국 사람들이 그러듯이 다짜고짜 포옹을 해오기도 했었다. 그러고는 새삼스레 "이 열차는 안 없어져요"라고 결의에 찬 얼굴이었다. 아닌 게 아니라 여러 해 전부터 이 보잘것없는 열차를 없앤다는 설은 심심하면 떠돌곤 했었다. 안산에 자리 잡고 나서 처음 만난 술친구이기도 해서 그와 마주 앉으면 그 이야기가 나오는 것은 자연스러운 일이라고도 할 수 있었다. "이 열차는 안 없어지나요?" 나는 으레 이렇게 물었던 것이다. 술친구라고 말하는 것은 편의상의 표현이기는 하다. 그는 나보다 10년 가까이 나이가 많았다. 처음 나는 도시 한옆에 거의 버려져 있다시피 한 역을 발견하고 나도 모르게 그곳으로 발걸음이 옮겨졌었고 어두컴컴한 창고 같은 역사에 숨어 있듯 웅크리고 있는 그를 만났었다. 어둠 속에 숨어 있는 사람에게 술 한잔의 제의가 얼마나 따뜻한 손길인지 나는 알고 있다. 그러나 그런 그를 마주하고 "이 열차 안 없어지나요?" 하고 물은 것이 얼마나 쓰디쓴 물음인지에 대해서는 그때는 미처 몰랐었다. 그는 안 그래도 붉은 얼굴을 더욱 붉히면서 그럴 리가 없다고 손을 뻗쳐 휘두르며 극구 부인했다. 대머리 진 그의 머리가 그 횟집의 진열장에 놓여 있는 삶은 문어의 머리 같다고 생각하고 있던 나는 마치 삶은 문어가 발을 뻗쳐온다는 느낌마저 들 정도였었다.

그 첫 만남 이후로 그 열차가 없어지는 것은 곧 그의 직업이 없어지는 것과 같은 특수한 위치에 그가 있다는 것을 알았고, 따라서 그 일에 관해서는 입을 닫았다. 어쩌다 협궤열차를 타고 그 승무원들에게 물어보면 십중팔구는 없어지리라는 말과 없어져야 하리라는 말을 서슴없이 하고 있었다. 적자를 보아도 형편없이 본다는 게 첫 번째 이유였다.

나는 몇 개월 만에 그 역으로 나가고 있는 것인지 감개가 무량하기조차 했다.

이곳저곳 새로운 도시의 건설이 박차를 가함과 함께 그곳 역사도 어느새 번듯한 시멘트 건물로 새로 세워지고 있는 참이었다.

"저기로 가볼까……."

이리저리 솟아 있는 낯선 시멘트 기둥 사이에서 작고 꾀죄죄한 옛 목조 역사는 금방이라도 철거될 듯 서 있었다. 그래도 아직은 열차 일을 거기서 보고 있는 모양인지 사람들 몇이 그 안으로 들락거리고 있는 것이 반가웠다. 얼굴 붉은 역장은 희끄무레 곧 꺼져버릴 것 같은 형광등 불빛 아래서 보면 거무튀튀한 나무 등걸 같아 보였었다. 그곳으로 걸어가면서, 그동안 잠잠했던 협궤열차의 존폐 문제가 요즘에 다시 들먹여지고 있음을 상기했다. 그러나 그는 그 따위 이야기들은 모두 다 헛소리라고 믿으며 그 역사를 지키고 있을 것이었다. 빨리 그를 보고 싶었다.

벌써 열차가 올 시각이 되었는가. 사람들이 철로 가까이 다가들었다. 나는 손목시계를 들여다보았다. 일곱 시 십 분, 삼 분 뒤면 열차가 도착할 시각이었다. 그리고 원곡, 군자, 달월, 소래, 남동을 거쳐 인천의 송도로 갈 것이었다. 여느 때 같으면 역장이 금테 모자를 눌러쓰며 초록색 깃발을 들고 나와야 할 때였다. 그런데 모습이 보이지 않았다.

"우린 열차 안 탈 거야?"

류가 물었다.

“타려면 낮 열차를 타야지 지금 타면 돌아오기가…… 그냥 여기서 구경이나 하자구.”

애초부터 열차를 탈 마음은 없었다. 그것을 가까이서 만나는 것으로 내 들끓는 욕망은 사그라질 것임을 나는 알고 있었다. 그녀가 섭섭한 표정을 짓건 말건 나는 저녁답 속의 철길 앞에 망연히 서 있었다. 헤어진 아내와 딸아이, 그리고 중년 나이가 되도록 뭐 하나 신통하게 이루지 못하고 떠밀려 온 삶. 만났다가 헤어진 여러 사람들 속에 사랑이라고 속삭이며 왔다 간 여자들의 얼굴도 먼 빛으로 다가왔다. 나를 떠나간 여자도 있었고, 내가 떠나온 여자도 있었다. 어느 날 그녀들의 이름을 백지 위에 적어보리라. 패佩, 경瓊, 옥玉, 그리고…… 아득한 별빛 같은 그 이름들…….

열차가 색소폰 소리보다 좀 더 깊은 폐부에서 울려 나오는 경적 소리를 내며 들어오고 있었다. 열차가 멎고 옆구리의 문이 열리면서 몇 사람이 내리고 탔다. 그리고 열차는 떠나가고 있었다. 그 뒷모습에서 나는 공룡의 모습을 얼핏 떠올렸다. 그러도록 역장은 모습을 나타내지 않았다. 알 수 없는 일이었다. 철로 옆에는 웬 아낙네 한 사람과 우리 둘만이 남아 있었다. 검은 옷을 입은 뚱뚱한 여자였다. 열차는 그대로 다니는데 그토록 극구 감싸던 역장은 어디로 갔단 말인가.

“저어, 말씀 좀 묻겠는데요. 여기 역장님 어디 갔습니까?”

나는 아낙네에게 말을 건넸다. 아낙네의 눈초리가 희뜩 빛나는 걸 나는 보았다.

"역장은 무슨…… 내가 일을 봐요. 왜요?"

말뜻을 알아들을 수가 없었다.

"왜 뭔 일이 있습니까? 그분을 좀 알고 해서……."

나는 말꼬리를 흐렸다.

"그 사람, 내 남편은 갑자기 쓰러져 죽었다오. 고혈압에 맨날 술이니…… 철도청에서 날 대신 써줘서 일을 보고 있는데…… 왜 그래요?"

너무나 준비 없이 받아들인 말이라 나는 당황할 수밖에 없었다. 쓰러져 죽었다오. 그리고 고혈압과 술이라는 말만 멍한 머릿속을 맴돌았다.

"아닙니다. 그저…… 실례했습니다."

나는 허둥지둥 뒤돌아섰다. 그러자 그 새로운 역장이 역사 앞에 쌓여 있는 나무 더미를 오르내리며 뛰놀고 있는 여자아이들을 향해 내뱉는 소리가 들려왔다.

"야, 이것들이 왜 거기서 놀고 지랄들이야. 이 썩어 문드러질 가시나들아."

그 소리가 그 아이들을 향해 지르는 것만이 아니라는 판단은 잘못된 것일까. 저쪽 공단 입구의 건널목을 지나는 열차의 경적 소리가 길게 들려왔다.

철로가의 어느 이름 없는 허름한 음식점에 류를 끌고 들어간 나는 찌개 하나를 시켜놓고 막걸리를 마셨다. 마시는 동안 나는 그 역장의 죽음과 함께 '이 썩어 문드러질 가시나들아' 하는 말이 줄곧 머리를 떠나지 않았다. 인간은 언젠가 죽는다는 평범한 진리를 새삼스레 반추해보고 있었던 것도 같다. 소멸이라는 말도 사라진 경적 소리처럼 귀에 울렸다. 그리고 일부러 철로의 침목을 밟고 집으로 돌아오는 방법을 택했을 때는 날은 어두워져 있었다. 길가의 점멸등이 불을 밝혔다.

열차도 불을 켠 채 서해안의 버려진 들판을 달려갈 것이었다. 차창으로 새어 나오는 희미한 불빛이 눈에 어른거렸다. 외롭고 비린내 나는 생활에 찌든 사람들이 차창에 기대어 비춰 보내고 있는 불빛이었다. 사람이 죽어 묻힌 무덤가에 인불이 푸르게 빛나는 것을 본 적이 있었다. 그 열차에서 비춰 보내고 있는 불빛은 전기로 켠 불빛이 아니라 인의 빛이었다……. 승냥이 똥에는 인이 섞여 있어 불빛이 푸르고 밤에도 멀리까지 보인다…….

그리고 나는 뒤뚱뒤뚱 뒤뚱뒤뚱 달려가는 협궤열차의 공룡 발자국 소리를 들을 수 있었다. 나는 지금 그 발자국의 몇천만 년 묵은 화석 위를 걸어가는 것이었다. 나와는 아무 상관도 없는 여자가 나와 엇비슷이 옆을 걷고 있었다. 나는 몇 번이나 류를 만났으나 아직까지 그녀의 신변에 대해서 묻고 싶은 것을 묻지 못하고 있었다. 알 수 없는 일이었다. 그러나 나는 아무 말도 건네지 않는다. 그녀도 뭔가 다른 분위기를 느꼈는지 입을 열지 않는다.

……사우루스 ……사우루스 ……사우루스.

멀리서 내게 누군가 빛을 보내고 있다. 그것이 누구이며 어떤 뜻을 담은 빛일까. 안타깝게도 나는 알아내지 못한다. 삶이란 무엇이며 사랑이란 무엇인 것일까 하고 문득 하늘의 별을 쳐다본다. 아득한 이름을 가진 별에서 오는 아득한 별빛이다. 이따위 감상에 젖는 것은 술기운 탓이리라 여겨도 본다. 그러나 그 별빛은 승냥이 똥의 빛처럼 밤하늘 멀리서 내게로 오고 있다.

……사우루스…….

하지만 나는 아무것도 알 수 없다고 느낀다. 우리는 어디서 와서 어디로 가는가. 우리는 단순히 썩어 문드러지고 마는 것일까. 지금 내가 알 수 있는 것은 철로 침목에 남기는 발자국의 소리뿐인 것이다. 그와 함께 어둡고 머나먼 땅, 아무도 나를 아는 이 없는 외로운 땅에 홀로 던져졌다는 생각에 나는 몸을 떤다.

나는 다시 하늘의 별을 쳐다본다. 별빛은 여전하다. 알 수 없이 가슴이 저려온다. 그제서야 몇천만 년 전, 그렇다, 아득한 몇천만 년 전부터 내가 꿈꾸어 온 것은 오로지 하나의 사랑이었으며 그 신호는 승냥이 똥의 별빛으로 내게로 오고 있다는 생각이 들었다. 그리고 나는 협궤철도의 침목을 밟으며 그것을 찾아간다는 생각이 뒤따랐다. 아니, 그것을 찾아가야 한다는 생각이라고 해야 옳을 것이었다.

웬일인지 나도 모르게 깊은 한숨이 새어 나왔다. 그 소리가 그녀에게까지 들릴까 봐 나는 손으로 가슴을 힘주어 쓰다듬었다. 그리고 짐짓 말했다.

"오늘 밤은 모두 잘 잠잘 수 있을 거야."

그렇게 헤어지는 것은 안타깝기 짝이 없는 일이었으나, 두 해 아래였던 류는 예전에 오랫동안 내게는, 말하자면, 우상과 같은 여자였다.

2
너의 귀, 나의 귀

내가 류에 대해 뭔가 모르게 소홀했던 점에 나는 사과한다. 정신병원에 대한 내 선입견 때문일지도 모른다. 그런데 지금 나는 류, 그녀와 간이역에 서 있다. 그녀는 이제 병원 따위에는 가지 않는다고 말하고 있었다. 꽤 오랫동안 소식이 없던 그녀는 전혀 딴 여자가 되어 있었다. 아니, 그것이 그녀의 본래의 모습이었다. 그런데 그때는 왜 그랬을까.

열차는 제 시각이 되어도 오지 않는다. 저녁 여섯 시 사십팔 분, 어천역, 수원발 송도행 도착 시각. 기다리는 사람들이 제가끔 시계를 들여다보았다. 늦가을에 벌써 어두울 무렵이어서 역사의 하나밖에 없는 백열등 불빛 쪽으로 시계의 자판을 기울이고 있는 것이었다. 좀 늦어질 모양이라고들 합의를 본 듯 말하고 있었다. 이 차는 종종 그런다니까요. 곧 올 거예요. 누군가는 스스로를 위로하는 투로 말하고 있었다. 나도 시계를 들여다보았다. 벌써 이 분이나 지나 있었다. 소슬한 가을바람이라는 말이 떠올랐다. 바람이 떡갈나무 잎사귀들을 헤집고 불 때처럼 오소소 오소소 소리를 내며 몸을 헤집고 들었다. 역 구내의 '어천' 표지판 밑에 놓은 비닐 가방과 보따리들이 먼 불빛에 희끄무레하게 웅크리고 있었다. 벌써 날은 완전히 어두웠다. 하늘에 얼마쯤 흩어져 있던 흑청색도 어둠에 묻혔다. 오 분이 지났다. 어디선가 전화벨 소리가 연방 울렸다. 전화를 어서 받지 않고 뭘 하는 것이람. 조바심이 났다. 나는 역 구내를 서성거렸다. "차가 오긴 오나요?" 아이를 데리고 있는 젊은 여자가 바람 때문인지 불확실한 미래에의 불안 때문인지 몸을 잔뜩 오그리고 어느 누구라 할 것 없이 사람들에게 물었다. "오긴 올 거예요. 어쩌다 늦어지는 수가 있지요." 누군가가 대답했다. 다소 위안이 되었는지는 모르나 하나 마나 한 이야기였다. 시간은 넘어가고 있었다. 무슨 일이 일어난 것일까. 그러나 어디서 알아볼 곳도 없었다. 작은 간이역은 오래전에 폐쇄되다시피 하여 역무원은커녕 집무실에는 열차 일과는 관계없이 가정집이 들어앉아 있었다. 다만, 낡은 침목들이 쌓여 있고 레일이 연결되어 있는 목조의 오두막집이 옆에 딸려 있었는데 전화벨은 그 안에서 연방 울려대고 있는 것이었다. 그 문의 커다란, 녹슨 자물통은 일제시대부터 그대로 채워진 채로 있다는 느낌이었다.

"무슨 사고라도 났나."

나는 중얼거리며 담배를 꺼내 불을 당겼다. 애초에 이 여행은 잘못된 여행이었다. 그녀는 향나무 옆에 붙어 서서 무슨 상념엔가 젖어 있었다.

류를 만나 여기까지 온 것이 바로 오늘 일이건만 까마득한 세월 저쪽의 일처럼 느껴졌다. 지금 그녀는 저기 서 있지만 그런 그녀조차 예전부터 저기 서 있었던 것처럼 느껴지는 것은 알 수 없는 일이었다. 그렇다면 이 만남은 우리의 어떤 과정 속에서 거슬러 올라가 이루어진 만남인지도 몰랐다. 열차는 오지 않는다. 오긴 올 거예요. 이 말을 믿을 수는 없다. 철길이 외줄이잖아요. 그러니까 이쪽 차가 안 오면 저쪽 차도 움직이질 못하게 돼요. 사람이 몇이나 타고 기다리는데, '오긴 올 거'라는 부연 설명이었다. 하지만 시간은 자꾸 흘러가고 오직 막막한 희망과 기대만으로 무작정 기다리기만 한다는 것은 그리 쉬운 일이 아니었다. 낡은 역사는 유령의 집처럼 보이기도 했다. "요전에도 고새기에서 사고가 났답니다. 어린애가 달려들었지요. 거긴 집들이 철길 옆에 요렇게 바싹 붙어 있으니까요." 열차에 대해 가장 잘 알고 있음 직한 여자가 두 팔을 반쯤 벌려 보였다. 그러나 우리는 혹시 이렇게 밤을 새우게 되는 것인지도 알 수 없었다. 일은 본래부터 이렇게 꼬이게 마련이었던 것처럼도 여겨졌다. 우리가 어떻게 해서 이 간이역까지 와서 있게 되었는지, 이 사실부터가 모호한 일이었다. "잘 들어보세요. 차가 오면 저쪽 건널목에서 땡, 땡, 땡, 땡, 땡 소리가 나니까요." 짐은 그대로 놔두고 바람이라도 막아보자고 휑뎅그렁한 역사 안쪽으로 몸을 옮기며 여자가 말했다.

낮에 그녀와 만난 나는 열차를 타고 이곳에 내렸었다. 잘못된 운명을 되짚어 가려는 사람이 되어 이 간이역을 기점으로 삼으려는 듯이. 그러나 그로부터 몇 시간이 지나 나는 다시 이곳에 서 있는 것이었다. 만나서부터 나는 얼마 전에 그녀가 왜 그렇게 흐트러져 있었는지 그것이 자못 관심거리이자 의심거리로 되살아났었다. 그러나 나는 아무 말도 묻지 못했다. 학교 때의 그녀를 생각하면 도저히 상상할 수 없는 일이었다. 사람은 그렇게 변해가는 건일까……. 나는 땡, 땡, 땡, 땡, 땡 소리를 듣기 위해, 그 소리를 못 들으면 열차를 놓치게 되는 것인지도 모른다고 조바심을 치며 어둠 속으로 두 귀를 쫑긋거렸다.

귀에 생각이 미치자 예전의 그녀의 방이 떠올랐다. 낮에 열차를 타고 오면서도 나는 예전의 그 방을 떠올렸었다. 그때 작은 서향 창으로 오후의 햇살이 비쳐 들어와 그 방을 비현실적으로 보이게 하던 것도 아울러 떠올랐다. 그때의 그 느낌만은 언제나 환등기에 비춰 보듯이 어두운 뇌리에 환하게 비춰졌다. 그것은 이승의 방 같지 않았다. 하지만 이승이 아니라고 해서 그렇다면 저승 쪽이란 말인가. 그것도 아니었다. 그것은 먼 어떤 세상의 그것이었다. 아무도 모를 유배지의 바닷가, 그 벼랑의 아늑한 동굴 속. 마치 어릴 적에 낮잠을 자고 일어나 문득 다가오는 감정, 서럽고도 외롭고도 감미로운 이상한 세상에 외홀로 떨어져 있는 그런 감정에 나는 사로잡혀 있었다. 그 방에 서서 멀쩡한 정신으로 깨어 있으면서도 그렇게 느끼고 있었던 것이다. 그러나 그렇다고 해서 그 방이 무슨 특별한 방이라고는 할 수 없었다. 오히려 평범한, 한 가난뱅이 여학생의 자취방에 지나지 않았다. 철제 캐비닛이 있고, 낡은 찬장이 있고, 앉은뱅이책상이 있었다. 앉은뱅이책상 위에는 야광 사발시계가 동그마니 놓여 있었다. 그러고는 무슨 북제 그림이 끼워져 있는 나무 액자가 하나. 그것밖에는 아무런 장식도 없어 "류, 무슨 여자 방이 이렇게 무뚝뚝하지?" 하고 말하려다가 나는 그만두었다. 너무 정곡을 찌를까 봐 순간적으로 저어되었던 것이다. 여자의 방은 네 벽마다 아기자기한 이야기들을 소곤거리고 있어야 한다고 생각했던 것부터가 잘못이었는지도 모른다. 그렇지만 그런 내 관념은 아직도 변함이 없다. 아직도 나는 여자의 방은…… 그중에서도 류의 방은…… 하고 말하고 있는 것이다.

그런데 그 방을 다시 한 번 휘둘러보던 나는 벽에 붙어 있는 이상한 장식에 눈길이 쏠렸다. 그 순간, 나는 내 눈을 의심하고 있었다. 하기야 내 눈은 형편없는 근시로서 차라리 약시에 가까웠다. 그러므로 그 엄연한 장식에 눈길이 쏠려 있었음에도 불구하고 내 눈을 의심하지 않을 수 없었다. 뭘 잘못 보았는지도 몰라. 그리고 그녀에게는 내가 별다른 행동을 하지 않는다는 투로 보이도록 신경 쓰며 두 발짝쯤 앞으로 다가갔다. 그리고 보았다. 내 나쁜 눈은 그것을 잘못 파악하지 않았다. 그것은 하나의 귀였다. 하나의 귀라고 해놓고 보니 몹시 부정확하고 오리무중인 느낌이 든다. 알 수 없는 암호 같기도 하다. 그래도 역시 나는 그것은 하나의 귀였다고 말할 수밖에 없는 것이다.

하나의 귀라니 그것이 어떻게 '장식'으로 벽에 붙어 있단 말인가?

그것은 보통 사람의 것보다 크고, 게다가 새하얀 하나의 귀였다. 나는 그때까지도 정체를 파악하지 못하고 그것과 방의 '무뚝뚝한' 풍경 사이에 엉거주춤 서 있었다. 화가 고흐가 자기의 귀를 자른 이야기도 떠올랐다. 그 상처 위에 흰 붕대를 두른 스스로의 모습을 그린 그림도 어디선가 보았었다. 고흐는 면도칼로 귀를 잘랐다고 되어 있지만 실상 사람의 귀는 뜻밖에 잘 떨어져 버린다는 것을 나는 알고 있었다. 어릴 때 나는 장난으로 여동생의 귀를 잡아당겨 양쪽 끄트머리만 간신히 붙은 채 거의 다 떨어지게시리 만들었던 죄과가 있는 것이다. 그래서 여동생도 내가 나중에 본 고흐의 자화상처럼 붕대를 두르고 다녀야 했다. 다만 여동생과 고흐가 다른 점이 있다면, 여동생은 그 붕대 안에 귀가 들어 있었고 고흐는 그렇지 못했다는 점이 되겠다. 그런데 고흐가 그 자른 귀를 성냥갑에 넣어 다른 사람에게 보냈다는 것은 정말일까. 어떤 사람이 그렇다고 한 데 대해 어떤 사람은 그렇게까지는 하지 않았다고 했다. 알 수 없는 일이며 또 알아본댔자 내게는 별다른 소용이 닿지 않는 것이었다. 남의 잘라진 귀의 행방을 쫓는 일에 생각이 미치자 일본 어디에든가 조선시대의 임진왜란 때 왜군들이 우리나라에서 잘라 간 수많은 귀들을 파묻었다는 귀무덤도 떠올랐다. 어느 학자가 찾아가서 사진까지 찍어 신문에 실었었다. 흔히 백병전에는 상대방의 귀를 잘라 옴으로써 전과를 계산한다는 것이었다. 육이오 때도 그랬다는 이야기를 들은 적이 있었는데, 그때 나는 어리석게도 "그럼 귀 두 개가 사람 하나가 되겠네요?" 하고 얼결에 끼어들었다. 그러자 중사 출신의 상대방은 대뜸 "어허, 이 사람!" 하고 일갈했다. 천만의 말씀이었다. 사람의 귀는 그것이 머리에 달려 있을 때는 똑같이 생긴 것처럼 보이지만, 떨어져 나왔을 때는 실상은 반대로 되어 있는 것이었다. 혹시 이 사실에 그때의 나처럼 어리둥절할 사람이 있다면 쉬운 설명 방법이 있다. 즉 한쪽 귀를 떼어 다른 쪽에 붙여본다면 그 귀는 얼굴 앞쪽이 아니라 뒤쪽을 향하여 귓바퀴가 열리게 됨을 알게 될 것이다. 그러므로 어느 한쪽 귀 하나만 자르도록 통일만 하면 되는 것이었다. 평범한 진리였다. 그런데도 나는 그 사실이 왠지 굉장히 신기하게만 받아들여져서 눈을 껌벅거렸었다.

"세네카의 귀야."

내가 엉거주춤하고 서 있는 동안 잠깐 문밖에 나갔던 류가 어느새 들어와 있었다. 나는 그 목소리에 순간적으로 흠칫 놀랐다. 그러나 무슨 귀라고 했는지는 얼른 알아들을 수 없었다. 다만 비록 잘리어 벽에 붙어 있다고는 하더라도 실제로 사람의 귀는 아니라고 말하고 있음은 그 말투에서 느낄 수 있었다. 하지만 내가 여태까지 그것을 실제 사람의 귀로 여기고 있었던가 하면 그것은 분명 아니었다. 그것을 실제 사람의 귀로 여기고 있었다면 나는 그 무서운 마녀의 집에서 혼절을 했거나 뛰쳐나왔을 것이다. 그것은 크고 하얬다.

"로마시대의 정치가라고 했어. 아니, 철학자 · 문필가 · 웅변가라고 사전에 적혀 있었어. 이름 들어봤어? 세네카, 그 사람 귀. 이 방은 연탄만 꺼지믄 얼음장이야. 불구멍 조절하는 게 왜 그리 힘든지."

류는 사위어가는 연탄불처럼 희미하게 웃어 보였다. 그제야 나는 그 귀의 임자를 알았다. 나도 세네카라는 사람의 이름을 어디서 주워들어 알고 있었다. 그는 로마를 불태운 폭군 네로의 신하이기도 했었다. 영화 〈쿼바디스〉에서 네로가 수시로 그의 이름을 부르고 있었던가. 네로를 주인공으로 한 제목을 잊어버린 영화인지도 모른다. 그 세네카의, 석고로 만든 귀였다. 그런데 이 세네카의 귀에 무슨 의미가 있단 말인가. 그가 유난히 다른 사람들의 말을 경청하는 능력이 뛰어난 미덕을 갖추었기 때문에 죽은 다음에 귀만 석고로 떠서 남겼단 말인가. 나는 여전히 오리무중이었다. 피아니스트이며 작곡가인 리스트는 유난히 손가락이 길어서, 그의 음악이 그 긴 손가락과 깊은 연관이 있을 것이기에, 그가 죽은 다음에 손만의 석고상이 떠졌다고 했다.

"세네카의 귀……."

나는 류에게 들릴락 말락 하게 중얼거렸다. 그와 아울러 그 불가해한 귀에 그녀의 과거의 어떤 부분이 응축되어 깃들어 있을지도 모른다는 추측이 마치 음흉한 촉수처럼 머릿속에 뾰족하게 돋아 올랐다. 과거의 아름답고 아픈 상처의 기념물?

그러는 사이에 그녀는 말없이 찬장 속에서 커피포트를 꺼내 물을 끓였다. 한낮이 기울고 있는지 방의 서향 창으로 햇빛이 기어들고 있었다. 다소 어두웠던 방이 부분적으로 밝아졌다. 그러고 보니 그 귀 아래 그녀는 마치 신에게 바칠 제물을 마련하고 있는 것만 같았다. 그녀의 방으로 나를 안내한 것도 그런 광경을 보여줄 목적이었던 것 같았다. 그녀는 이 모든 광경들을 내게 보여줌으로써 더 이상 나의 접근을 막고자 하는 것일까. 나는 그 귀가 무엇을 뜻하는지, 왜 벽에 고착시켜놓았는지를 알 수 없듯이 갑자기 그녀의 모든 것에 대해 알 수 없다는 고절감에 빠져들어 갔다. 그래서 "커피가 다 떨어져서 병을 우려내야 할까 봐" 하고 그녀가 말했을 때도 나는 그 생각에만 골몰해 있었다. 그리고 그 병 바닥을 말끔히 우려낸 커피를 잔에 따라놓고 둘이서 마시며, 그 세네카의 귀는 예전에 잠깐 다니던 화실에서 실수로 깨뜨린 석고 흉상의 한 조각이라는 것, 그래도 성한 부분은 저 부분밖에 없어서 무심코 들고 와 붙여놓았다는 것, 붙이는 일은 생각보다 쉬웠다는 것 등의 이야기를 들을 수 있었으나, 이미 혼란된 내 정신은 그 사실들을 곧이곧대로 받아들일 수 없었다. 그리고 시간이 흐를수록 까닭 모르게 우울해져서 가만히 앉아 있기가 힘들었다. 하지만 그 뒤 나는 이상스럽게도 더더욱 류에게 정신을 빼앗겨가는 나를 발견했다. 귀 때문일까. 그것은 모른다. 어느새 내 젊은 영혼은 그녀로 인해 하루하루 피돌기를 계속할 수 있다고 믿고 있었다. 그녀는 내 영혼의 심장이었다!

그런데 꽤 오랜 세월을 뛰어넘어 나는 다시 그 방을 가장 가깝게 떠올리고 있었다. 그 오랜 세월 틈틈이도 내가 그 방을 떠올리지 않은 것은 아니었다. 특히 화방 옆을 지나며 그 안에 있는 어떤 종류의 석고상을 보게 될 때는 어김이 없었다. 그럴 때마다 나는 그 방의 첫인상을 떠올렸고, 그와 함께 까닭 모르게 심란해지는 마음을 가누려고 애썼다. 그것은 갑자기 인생이 수수께끼처럼 여겨지는 감정을 수반했다. 인생이 왜 수수께끼라야 하는가. 내가 태어난 사실이 확고한 이상, 내가 살아서 두 발로 길을 걸어가고 있는 이상, 인생은 확고한 것이지 않으면 안 된다. 하지만 그놈의 귀 때문이란 말인가. 나는 그만 맥없이 헤맬 수밖에 없었다. 만약에 '아침에는 네 발로 걷고, 낮에는 두 발로 걷고, 저녁에는 세 발로 걷는 동물은?' 하는 수수께끼를 스핑크스가 냈을 때, 그것이 사람이라는 것을 여태까지 아무도 맞추지 못했다면, 스핑크스는 오늘날처럼 나폴레옹 군대에 의해 코가 깨진 채 사막에 서 있는 게 아니라 귀가 뭉청 날아간 채 서 있을 것이다, 라고 중얼거렸을 정도로 나는 그놈의 귀에 신경이 쓰였다. 그러나, 어쨌든 이 모든 것은 그녀로부터 연유했다고 해야 한다.

그런데, 내가 '그런데'라고 말하면서 '그 방을 가장 가깝게 떠올리고 있었다'고 말하고 있는 까닭은 무엇인가. 얼른 말해서 나는 그녀와 함께 열차를 타고 가고 있기 때문이었다. 이 사실 자체가 내게는 믿기지 않는 사실이었다. 전에 몇 번 이상한 형태로 만난 것은 그녀가 아니었고 이번에 그녀를 처음 만났다는 생각도 들었다. 그녀는 저 세월 속에서 학교도 채 마치지 않은 채 어디론가 사라져버렸었다. 나는 이것을 배반으로 받아들였다. 왜냐하면 우리는 상당히 자주 만났고 그 과정에서 어느덧 나는 그녀를 내 여자로 점찍어 놓고 있었던 것이다. 나중에 바람결에 들리기를, 나도 어찌어찌하면 알 만한 사람과 결혼을 했다고 했다. 나는 그때 한 주간지에 적을 두고 밥을 빌어먹고 있었다. 나는 예전에 늘 그녀 주위를 빙빙 돌면서 이렇다 할 이야기를 만들지 못한 내가 새삼 되돌아보아졌다. 하는 수 없는 노릇이었다. 그 뒤로 나는 어디에서도 그녀의 소식을 들을 길이 없었다. 그 주간지마저 80년대에 들어와서 이른바 언론 통폐합의 소용돌이 속에서 여배우의 옷을 너무 벗겼다는 준엄한 단죄에 의해 고래 싸움에 새우등 터지듯 터져 없어져 버리고 말았고, 집구석에 들어앉게 되자 내게는 가느다랗게 되어 있다고 기대되는 통로마저 봉쇄되어버린 느낌이었다. 그러나 젊은 날에 가까이서 그때그때 애를 태우다가 영원히 사라져버린 여자를 향해 통로란 무슨 부질없는 짓거리란 말인가.

"저것이 나문재란 풀이지. 나물도 해 먹는데 맛이 없기로는 둘째 가라면 서러울 거야."

나는 차창 밖으로 펼쳐진 너른 개펄에 선연한 붉은빛으로 가득히 돋아 있는 나문재의 군락을 가리켰다. 그것은 마치 하늘의 나염 공장에서 그 빛깔만 골라 몇만 평의 천을 일부러 갖다 널어놓은 것같이 보였다. 내가 그녀에게 설명한 것은, 그 광경을 처음 보는 사람마다 틀림없이 "저건 뭐죠?" 하고 묻기 때문이었다. 어떤 구상화가가 있는 그대로 낱낱이 그려놓는다고 해도 그 풍경은 구상이 아니라 추상일 수밖에 없었다. 내가 가리키는 데 따라 그녀는 망연히 밖을 내다보고만 있었다. 이제 가을이 완전히 지나고 겨울이 가까워질수록 저 붉은빛은 보라색을 띠어 개펄을 어두운 색조로 물들이다가 누릇누릇 시들 것이었다. 열차는 그 개펄을 오른쪽으로 바라보며 작은 야산 아래 펼쳐진 논밭 사이로 달려가고 있었다.

나는 수첩을 꺼내 미리 적어둔 열차 시각표를 하릴없이 들여다보았다. 사실 그것을 들여다볼 필요는 전혀 없었다. 나는 우리들이 가고 있는 곳까지의 여러 역 이름조차도 외고 있었다. 우리는 고잔역에서 탔고 그다음이 일리역, 그다음이 사리역, 그다음이 야목역, 그다음이 우리들의 목적지인 어천역이었다. 고잔에서 열한 시 사십팔 분에 떠나 어천에 열두 시 십오 분에 닿았다. 그러니까 삼십 분이 채 못 걸리는 가까운 거리였다.

류로부터 뜻밖에 전화가 온 것은 전날 저녁이었다. 나는 또다시 여러 가지 감회가 어렸으나 기껏해야 "어떻게 지금 괜찮아?" 하는 말이 앞섰다. 그러나 서울을 떠나 작은 신생도시에 같이 살고 있다는 사실에 대한 반가움에 뒤이어 결국 별수 없는 삶이라는 묘한 반응이 따랐다. 이 황량한 곳까지 밀려왔으니 너도…… 하는 동류의식 속에 자신에 대한 부끄러움과 상대방에 대한 은근한 깔봄이 안쓰러움으로 깃들어 있다고 하더라도 역시 반가움은 반가움이었다. 그녀는 《생활정보》라는 지역 선전 책자에 이름이 보인 김에 전화를 걸어보는 것이라고 대답했다. 나는 그곳에 「새 땅에 새 뿌리를 내리자면」이라는 짤막한 글을 써서 실은 적이 있었다.

우리는 물론 만남에 주저 없이 합의했다. 그러고 나서 마침 바로 다음 날 예전 은사인 김적인金迪仁 선생님을 찾아뵐 작정을 했으니 괜찮으면 같이 가는 게 어떠냐고 나는 제안했던 것이다. 김 교수가 학교에서 정년퇴직한 뒤 남양 땅에 자리 잡았다는 사실은 벌써부터 동창에게서 듣고 있었고 주소도 적어두었었다. 김 교수를 찾아보려는 계획은 다분히 수인선 철도를 의식하고 꾸며진 것이었다. 그 철도를 이용하면 안성맞춤이겠기 때문이었다. 그녀는 잠깐 머뭇거리더니 좋을 대로 하라고 승낙했다. 나는 전에 그녀가 그 열차를 타고 싶어 했으나 거기 응하지 못한 것에 미안함을 느끼고 있었기에 고마운 마음이었다.

시간이 거의 다 되어 나타난 그녀와 이러쿵저러쿵할 사이도 없이 우리는 열차에 올랐다. 협궤열차 안은 사람이 한두 명 섰을 정도로 한산했다. 철도 언저리 마을로 장사를 나감 직한 아주머니들이 서로 마주 보며 모여 앉아 이야기꽃을 피우고 있을 뿐, 나머지 사람들은 그저 멀거니 앉아 흔들리고 있었다. 다른 데서 온 손님 같았으면 협궤열차가 어떻고 저떻고 설명을 늘어놓았으련만 나는 입을 다물고 있었다. 오래간만에 만났음에도 불구하고 그녀가 큰 감정의 폭을 나타내지 않는 데도 원인이 있었다. 짙은 쥐색 바바리를 아무렇게나 걸쳤으나 그동안 그녀는 상당히 세련된 몸가짐을 하고 있었다. 그런데도 그 표정 어딘가에 빈 곳이 있음을 나는 지나치지 않았다. 여기까지 밀려와서 살아가야 하는 일상의 곤고함 때문이리라. 그러므로 그저 누구나가 하듯이 "그동안 어떻게?"라는 질문을 던졌고 이에 대해 그녀로부터 "그저 그렇게"라는 대답을 들었다. 하지만 시간은 아직 얼마든지 있었다. 그녀 쪽에서 먼저 전화를 걸어왔으므로 내 쪽에서 서두를 것도 없었다. 게다가 그녀는 어느 의미로 내게는 '배반자'였다. 그런 그녀와 문득 이상한 땅에서 만나 협궤열차를 타고 옛 은사를 찾아간다? 도무지 이해할 수 없는 장면이었다.

"선생님이 의아해하실걸?"

나는 그녀에 대한 궁금증 따위는 짐짓 뒤로 미루고 될수록 가벼운 분위기를 가질 필요가 있다고 느꼈다.

"뭘?"

그러나 그녀가 생뚱한 표정을 지었다. 모든 여자들이 그렇지만 그녀는 예전부터 시치미를 떼는 데는 뭐가 있었다. 그 시치미에 그만 나는 움츠러들었다. 그와 함께 그녀가 무엇 때문에 만나자고 했는지조차 아리송했다. 아니, 그녀는 전화만 걸었지 만나자고 한 것이 아니기는 했다. 하기야 만나서 이제 겨우 십몇 분, 숨 돌릴 틈이나 겨우 있을까 말까였다. 아니다. 이 여자는 옛날 자신의 배반 때문에 아직은 그것으로부터 자유롭지 않은 것이다. 나는 생각했다.

"표 안 끊으신 분들 표 끊으십시오."

승무원이 기다란 전표 모양의 승차권을 들고 지나갔다. 그는 비어 있는 운전석 옆에서 아까부터 비디오카메라를 들고 열심히 바깥 풍경을 찍고 있는 흑인을 발견하고는 그냥 지나치려다 되돌아서서 "쑤원?" 하고 장난처럼 물었다. 흑인이 다소 긴장한 얼굴로 머리를 끄덕였다. 그에 따라 승무원도 웃으며 알겠다는 듯 마주 고개를 끄덕였다. 그러고 나서 승무원은 저쪽 칸으로 가봐야 볼일도 없다는 몸짓으로 그 옆에 기대서서 흑인의 비디오카메라에 손을 내밀었다. 흑인이 비디오카메라를 넘겨주었다. 승무원은 그 렌즈를 통해 바깥 풍경을 바라보더니 그렇게 보이는군요 하듯이 고개를 끄덕이며 돌려주었다. 여름철 행락 인파가 많을 때 세 칸이나 네 칸으로 늘어나기는 해도 보통 두 칸만으로 운행하는 그야말로 장난감 열차였다. 일본 식민지 시대에는 쌀이나 소금을 실어 나르는 데 큰 활약을 했다고 하나 이즈음에는 승객도 줄어들어 웬만한 역은 역무원조차 근무하지 않는 폐역이 되어버렸다. 그러니까 우리는 지금 유리창도 깨지고 벽의 회칠도 벗겨지고 밤이면 전등불 하나 제대로 켜지지 않는 버려진 폐역들을 거쳐 어디론가 가고 있는 것이었다. 승무원이 흑인에게 열차 안의 통로 쪽을 가리키며 비디오카메라를 눈에 갖다 대는 시늉을 했다. 저기 쪼그리고 앉은 몸뻬 차림의 아낙네나 마고자 차림의 노인네나 피곤에 지친 듯 졸고 있는 더벅머리 젊은이나 칭얼대는 어린애를 어르는 아낙네가 통로를 사이에 두고 서로 마주 보고 가고 있는 광경은 안 찍느냐는 뜻이었다. 거기에 흑인은 흰 이를 드러내며 웃기만 했다. 열차가 이 목역에 닿았다. 몇 사람이 내리고 타고 열차는 떠났다. 시멘트로 포장된 좁다란 농로와 가까워졌다 멀어졌다 하면서 열차는 속력을 더했다. 낡은 침목으로 열차는 덜컥덜컥 뛰었다. 추수가 끝난 논에 쌓여 있는 볏단을 바라보며 나는 주머니 속의 차표를 꺼내 들었다. 자줏빛 몸뻬를 입은 중년 아낙네가 자리에서 일어나 플라스틱 함지를 문 쪽으로 붙여놓았다. 비닐로 꼭꼭 여며놓은 함지 안에는 겨우 전철표보다 클까 말까 한 작은 전어 새끼가 납석같이 흰 비늘을 반짝이며 소복하게 쌓여 있었다.

"아저씨, 내릴 때 이거 좀 들어줘요."

아낙네가 내게 부탁했다.

"예. 우리도 내립니다. 염려 마십시오."

유난히 커다란 교회 건물이 십자가를 높이 치켜들고 있는 언덕이 눈에 들어왔다. 우리는 그 아래 역에서 내려야 했다.

"여기서 또 버스를 얼마쯤 타야 돼."

나는 알아둔 대로 말했다. 그녀가 고개를 끄덕였다. 그 역도 이미 그냥 내버려져 있는 역이었다. 우리는 묵은 측백나무가 앞을 가리고 있는 덩그런 역사로 들어가 빈 대합실을 두리번거리며 빠져나갔다.

"꼭 유령의 집 같애."

그제서야 그녀가 뭔가 또렷한 목소리로 말했다. 그 목소리로 말미암아 그 말의 내용이 무엇이든 간에 나는 비로소 그녀와의 대화가 시작되었다고 느꼈다. 그때까지의 그녀는 내게 미정형의 무엇이었다. 허둥지둥 열차에 올라 손잡이를 잡고 흔들리고 있었으므로 서로 사이에 흐르는 감정이 제자리를 잡지 못하고 있었다고 하더라도.

"죄다들 도시로만 몰려가니 별수가 없지. 그쪽은 여기서 어떻게 지내?"

나는 이제 뭔가 물어볼 기회가 왔다고 여겨져서 드디어 정색을 하고 물었다. 곧 큰길이 나왔고 우리는 왼쪽으로 방향을 틀어잡고 있었다.

"그렇게 됐어. 여기서 쪼그만 가게를 차렸어. 서울은 워낙 자리값이 비싸니까 엄두를 못 내고."

그녀는 서슴지 않고 말했다. 그 말 한마디에 그녀가 서 있는 인생의 대강이 어느 정도 밝혀졌다.

"가게? 무슨 가게?"

나는 관심을 기울여 물었다. 순간 나는 귀가 여기저기 장식된 액세서리 가게 같은 걸 상상했다. 언젠가 대학 앞의 카페라는 곳에서는 주인 여자가 학생들이 없는 방학 때는 그곳을 자신의 화실로 사용한다고 말했었다. 그처럼 그녀의 가게도 특수한 공간일 것 같았다.

"그냥 아무거나 하는 거야. 장사에 재주가 있어야지."

그녀는 그 언젠가처럼 희미하게 웃음을 띠고 구체적인 대답을 피했다. 그녀의 그런 태도에 꼬치꼬치 캐물을 생각은 버려야 했다. 그러지 않아도 저절로 알게 될 것이었다.

우체국을 지나고 약국을 지나고 중국음식점을 지나고 복덕방을 지나니 '민들레다방' 앞에 버스 정류장이 나타났다. 맨드라미꽃 모양 깃이 달린 블라우스를 입은 레지가 삐꿈히 표 두 장을 끊었다. 길을 사이에 둔 양쪽의 집들은 모두 앞면이 반듯하게 잘린 채 일정한 높이의 블록으로 위장되어 있었다. 그 뒤쪽은 서까래가 휘어진 낮은 지붕들이 먼지를 함빡 뒤집어쓰고 숨어 있었다.

"남편은?"

왜 내가 마치 꺼내서는 안 될 물건을 꺼내는 것처럼 느껴졌을까. 그러고는 마치 지나치는 질문이라는 듯 버스가 왜 이리 늦게 올까 하는 시늉으로 먼 길모퉁이에 눈길을 던졌다.

"남편은…… 뭘?"

그러나 그녀는 반문했다. 나는 그가 무엇을 하느냐고 던진 물음이었다. 모퉁이로 버스가 차창에 햇빛을 반짝 반사하면서 모습을 나타냈다.

"차가 와. 남편은 잘 있느냐고."

나는 싱긋 웃어 보였다. 버스가 멎는 바람에 우리들의 토막 진 대화는 끊겼다. 세 사람이 내린 다음 우리는 차에 올랐다. 남편 이야기는 당연히 어디로 사라져버렸다. 우리는 멍하니 바깥을 바라보았다.

버스가 목적지에 이르렀으나 아직 해는 높았다. 아니, 우리가 가야 할 정말 목적지는 거기서부터 이십 분쯤은 또 걸어야 했다.

"뭘 좀 먹고 가야겠어. 점심땐데."

나는 말하고 가게 몇 개가 나란히 붙어 있는 골목으로 접어들어

갔다. 골목은 꽤 넓은데도 좁고 어둡게 느껴졌다. 고소한 냄새가 독기처럼 코를 찔렀다. 반들반들하고 까맣게 기름에 전 무쇠솥 안에서 참깨가 유황 타는 것 같은 연기를 내며 달달 볶이고 있었다. 버스를 타고 오면서 나는 무슨 생각을 했던가. 그것은 생각이라고도 할 수 없었다. 예전 그녀가 종적을 감추었을 때 나는 그녀를 배신자로 낙인찍었으며 괴로워했다. 그리고 그 뒤로 오랫동안, 아니 오늘날까지 나는 그 생각을 버리지 않았다. 이 이면에는 내가 아직도 그녀에 대해 멍울진 간절함을 품고 있다는 뜻이 새겨져 있었다. 그런데 어떠한가. 이제 내게서는 살아 있는 느낌의 간절함은 배어 나오지를 않았다. 나는 내 밋밋한 가슴에 놀랐다. 류는 이제 있어도 그만 없어도 그만인 존재에 지나지 않았다. '세상에 가엾은 여자는 버림받은 여자이며, 그보다 더 가엾은 여자는 잊힌 여자'라는 삼류 정의가 있지만 류는 그야말로 이것도 저것도 아니었다. 나는 이 사실에 당혹하는 한편 그녀가 이 사실을 눈치채게 될까 봐 몹시 부담스러웠다고 고백하지 않으면 안 된다. 게다가 그녀는 내가 지니고 있던 것보다 훨씬 평범한 여인상의 여자에 지나지 않아 보였다. 무슨 가게를 하는지 몰라도 길거리의 무수한 진열창 안에 우두커니 앉아 있는 여자 중의 하나에 불과한 것이다. 그놈의 세네카의 귄지 뭔지 하는 그 귀때기만 해도 그렇다. 그저 심심풀이로 주워 와서 형편없는 장난으로 붙여놓은 게 나를 홀렸던 것이다.

골목이 다 끝나도록 이렇다 할 음식점은 안 보였다. 몇 사람이 둘러앉은 가운데 파란색 운동복을 입은 사람이 송아지만 한 개를 월월 어르며 무엇인가 장사를 하고 있었다. "아무것두 없군" 하고 내가 돌아서려 하자 그녀가 한옆에 앉아 스테인리스 양재기를 들고 국수를 먹고 있는 아낙네를 가리켰다. 국수 위에 채 썬 호박이 파릇파릇 움트는 새싹처럼 보였다.

"아주머니, 그런 국수 파는 집이 어딨죠?"

그 집은 바로 맞은편의 아무런 표지도 없는 흰 포장집이었다. 우리는 그리로 들어가 국수 두 그릇을 시켰다.

"저 개 말야. 종자가 뭐라나. 한 번 붙이는 데 5만 원이랴. 한배 잘 놔 길르믄 수십만 원은 문제도 아니라느문."

"그야 갯금이 송아짓금보다 나으니께. 듣자 하니 어떤 건 10만 원씩 하는 것두 있다더구만. 개는 크기는 큰데. 저런 거하구 붙이자믄 암컷두 웬만큼 큰 종자라야지."

이야기하는 중년들 앞에는 막걸리 양재기가 놓여 있었다. 나는 그들의 말을 들으면서 5만 원이라는 사실에도 놀랐지만 저렇게 돌아다니며 개를 교접시키며 살아가는 직업이 있다는 사실에 더욱 놀랐다.

"흘레를 붙이는 모양이지, 개를?"

어느새 좌판 앞에 나온 국수를 젓가락으로 집어 올리며 그녀가 말했다. 나는 말없이 고개만 한 번 끄덕였다. 나는 그녀를 뒤따라 먹기 시작했다. 중학교 때 살던 부산 서면 뒷골목이 떠올랐다. 그곳에는 개들이 유난히 많았었다. 아침에 학교에 가다 보면 골목길 한복판에서 개들이 교미를 했다. 개들은 수컷이 암컷 속으로 들어가기가 바쁘게 왜 서로 반대 방향으로 떨어지려고 애쓰는지 모를 일이었다. 어느 날도 개들은 서로 떨어지려고 낑낑 애를 쓰고 있었다. 그 광경을 바라보며 옆을 지나치던 나는 순간 길옆 나무판자 담장 틈 사이에 무엇인가가 있음을 직감했다. 무엇일까 할 사이도 없이 나는 그것이 까만 눈동자임을 알았다. 그 까만 눈동자에 비쳐 나온 열띠고 번들거리는 빛이 그 눈동자의 정체를 내게 노출시킨 것이었다. 내가 그 눈동자를 쳐다보는 순간 그 눈동자는 담장 틈에서 재빨리 옆으로 비켜졌다. 눈동자만 한 너비의 틈 사이로 하얀 옆얼굴이 언뜻 보였다가 사라졌다. 그 하얀 얼굴에 어린 홍조를 나는 보았다고 생각했다. 누구일까. 그것은 새침데기로 이름나서 동네 형들이 말 한마디 못 붙이고 공연히 휘파람만 후익후익 불어대던 그 집 여고생 누나가 틀림없었다. 아무리 좁은 틈서리라 해도 나는 알 수 있었다. 그 뒤 나는 그 누나가 교복을 말끔히 다려 입고 눈을 살포시 내리깐 채 길을 지나가는 모습을 보면서도 개가 흘레를 붙는 광경이 연상되었다. 또 개가 흘레를 붙는 광경을 보면 그 누나의 모습이 떠오르곤 했다. 그것은 그만큼 내가 그 누나를 흠모했다는 이야기로 풀이된다.

국수를 먹은 뒤 우리는 가게에 들러 간단한 선물을 샀다. 사과와 작은 국산 양주였다. 그리고 길을 물어 우리는 함께 걷기 시작했다. 김 교수는 내 졸업논문을 지도했을 뿐만 아니라 내가 일자리를 얻는 데도 큰 도움을 주었었다. 졸업하고 처음 몇 해 동안 해마다 빠짐없이 그 집에 드나들었으나 먹고살기가 바쁘다는 핑계로 차츰 뜸해져서 마침내는 발길이 끊어지고 말았다. 류와 나는 같은 교실에서 윤리니 도덕이니 정의니 하는 것들을 공책에 적어 넣었었다.

내가 선생님이 몸이 불편하더라는 말을 했을 때 그녀는 마른 코

스모스 대궁을 똑똑 꺾고 있었다. 농협 건물을 지나 돼지우리를 마지막으로 곧 시골길로 접어들었다. 벌써 잎들이 진 아까시나무들의 앙상한 가지가 허공을 휘어잡으려는 듯 갈퀴를 짓고 있었다. 도대체 예전의 그녀에게서 느끼던 감정은 조금도 느끼지 못하고 길을 가야 한다는 것은 고역이었다. 그랬다면 차라리 다방에서 만나 몇 마디 이야기를 나누고 홀가분하게 헤어지는 편이 나았었다. 그런데도 그녀는 내 감정을 아는지 모르는지 전혀 개의치 않는 눈치였다. 나는 은근히 부아마저 치밀었다. 그때는 어떻게 된 거지? 왜 아무 말 없이 집까지 옮기고 사라졌지? 묻고 싶었으나 다 부질없는 노릇이었다. 그따위 일들이 이제 와서 무슨 소용이 있단 말인가. 그것은 이미 십몇 년도 더 전의 케케묵은 이야기일 뿐이었다. 아니, 심지어 옆에 걷고 있는 여자는 류가 아니라는 생각도 들었다. 그 일과 나 자신도 무관한 것처럼 여겨졌다. 그것은 내게 있었던 일이 아니다. 나는 몽롱한 의식 속에서 허우적거렸다. 지금 나는 어디로 가고 있는 것이며 옆의 사람은 누구인가. 가야 할 곳은 정작 딴 곳에 있는데 엉뚱한 방향으로 가고 있는 건 아닐까. 구름 한 조각 없는 청명한 하늘과, 베어진 벼 그루터기만 까실까실 남아 있는 논과, 너무나 잘 자라 마치 플라스틱으로 만들어놓은 것 같은 배추 포기들이 내가 겪고 있는 현실의 풍경인지조차 부쩍 의심이 날 지경이었다.

자전거를 타고 오는 학생에게 다짐하듯 길을 물었다. 바로 도랑 건너 집들이 옹기종기 모여 앉은 마을이었다. 마을 뒤의 야트막한 야산은 군데군데 단풍으로 물들어 있었다. 자, 다 왔나 봐. 나는 구원이라도 받은 듯 말했다. 그녀가 손에 들고 있던 들국화 한 줄기를 도랑에 던졌다. 동네 사람인 듯싶은 노인이 맞은편에서 나타났다. 우리는 노인이 도랑 위에 걸린 좁은 시멘트 다리를 건너오기를 기다렸다. 노인이 헛기침 소리를 냈다.

"저 말씀 좀 묻겠습니다……."

노인에게서 들은 말은 너무도 뜻밖이었다. 선생님은 보름 전쯤 갑자기 세상을 떠났다는 것이었다. 그녀와 나는 얼굴을 마주 쳐다보았다. 허망하기 짝이 없는 노릇이었다. 선생님은 돌아가셨다. 우리는 그 선생님을 방문하기 위해 십몇 년 만에 만나 이상한 여행을 해온 것이었다. 온몸에 기운이 빠지고 변변찮은 선물이나마 들고 온 것이 천 근의 무게로 느껴졌다.

그녀가 십몇 년 만에 나타났다는 사실부터가 심상찮은 일로 받아들여졌다. 그녀는 마녀야 아닐지는 몰라도 마녀의 역할을 하고 있다는 생각이 퍼뜩 들었다. 어서 집으로 돌아가야 한다. 그리고 평온을 되찾아야 한다. 선생님은 돌아가셨다. 나는 나를 되찾아야 한다. 나는 무거운 발길을 허둥지둥 되돌려 걷기 시작했다. 잘못된 운명을 되짚어가려고 했다가 막다른 골목에 이른 꼴이었다. 선생님의 죽음을 확인하기 위해 실로 어처구니없는 짓을 했다는 생각이었다. 선생님은 돌아가셨다…….

그리하여 다시 하나의 기점으로 돌아온 우리는 열차를 기다리고 있는 것이었다. 하지만 땡, 땡, 땡 소리는커녕 열차는 감감무소식이었다.

"이러다가 정말 안 오믄 어쩐단 말야?"

한복 바지에 스웨터를 입고 중절모를 쓴 중늙은이가 아내인 듯싶은 여자에게 공연히 짜증을 냈다. 아무도 거기에 대해 시원한 답변을 해줄 수 있는 사람은 없었다. 캄캄한 하늘에는 별들이 문자 그대로 총총 돋았다. 건너편 마을의 집들에서 비쳐 나오는 형광등 불빛들이 바랜 감광판처럼 빛났다. 또다시 전화벨 소리가 그악스럽게 울려댔다. 열차는 오지 않으니 기다리지 마십시오…… 급히 알려주려는 전화 같았다. 여러분은 지금 위험한 지경에 빠졌습니다……라고 말하려는 것일까. 그 지역은 이미 적의 수중에 떨어졌습니다…… 낙동강 지역에서 치열한 전투가, 아뿔사, 딘 소장마저 적의 포로로! 채병덕蔡秉德 장군님!…… 구상具常은 이중섭李仲燮을 배에 태워 일본으로 보내주었습니다……. 어둠 속에서 울리는 모든 소리는 비상시의 소리처럼 들렸다. 어둠 전체가 열차가 오는 길을 차단하고 완강하게 저항하고 있는 것만 같았다. 그렇다면 어둠이 물러서지 않는 한 열차는 오지 않을지도 모른다. 아이를 데리고 자꾸만 시계를 불빛에 비춰 보던 젊은 여자는 이윽고 포기했는지 어디론가 향해 발길을 돌렸다. 안 오나 봐, 그냥 우리 집에 들어가서 자고 내일 가. 안 돼. 밤늦게라도 그이가 올 텐데, 저녁도 지어놔야지. 전화하면 되잖아. 그래두 가야 돼. 젊은 여자는 아마도 조금 전까지 자고 가라고 권유하다가 들어간 친구 집으로 가는 것이리라. 그러고 보니 어느 틈에 두어 사람이 더 없어진 것 같았다. 오지 않는 열차를 기다리는 것처럼 어리석은 일은 없다는 격언도 있었다고 기억되었다. 열차는 정녕 오지 않는가? 아니, 어쩌면 먼저 지나가 버렸는지 모른다고도 여겨졌다. 우리가 도착하기 바로 직전에, 뒤뚱거리며 달리던 보잘것없는 열차가 갑자기 특급열차라도 된 양 이 작은 간이역을 그냥 통과해버렸다는 생각도 들었다. 우리는 지금 기다림의 본질 중의 하나인 무지몽매함 속에서 다만 암흑만을 볼 수 있을 뿐이다. 아무리 기다려도 우리에게 더욱 구체적으로 다가올 것은 암흑뿐일 것이다. 역에 있는 다른 모든 사람이 어디론가 간 다음 우리만 남는다면? 그래도 하염없이 기다려야 할 것인지 나로서는 도무지 판단할 수 없었다. 그녀와 나는 이제는 오히려 거북한 사이에 불과했다. 그런데 난데없는 곳에서 어둠이 우리를 얽어매 놓고 있는 것이었다. 불안했다.

"열차가 안 오나 봐요."

문득 류의 목소리에 눈을 들어 보니 흐린 불빛을 등지고 선 그녀의 검은 실루엣이 어둠의 실체처럼 다가왔다. 그 모습이 웬일인지 실체의 그녀 같지 않아서 순간적으로 나는 기묘한 느낌에 빠져들었다. 여태까지와는 달리 존대 어미를 붙이는 것도 여간 생소하지 않았다. 나는 열차에 대해서 뭐라고 말할 처지도 아니었지만, 그 느낌 때문에 아무 말도 입 밖에 낼 수 없었다. 그 느낌 중에 그녀의 모습이 이 세상 사람의 모습이 아닌 것처럼 여겨진 구석이 있었다면 그것은 단순히 어둠 탓으로 돌려야 할 것이었다. 그러나 그 검은 실루엣의 얼굴이 창백하게 느껴진 것은 왜였을까.

"그럼 열차가 올 때까지만 얘길 해야겠어. 사실은 안 하려고 했지만 무언가 기다린다는 건 진력나는 일이니까. 옛날에 그 귀 생각나? 석고상에서 떨어져 나온 귀 말야. 그게 내게는 무슨 운명을 암시하고 있었나 봐. 나로서는 심심풀이에 지나지 않았는데. 그건 악마의 주술이었는지도 몰라. 열차가 언제 올지 모르니까 간단히 말해야지."

그녀가 잠시 동안 말을 멈추었다. 그동안 그녀야말로 무슨 악마의 주술을 읊고 있는 것처럼 꼼짝 않고 그 자리에 서 있었다. 그에 따라 나도 이상스럽게 얼어붙은 듯이 서서 그녀의 말에 귀를 기울이고 있었다. 하지만 나는 그녀가 하는 말을 한마디도 알아들을 수가 없었다.

"결혼을 하고 집을 옮겼을 때도 나는 웬일인지 그 귀를 떼어다 붙였어. 내 딴에는 퍽 이색적인 장식이라고 생각했던 게 틀림없어. 그러나 그건 어디까지나 장식에 불과했어. 유치한 장식이지. 도대체 그게 그 이상의 뭐겠어?"

내 동의를 구하는 듯한 물음이었다. 나는 잠자코 고개를 끄덕거렸다. 나는 그 방에 처음 들어가서 그 귀를 보았을 때의 분위기가 되살아났다. 그것이 과연 유치한 장식에 지나지 않았던가에 대해서는 뭐라고 꼭 집어 말하기는 곤란해도 그것은 확실히 내게는 그 이상의 무엇이었다는 생각이 들었다.

"그런데 문제는 그해 5월부터 시작되었어. 80년 5월 말이야. 광주하고는 아무 상관도 없는 그이가 갑자기 직장을 집어치웠던 거야. 이해할 수 없는 일이지. 광주라니? 그이는 광주에 가본 적도 없다고 했어. 그런데 웬일인지 견딜 수가 없다는 거야. 자기 자신이 견딜 수가 없다는 거야. 가만히 의자에 쭈그리고 앉아서 봉급 받을 날만 기다리는 자기가 견딜 수가 없다는 거야. 사람들이 죽어 나자빠져 가는데 그러고 앉아 있는 자기가 견딜 수가 없다는 거야. 그렇다고 현실에 대해 어쩌자는 것도 아니고 다만 자기 자신을 되찾아야겠다는 거였어. 사실 그이는 체제니 반체제니 하는 것들과도 담을 쌓고 있던, 그저 소심한 생활인이었어. 그런데 어느 날 갑자기 직장을 집어치우고 집에 들어앉았어. 피가 끓어오르고 눈물이 나서 못 견디겠다면서, 그러고는 자기를 찾자면 우선 글을 쓰거나 그림을 그려야 된다면서 원고지며 스케치북이며 이젤이며 마구 사들였어. 난 영문도 모른 채 팔짱을 끼고 보고 있을 수밖에 없었어. 그이는 하루 종일, 그야말로 식음을 전폐한 채 뭔가를 쓰고 그리고 했어. 꼭 미친 사람 같았어. 눈이 벌게가지고 무서웠어. 그이가 써놓은 글이나 그려놓은 그림이란 것도 도무지 알 수 없는 거였어. 글은 문장이 어디서 시작해서 어디서 끝나는지, 또 무슨 소리를 하려고 했는지 읽을 수조차 없었고. 그림은 모두 결국은 짓뭉개놓은 것에 지나지 않았어. 그러면서 무수한 사람들이 죽어갔으니 자기 자신을 찾아야 한다고…… 미친 거야. 그거 무서운 일이었어. 내가 어떻게 손쓸 틈도 없이 미쳐버린 거야. 그런 기간은 꽤 오래갔어. 난 그러다가 정말 자기를 되찾아 예전의 모범 생활인으로 돌아오리라고 막연한 기대만을 하고 있었어. 그런데 어느 날이었어. 그건 끔찍한 일이었어. 확실히 세네카의 귀란 그 재수 없는 물건 때문이었는지도 몰라. 어느 날 기척이 이상하길래 문을 열어보니, 이럴 수가. 그이는 귀에 피를 철철 흘리고 있는 거야. 그리고 그 손에 들고 있는 한쪽 귀를 보았어. 왼쪽 귀였어. 세상에 이런 일이 어디 있겠어. ……그이는 지금 병원에 있어. 한쪽 귀가 없는 채로. 듣기 뭣한 얘기였지? 나도 그때부터 불면증이 오기 시작했어. 솔직히 말하면 혹시 장사에 무슨 도움을 받을 일은 없을까 해서 만난 것뿐인데 이상한 얘기를 다 했군. 그런데 열차는 왜 안 올까 몰라.”

그녀는 말을 마치고 한숨을 몰아쉬었다. 나는 그녀의 이야기를 듣는 순간 알 수 없이 정신이 멍해져 있었다. 그해 5월에 나는 아무 생각 없는 평범한 생활인이었다. 직장에서 곧이어 쫓겨날 줄도 모르고 이리저리 밥벌이에만 코를 박고 있었다. 왜들 죽이고 죽고 야단들인지 원, 하고 한마디 정도는 했을지도 모른다. 그런데…… 하나의 귀가 있었다.

무엇인가 처연하면서도 안타까운 감정이 어둠처럼 나를 감쌌다. 그녀와 그 남편의 일들이 불행한 과거였다면 내 과거는 더욱 불행한 것임에 틀림없었다. 나는 내 무력감 앞에 허망하게 떨고 있는 나를 보았다. 그리고 조심스럽고 부끄럽게 내게 물었다. 너는 너 자신을 어떤 방법으로 찾을 수 있겠느냐. 몸에 열이 나는지 오한이 온몸을 휘감고 지나갔다. 그래. 나도 나를 찾아야 한다. 지금까지의 나는 내가 아니다. 일찍이 하나의 귀가 있었다. 그런데 너는 너 자신을 어떻게 찾을 것이냐…….

먼 데서 실낱같이 가늘게 잘가닥잘가닥 바퀴에 레일 밟히는 소리가 들려왔다. 열차가 오고 있는 소리가 틀림없었다. 아무리 먼 소리라도 청력이 좋은 나는 잘 분별하여 알아들을 수 있었다. 마침내 열차가 레일을 밟고 오는 소리가 들린다. 그녀는 아직 그 소리를 듣지 못했음이 분명해 보였다. 그러자 그녀도 지금 피가 철철 흐르는 자신의 한쪽 귀를 잘라 들고 있다는 착각이 들었다. 두려움이 몸에 소름을 돋게 하며 엄습해왔다. 하지만 다행히도 열차가 오고 있다. 그러나, 두 귀를 가진 나는 열차가 오는 소리가 멀리서 들린다는 말을 류에게 할 수가 없었다.

그 늦은 열차를 타고 목적지, 아니 출발점까지 온 우리는 아무 말 없이 약속한 듯 여관으로 향했다. 그리하여 우리는 서로의 열차가 오고 있는 소리를 분명하고 또 확실하게 들었다.

"남편을 사랑해?" 나는 그녀의 벗은 몸을 향해 비굴하고도 어리석게 물었고, 기다렸다는 듯 들려오는 대답을 들었다.

"무척."

3
협궤열차에 관한
한 보고서

협궤열차를 아는가?

협궤란 말 그대로 좁은 궤도란 뜻으로, 광궤에 대응되는 말이다. 즉, 열차가 다니는 궤도에는 광궤와 협궤가 있는 것이다.

보통 철길을 걸어본 사람은 알 것이다. 두 줄의 평행선 사이를 뛰어본다. 분명히, 뛰어야만 다른 쪽 레일 위에 올라설 수 있다. 이것이 광궤의 레일이다. 그런데, 협궤의 레일은 평상의 걸음걸이로 다른 쪽 레일을 딛을 수 있다. 그만큼 좁은 폭이다.

어느 날 딸아이를 마중하러 이 협궤열차의 역에 나간다.

열차는 멎었는데 출발은 지연되고 있다. 딸아이가 역무원과 무엇인가 이야기를 하고 있다. 그래서 열차는 못 떠나고 있다. 두 량二輛짜리 조그만 열차.

"무슨 일이니?"

"아빠, 차비를 지금 내."

"왜?"

이 꼬마열차의 역은 이제 대부분 역사가 텅텅 비어 있고 사무를 보는 사람들이 없다. 그리하여 열차 안에서 표를 끊어야 한다.

"표 끊을 손님 없습니까?"

승무원이 통로를 오간다.

그 표에는 가격 표시가 10, 20, 30, 40……100으로 되어 있어서, 가령 백이십 원어치 거리는 20과 100에 구멍을 뚫어 합계를 맞춘다. 그런데 딸아이는 중간에 승무원과 마주칠 기회가 없었던 것이다.

딸아이와 서로 헤어진 채 사는 게 어언 3년째. 열 살짜리 딸아이는 방학 때면 이 작은 열차를 타고 아빠를 만나러 온다. 혼자서 인형을 들고.

언제나 뒤뚱거리는 꼬마열차의 크기는 보통 기차의 반쯤 된다. 통로를 사이에 두고 서로 마주 보며 앉게 되어 있는데, 상대편 사람과 서로의 숨결이 느껴진다고 해도 과장이 아니다.

이것이 바로 수원과 인천(송도) 사이를 오가는 수인선 협궤열차이다. 전 세계에서 유일하다고도 한다.

"그거 트럭하고 부딪쳐도 넘어지겠군."

누군가가 말한다. 실제로 그런 일도 있는 조그만 열차.

언젠가 딸아이를 배웅하러 갔을 때, 저쯤 이미 열차는 출발하고 있었다.

"어, 어, 세워주세요!"

나는 소리쳤고 아이는 발을 동동 굴렀다. 그러자 열차는 저만치서 속력을 멈추면서 정거했다.

오늘도 나는 딸아이를 마중 나갔다. 그러나 깜박 낮잠 때문에 도착 시간은 벌써 지나 있었다.

'큰일이다.'

나는 부랴부랴 발걸음을 재촉했다. 역까지는 빨리 가야 십오 분. 숨을 몰아쉬며 달려가자 앞에서 딸아이가 걸어오고 있었다.

"별일 없었니?"

나는 달려가서 딸아이를 끌어안았다.

"별일 있젔저."

"무슨 일?"

나는 겨울 추위에 빨갛게 상기된 딸아이의 볼을 쓰다듬었다.

"차비를 안 가져왔거든."

"그래서?"

나는 물었다.

"담에 갈 때 드린다고 했지."

이렇게 수인선 협궤열차는 오늘도 하루에 세 번씩 다니고 있다.

언젠가 이 열차를 타고 낯선 곳으로 갔었다. 낯선 곳이라는 표현이 어색하게 들릴지도 모른다. 어쨌든 이 열차의 구간은 전부가 46.9킬로미터로서 그리 길지는 않다. 수원과 인천(송도) 구간이므로 종착역을 빼고 나머지 역이름은 어천漁川, 야목野牧, 사리四里, 일리一里, 고잔古棧, 원곡元谷, 군자君子, 달월達月, 소래蘇萊, 남동南洞 등으로 되어 있다.

이들 역 중에 어디로 갔는지를 굳이 밝히지 않겠다. 다만 그날도 딸아이를 만나러 두 역쯤 앞으로 갔던 것이다.

나는 몇 사람이 흩어져 간 황량한 역에 내려 주위를 살펴보았다. 바람이 쓸쓸하게 불고, 이렇다 할 다방, 아니 가게 하나 없는 시골 역이었다.

이 이야기를 좀 더 자세하게 해야 한다. 즉, 이 단선철도는 한낮에는 상행차와 하행차의 연결이 두 시간 남짓 시간차가 있어서 그 황량한 역에서 다시 오자면 두 시간 남짓 어디선가 시간을 보내야 한다는 것이다.

'어디서 시간을 보낼까?'

막막하기 짝이 없었다.

나는 본래 황량한 풍경을 좋아한다. 소위 명승지라는 곳은 모든 여유 있는 사람들에게 드리고 싶다. 나 자체가 그만큼 황량한 것일까. 그럼에도 불구하고 그 역 주변은 너무나 황량했다. 너무나 보잘 것이 없었다.

나는 유리창이 깨지고 전구조차 빠진 역사를 둘러보다가 어디로 갈까를 생각하며 몇 발짝 걸음을 옮겨놓았다.

그때였다.

"다음 열차는 언제 있을까요?"

그 여자는 갑자기 꿈에서 나타난 듯 내 옆에 서 있었다.

"네?"

나는 그 여자를 쳐다보았다.

"여기서는 어떻게 움직일 수가 없어요. 열차 시각표도 안 써져 있어요."

20대 후반쯤 되었을까?

나는 물론 그 주인 없는 역사에서 시각표니 요금표니 하는 표시들도 다 철거된 것을 보았었다. 그리고 그 여자가 나처럼 두 시간 남짓 기다려야 한다는 사실을 알았다.

"어디까지 가십니까?"

나는 물었다. 그리고 이 도시 냄새가 나는 젊은 여자가 왜 이런 곳에 와 있나 호기심과 의아심을 동시에 가졌다.

"글쎄요……."

그 여자의 얼굴이 흐려지는 것을 나는 보았다. 왜일까?

특별히 아름답다고는 할 수 없으나 어딘가 세련된 모습의 여자였다. 그런 여자가 목적지도 제대로 말하지 못하는 채 열차 시각을 묻고 있었던 것이다.

"좋습니다. 저도 꼬치꼬치 캐묻고 싶지 않습니다. 다만 다음 열차는 두 시간 기다려야……."

나는 자세히 설명했다. 그리고 실은 나도 같은 처지가 되었다는 것, 이곳이 이렇게 시간 보낼 곳이 없는 줄 처음 알았다는 것 등을 덧붙였다.

그리고 우리는 곧 철길을 걷기 시작했다.

두 시간이면 나는 내 집까지도 충분히 도착할 것이었다.

미리 말했거니와 그 철길은 레일 폭뿐만 아니라 침목 폭도 좁다. 우리는 그 좁은 폭의 침목을 밟으며 마치 연인처럼 걸었다.

'어서 방학이 되어 딸아이가 이 철길로 와야지.'

나는 생각했다. 그때 그 여자가 말했다.

"선생님 눈이 와요."

그리고 팔짱을 끼었다. 정말 눈발이 날리고 있었다.

멀리서 협궤열차의 또닥거리는 소리가 들린다. 딸아이가 타고 올 것이다.

몇 해 전이었을까. 경기도 서해안의 새로운 도시 안산에 이사 올 것은 꿈에도 생각 못 했던 그때 소래포구에서 협궤열차를 탔었다. 열차의 종착역은 수원이었지만, 그곳에 무슨 볼일이 있지는 않았다. 서울에서 소래까지 왔었고, 바로 거기서 협궤열차를 탈 수 있기 때문이었다. 그러니까 협궤열차로 수원까지 가서 다시 서울로 돌아가는 순환 여행이었다.

동행의 여인과는 그 무렵 사랑에 빠지기 시작했던 사이였다.

그녀가 혼자 살고 있었던 세검정 마루턱에 가서 허름한 술집 겸 밥집에 들러 무슨 이야기인가 시간 가는 줄 모르고 읊조리다가 돌아오곤 했던 시절. 그 무렵 나는 나 자신에게 한없는 권태를 느끼고 있었고 무엇인가 깨부수고 싶은 충동에 허덕이고 있었다. 겉으로는 매우 평온한, 순치된 생활이 있었다.

그러나.

내 마음속에는 항상 '그러나'가 있었다. 삶이란 일회성이라는데 과연 내 삶은 무엇이란 말이냐. 때로는 밤새도록 이야기하고 사랑의 행위를 하고, 아무것도 먹기 싫어 웅크리고 있다가 저녁 무렵 세검정 고갯마루에서 사과 한 알로 이별을 고하는 경우도 있었다.

이곳은 사과가 떨어지면 툭 하고 소리가 나는 세상.

목월木月 선생은 저승에 대해 이승을 이렇게 표현하고 있지만 내게도 그때 사과 한 알은 그처럼 절실하게 영혼과 육체에 와 닿았다.

"자, 이제는 마지막으로 사과 한 알."

빨간 홍옥 한 알이 내 손에 쥐어졌다. 그러면서 그 가을은 깊어갔고 또 겨울이 지나가고 있었다.

나는 지금도 그때의 협궤열차를 기억한다. 물론 지금은 협궤열차와 매우 가까이 있어서 그에 대해서 잘 알고 있다. 어떤 날에는 그 열차가 저쪽 건널목을 지나면서 울리는 경적 소리를 귀 기울여 듣기도 한다.

그러나 그때의 그 협궤열차만큼 내 인생에 환상으로 달린 열차는 없었다. 가을에 그 작고 낡은 기차는 어차피 노을 녘의 시간대를 달리게 되어 있었다. 서해안의 노을은 어두운 보랏빛으로 오래 물들어 있고, 나문재의 선홍색 빛깔이 황량한 갯가를 뒤덮고 있다.

"저런 빛깔을 내기란 어렵지요."

안산의 젊은 화가는 말한다.

나문재를 아는가?

봄철 포구에 가면 발긋발긋 물들어 있는 어린것을 뜯어다가 '나물 사 가세요' 하고 팔고 있다. 이것이 커가면서 다육식물처럼 통통한 초록빛 잎사귀로 자라다가 가을이 깊어가면서 선홍색으로 자색으로 물들어 갯가를 온통 붉게 뒤덮는다. 거대한 찬피동물의 선지피를 쏟아놓은 것일까. 짙고, 아름답고, 슬프고, 섬뜩하다. 그러나 봄철의 그 나물은 보기와는 달리 지극히 맛이 없다. 분명히, 맛이 좋지 않다가 아니라 없다는 것이다.

그때 서해안의 황량한 풍경에 어린 그 노을빛과 풀빛을 나는 잊지 못한다.

'이런 곳에서 시를 쓰며 외롭게 외롭게 살았으면.'

그것은 이 세상에는 없는 황량한 선경仙境이었다. 나는 이제껏 세파에 시달려온 지난날을 생각했다. 지나치게 '군중 속의 고독'에 시달려왔다는 생각이 들었다. 그것이 얼마나 부질없는 것인지는 나도 잘 알고 있었다. 삶의 진정한 의미는 어디에 있는가?

아웅다웅하는 저 세상을 버리고 자기 삶을 절대 고독 속에 놓고 진실로 외롭게 살아가는 길은 없을까?

나는 지금도 이런 못된 생각으로 헛되이 시간을 보낼 때가 많다. 이런 점에서 나는, 우리들 삶에서 가장 낭비적인 싸움이라 할, 외로움과의 싸움을 벌이고 있는 것이다. 참으로 지겹고 부질없는 싸움이다. 하지만 이제 와서 나는 그 싸움을 멈출 수가 없다. 시시포스의 신화의 덫에 걸린 것이다. 나는 매일 아무 목적 없이 외로움의 바윗덩이를 산꼭대기로 밀고 올라간다. 그러나 허사가 되어버린다. 바윗덩이는 또다시 아래로 굴러떨어지고 나는 다시 밀고 올라가야 한다. 왜 이따위 짓을 하는가? 하지만 나는 한마디만 덧붙이고자 한다. 시시포스에게는 그것은 영겁의 형벌이었고 그래서 괴로웠겠지만 내게는 그렇지 않다는 것을. 왜냐하면 그것은 남에게서 받은 형벌이 아니라 나 스스로 택한 것이기 때문이다. 문학이 형벌이라 할 때 더욱 그렇다.

그 협궤열차는 내게 잊지 못할 동경의 세계를 가르쳐주었다. 그날 순환 여행에서 돌아와서도 나는 '그런 곳에서 살고 싶다'는 꿈을 쉽사리 버릴 수가 없었다. 그러나 그것은 결코 실현될 수 없는 꿈이었다. 게나 조개나 바닷새가 아닌 한 나는 서울의 '노예선'에 승선하고 있어야 했다. 꽤 오래전에 그 언저리에 와서 며칠 있은 적도 있었는데 그때는 '여기서 살고 싶다'는 생각이 전혀 없었다. 인생이란 참으로 알 수 없는 것이다.

그 뒤 나는 방황을 하다가 그녀의 셋방에 기어들어 가 이상한 형태의 동거인이 되고 말았다. 나는 열심히 글을 썼으며 '둔황敦煌'이니 '누란樓蘭'이니 하는 비단길 위의 도시국가들에 관심을 기울이고 있었다.

눅눅하게 습기가 차고, 채광이 되지 않은 그 방에서의 동거 생활은, 그러나 뜻이 같은 것임에도 불구하고 왠지 동서同棲 생활이라고 하는 편이 좀 더 정확한 표현일 듯싶다. 우리는 함께 거주하고 있었다기보다 함께 서식하고 있었다. 우리는 그 어두운 방에 아예 틀어박히다시피 하고 지냈다.

나는 「누란의 사랑」이라는 소설에서 이와 같이 쓰고 있다.

인간의 꿈은 때때로 너무 쉽게 이루어지는 수가 있다. 내가 줄곧 서해안의 황량한 선경에 마음이 사로잡혀 있어서였을까. 어느 날 '새로운 도시와 시민들의 합창'을 알리는 공고가 나붙었다. 숨통이 막히는 열 평짜리 아파트와 이 지구라는 별이 결국은 곤충들의 세계가 될지 모른다는 견해를 뒷받침이라도 하듯 기승을 부리는 바퀴벌레들을 떠날 기회가 온 것이다. 그리고 나는 협궤열차를 매일 만난 것이었다.

그리하여 남동, 소래, 달월, 군자, 고잔, 야목, 어천 같은 수인선 역 이름들을 만나고, 소음 속에서도 하루에 세 번씩 좁은 레일을 잘가닥잘가닥 밟고 가며 경적을 울리는 열차의 소리를 듣는다.

그러니까 물론, 지금 내가 있는 곳은 이 삶의 고단한 몸을 눕힐 곳은 아무 데도 없는, 노을과 갯벌만 있는 곳은 아니다. 그러나 가까이에 그런 곳들이 있었다. 나는 외로움을 황량한 공간에서 반추할 수 있는 가장 현실적인 곳까지 온 것이었다. 내가 어디에선가도 말한 바와 같이 나는 황폐하게 버려져 있는 어떤 곳을 얼마나 동경해왔던가. 그래서 의식 속에서나마 그런 곳을 얼마나 헤매왔던가.

이곳을 제2의 고향으로 삼으리라.

진눈깨비가 질척질척 내리던 날, 새로운 터전에 짐을 부렸다. 짐이라야 낡은 책 꾸러미가 거의 전부였다. 새로운 생활을 계획한다는 의미에서 서울에서 쓰던 허섭스레기 생활 도구들을 죄다 버리고 와서, 작은 픽업트럭의 바닥에도 허술히 깔리는 짐이었다.

그해 눈은 천지를 뒤덮으며 이 강산에 내렸다. 그리고 안개는 지척을 분간할 수 없이 도시를 에워쌌다. 새로운 고향을 만들기 위해서는 그에 합당한 통과제의가 필요한 것일까. 그로부터 나는 더욱 본격적으로 헤매 다니기 시작했다. 첫해 겨울의 눈과 안개를 지나, 춘, 하, 추, 동. 서해의 흐린 바다가 다가오는 곳에 또한 눈물겨운 섬들이 있었다. 통통배가 들어오는 포구의 뱃사람들 주막집, 외로운 사람들이 모여드는 포장마차, 뜨내기 노동자들이 묵고 있는 '함바' 집에는 내 앓고 있는 술이 있었다. 나는 스스로 자멸파自滅派임을 자처하는 친구와 함께 인생과 예술과 술을 이야기하며 주로 헤매 다녔다. 세고비아와 로드리게스를 따르고 연극에도 몰두했던 그는 소설을 공부하고 있었다.

"그 사람, 첨에는 어떻게 된 사람 같았어. 아침부터 혼자 멍하니 앉아 있곤 해서."

그를 향해서 '함바' 주인은 말했다.

그 밖에도 많은 사람들이 있었다. 그들 사이에서 나도 자멸파의 한 사람으로 위치를 굳히고 있었다. 이런 헤맴 속에서의 어울림의 분위기를 누군가는 '그 시궁창'이라고도 표현한다. 모두들 자신들이 왜 아무런 연고도 없는 이 도시에 와서 헤매 다니는지 알 수 없다고 말하고 있었다. 그런 가운데 많은 사람들이 떠나고 나는 아직 남았다. 그 언제였던가. 협궤열차를 같이 타고 가면서 내가 '이런 곳에서 외롭게 외롭게 살았으면' 하는 환상을 가졌을 때, 내 동행이었던 그녀도 딸아이와 함께 이곳을 떠났다.

나는 열여섯 평짜리 아파트에 홀로 남아 있다. 그리고 죽음에 관한 시를 쓴다. 시인이 되어 꼭 10년 동안은 시만 썼고, 그 뒤 소설가가 되어 꼭 10년 동안은 소설만을 썼고 다시 이제는 시와 소설을 함께 쓰면서. 그러고 보면 나는 10년 동안의 주기로 삶의 궤도를 바꾸는 것인가.

오늘도 협궤열차는 다니고 있다. 그 흔들거리는 모습에서 한 편의 시를 쓴다.

저놈의 협궤열차가 아직도 다녀
헤어진 아내가 가 있는
딸애가 타고 왔다가 가는
협궤열차에 흔들리는 삶
꼭 유령 같다니까 아니 강시 같다니까
금방 무덤에서 나온 듯
도시에 나타나 어 저게 저게 하는 동안
뒤뚱뒤뚱 아마 고대공룡전古代恐龍展으로 사라진다니까
거무튀튀한 몸통뼈 안에 그러나
흔들리는 삶
아직 살아서 뒤척이는 꿈
날품팔이 아낙네의 질긴 사랑
나도 그래야 한다 삶 찢기도록
사랑해야 한다
살아 있음의 질긴 몸뚱이들을

딸아이는 협궤열차가 서는 시골 역에서 이십 분을 걷는 마을에 살면서 3킬로미터쯤 떨어진 초등학교를 걸어 다니고 있다. 그 애는 방학이 되면 혼자 협궤열차를 타고 내게로 온다. 그리고 인형을 사 달라고 조른다. 협궤열차가 없으면 너무나 먼 길을 버스를 바꿔 타고 비잉 돌아와야 하므로 3학년짜리가 혼자 올 수는 없다. 이것이 지금 협궤열차가 내게 갖는 또 다른 의미이다.

그 애가 내게 온다고 하더라도 내가 해줄 수 있는 것은 아주 보잘것없다. 언젠가는 장화를 사주었는데 너무 커서 신을 수 없다는 것이었다. 같이 가서 골랐는데 도무지 영문을 모를 일인 것이다. 그래서 나는 그 애가 읽을 동화를 쓴다. 어려서부터 이상할 정도로 책벌레인 그 애는 어김없이 그것을 읽는다. 가령 이런 것이다.

또다시 겨울방학이 되었습니다. 흰 눈이 펄펄 내리고, 땅도 물도 몽땅 꽁꽁 얼었습니다. 아빠는 여전히 혼자 계시겠지요. 아빠한테 가야 하는데 열차가 추워서 제대로 다니지 않으면 어쩌나 품이는 생각해봅니다.

하지만 그럴 까닭은 없을 겁니다. 열차는 비록 조그마해도 조랑말처럼 씩씩하니까요.

"어머, 눈이 오네."

품이는 소리쳤습니다.

과연 하늘에서는 눈이 쏟아지기 시작했습니다. 올해는 정말 눈이 많이 오는 해입니다. 벌써 몇 번째 흰 눈이 내려 쌓였는지 모릅니다.

눈이 많이 오는 해는 풍년이 든다고 어른들은 말씀해주셨습니다. 품이도 눈을 좋아합니다. 그렇지만 품이에게는 새로운 걱정이 생겼습니다.

'눈이 많이 오면 필례하고 이 세상에서 제일 큰 눈사람을 만들기로 했는데 어쩌지.'

품이는 곧 열차를 타러 가야 하기 때문입니다.

저번에 눈이 왔을 때는 아무리 뭉쳐도 잘 뭉쳐지지 않아 겨우 꼬마 장독만 한 걸 만들었을 뿐입니다.

그런데 눈이 갑자기 펑펑 쏟아지는 것입니다.

'아빠하고 약속을 미룰까?'

그것도 안 될 일이었습니다. 아빠는 오늘이 오기를 몇 날 동안이나 기다리셨습니다.

"아무리 어려도 라면 끓이는 걸 할 줄 알아야지."

아빠는 여름방학 때 그렇게 말씀하셨습니다. 그래서 라면 끓이기도 배워두었습니다. 그 솜씨도 보여드려야 합니다. 아니나 다를까, 필례가 어느 틈에 찾아왔습니다.

"눈이 많이 오는구나. 곧 쌓이겠지?"

필례의 말에 품이는 잠깐 머뭇거릴 수밖에 없습니다.

"오늘 눈사람 못 만들어."

품이는 시무룩하게 말했습니다.

"왜? 눈이 많이 오는데."

필례가 무슨 말인가 하고 쳐다보았습니다.

"응, 나 아빠한테 가야 돼."

"아빠?"

"응."

필례도 금방 알아듣는 것 같습니다. 방학이 되면 그런다고 했던 말이 떠오른 모양입니다. 필례의 실망이 크겠지요.

눈이 쏟아져 쌓이고 있습니다. 그러나 품이는 떠날 때가 되었습니다.

"안녕! 갔다 올게."

품이는 손을 흔들었습니다.

"안녕!"

필례도 손을 흔들어주었습니다.

품이는 눈이 펑펑 쏟아지는 길을 걸어 역으로 향합니다. 세상이 온통 새하얗게 변해 있습니다. 멀리 서 있는 나무들도 눈발에 가린 채 품이를 배웅하고 있습니다. 품이는 발걸음을 재촉합니다. 눈발이 얼굴을 때려 앞을 보기도 쉽지 않습니다.

앞쪽으로 역이 다가옵니다. 몇 사람이 벌써 역 구내에 나와 기다리는 걸 보니 열차는 머지않아 도착할 모양입니다.

"휴우."

품이는 숨을 내쉬었습니다. 몇 번씩 미끄러질 뻔하면서도 다행히 그런 일 없이 역까지 왔습니다. 품이는 신발에 잔뜩 달라붙은 눈을 탁탁 털어냅니다. 오늘은 정말 커다란 눈사람을 만들 수 있는 날입니다.

눈이 품이의 눈앞을 이렇게 가리는데도 열차는 무사히 올 수 있을까요? 사람들이 시계를 들여다봅니다. 눈이 쏟아지는데도 보통 때보다 사람들이 많은 것이 이상합니다.

"버스 길이 막혀서 말이지요. 이놈이라도 타고 가야지요."

어느 아저씨가 말합니다. 아무리 보잘것없는 조그만 열차지만 '이놈'이라고 말하는 사람은 처음 보았습니다.

"무슨 눈이 이렇게 오는지 지겨워 죽겠어요."

어느 아주머니가 말합니다.

품이는 그 아주머니가 콩쥐 팥쥐의 어머니처럼 심술궂다고 생각합니다. 눈이 많이 오면 풍년이 든다고 가르쳐주고 싶습니다.

땡, 땡, 땡, 땡, 땡.

저쪽 찻길의 건널목에서 작은 소리가 들려옵니다. 열차가 오니 자동차들은 잠깐 멈춰서 기다리라는 신호였습니다.

"열차가 오는군요."

열차가 눈발을 헤치며 커다란 고래처럼 생긴 뭉툭한 앞대가리를 보입니다.

"빨리 탑시다. 빨리요."

"서두를 거 없어요. 이건 사람이 다 타야 떠나는 열차니까."

품이도 사람들과 함께 열차에 올랐습니다. 사람들이 옷에 내린 눈을 털어냅니다.

"아주머니, 하필이면 남의 얼굴에다 대고 눈을 털어낼 건 뭐요?"

아까 그 아주머니에게 승객 한 사람이 말합니다.

열차는 눈 속을 달려갑니다.

논이며 밭이며 길들은 모두 눈으로 덮여 있습니다. 품이는 눈 나라를 지나가고 있다고 생각합니다. 마음까지도 하얗게 깨끗해지는 것 같았습니다. 친구와 다투던 것도, 투정을 부리던 것도 부끄러운 마음이 되었습니다.

"승무원, 열차도 눈이 많이 오면 못 가겠지요?"

누군가가 묻습니다.

"그럼요."

승무원이 대답합니다.

"허어, 지독한 눈이로군."

품이는 여전히 바깥을 내다보고 있습니다.

정말 오늘 같은 날은 세상에서 제일 큰 눈사람을 만들 수도 있을 거야. 품이는 생각합니다. 그것은 정말 굉장한 일인 것입니다. 아이들은 물론 어른들도 깜짝 놀라겠지요.

그런데 그것은 코끼리만 한 크기일까요, 집만 한 크기일까요, 산만 한 크기일까요?

품이는 골똘히 생각했지만 알 수가 없었습니다. 그렇지만 오늘 같은 날은 세상에서 제일 큰 눈사람을 만들 수 있을 거라는 생각만은 들었습니다. 비록 필례와의 약속은 못 지켰지만, 그것은 아빠를 만나기 위해 할 수 없이 못 지킨 것뿐이니까요. 그리고 아빠에게 그것을 보여줄 수만 있다면 라면을 끓이는 것보다 몇 배나 자랑스러운 일일 테니까요.

열차는 하얀 눈 나라를 달려가고 있습니다. 그렇게 덜커덕거리던 기차 바퀴 소리도 오늘은 안 들리는 것 같습니다. 품이가 내려야 할 곳도 멀지는 않습니다. 아빠가 계시는 곳도 멀지는 않습니다.

그때였습니다.

갑자기 끼익 소리가 나며 열차가 멎기 시작했습니다. 승객들이 앞으로 쏠렸습니다.

"아니, 무슨 일인가?"

"사고가 났나?"

승객들이 어리둥절한 눈길을 이리저리 굴렸습니다. 그러나 밖에서는 아무 소리도 들리지 않았습니다. 눈만 그대로 사정없이 쏟아질 뿐이었습니다.

그리고 잠깐 동안 서 있던 열차는 곧 움직였습니다. 아무 일도 없었던 모양입니다.

"승무원, 무슨 일이 있었습니까?"

한참 뒤 지나가던 승무원에게 누군가가 물었습니다.

"글쎄요. 아무 일도 없었습니다."

승무원은 대답했습니다.

"그런데 왜 급정거를 했느냐 이 말입니다."

"글쎄요."

승무원이 머뭇거렸습니다.

"글쎄라니요?"

"글쎄요. 기관사가 뭘 잘못 본 모양입니다. 갑자기 앞에 눈사람 같은 게 보이더라는 겁니다. 이 세상에서 제일 큰 눈사람 같은 게 말입니다."

"별사람 다 있네. 눈이 하도 많이 오니 원…… 하기야 온 세상이 눈판이니까. 헛헛헛."

그 사람도 어이없다는 듯 웃었습니다.

여름에는 강릉에 갔었고, 가을에는 속초엘 갔었다. 강릉은 내가 태어난 곳이며 그런 연고로 강원도의 영동 지방에는 나와 모종의 연관을 맺고 있는 곳이 여럿 있다. 속초도 그런 곳이다. 동족이 서로 죽이는 전쟁이 끝날 무렵 속초의 바닷가에서 나는 1년 남짓 살았었다. 설악산이 뒤로 있고 아름다운 영랑호와 청초호의 두 호수가 있는 작은 바닷가 도시.

옛날 신라의 화랑인 영랑은 금강산에서 수련을 마치고 신라 서울 서라벌로 돌아가던 길에 한 호수를 발견하게 된다. 거울같이 잔잔하고 맑은 호수에 깃든 빨간 저녁노을 속으로 설악산 울산바위가 웅대하게 물에 어리고, 호수 곁 범바위도 영검스러운 자태를 드러내고 있었다. 영랑은 그 풍광에 매료당하여 서라벌로 돌아가는 것도 잊어버리고 오랫동안 머물면서 풍류를 즐겼다. 이로부터 이 호수는 영랑호라고 불리게 되었다.

예로부터 문인 · 학자들의 경탄의 대상이었던 영랑호는 오늘날까지 많은 속초 사람들의 사랑을 받아왔다. 호수 서남쪽에 잠겨 있는 범바위는 성스러운 바위로도 널리 알려져 있어 지금도 민속신앙을 믿는 사람들의 발길이 끊이지 않고 있다.

강원도 인제를 지나, 최근에 포장된 미시령 고개를 넘는다. 과거에 영동 지방으로 가는 길은 대관령 · 한계령 · 진부령 등이 있었으나, 미시령이 열림으로써 속초시는 서울과의 지름길을 얻은 셈이 되었다. 게다가 미시령은 설악산을 바짝 끼고 달리는 것이어서 절경을 이룬다. 이제 해마다 몇백만의 사람들이 이 고개를 넘어 울산바위의 웅자에 감탄을 거듭하며 설악산에 이르러, 인구가 불과 7만 가량인 속초 땅에 넘실대는 것이다.

관광객들이 많음에도 불구하고 속초는 매우 조용하고 한적한 곳이라는 인상을 준다. 외국의 어느 휴양도시를 연상케 하는 도시의 짜임새는 구릉들을 넘으며 아기자기하기까지 하다. 우리나라에서 산과 바다와 호수가 이렇게 조화를 이루며 어우러진 도시는 없다.

그러나 이 도시는 그 안에 많은 아픔을 간직하고 있다는 것을 잊어서는 안 된다. 앞에서도 잠깐 말했듯이 육이오 때의 피난민들로 이 도시의 인구는 급격하게 늘어났다. 실향과 망향의 슬픔을 안고 살고 있는 사람들의 고장이라는 뜻도 되는 것이다. 아, 그래서, 또한 배 타는 남정네들도 많은 곳이어서, 홀로 된 아낙네들도 많을 수밖에 없다는 사실이 우리들의 눈앞을 흐리게도 한다. 삼팔선 이북인 이곳은 해방 후 북녘 땅에 속했다가 육이오가 한창이던 51년에 수복한 곳이다.

1953년에 한 소년이 국군을 따라 이곳까지 왔었다. 아직은 전쟁 중이어서 이곳에는 학교도 문을 열지 못했다. 소년은 하루 종일 바닷가에 나가 있는 때가 많았다. 양미리를 잡아 귀항한 배가 고기를 부려놓는다. 양미리는 아직까지 살아서 퍼덕거린다. 소년은 공연히 한 마리를 잡아 드럼통에 집어넣는다. 드럼통의 물은 민물이어서 양미리는 얼마 살지 못한다. 소년은 헤엄치는 고기를 보다가 바닷가로 향한다. 어떤 집 기둥에 소년보다 큰 문어가 산 채로 걸려 있다. 소년은 그 동그란 빨판에 깡통을 붙여준다. 문어야, 깡통의 피를 빨아보렴. 그리고 동해의 푸른 바다가 있다.

소년은 모래사장에서 눈을 조심스럽게 뜨고 기다린다. 무엇을 기다렸던가. 그것은 귤이었다. 전쟁 중의 강원도 북부에서 귤을 기다리다니? 제주도에도 귤을 심지 않던 시절이었다. 그런데도 그 바닷가에는 어쩌다 한 알의 귤이 파도에 떠밀려 오는 수가 있었다. 지금은 그렇지 않지만 그 무렵 속초는 군사도시에 속했다. 미군들도 많았다. 어쩌다, 참으로 어쩌다 떠밀려 오는 귤은 그 미군들의 보급 물자를 싣고 온 배에서 바다에 떨어진 것이었다. 지금은 길거리의 수레에도 가득가득 넘쳐나는 귤 더미들. 그때는 바다에서 마치 황금 덩어리가 떠오르는 것 같았던 귤 한 알.

36년 만에 속초에 가서 그 귤을 생각한다. 대포동의 포구에는 오징어배가 공룡의 눈알만 한 커다란 등들을 매달고 있고 한치와 광어와 도다리와 털게가 있다. 이제는 그 바닷가에 귤은 떠밀려 오지 않지만, 속초는 다른 도시의 변화를 감안하면 그렇게 많이 변하지는 않았다. 그때 귤 한 알을 건지면 같이 나누어 먹으리라 했던 소녀는 어디서 어떻게 살고 있을까. 그 애는 귤을 한 알도 건지지 못한 소년을 떠나 다른 소년 곁으로 갔었다. 소년은 나중에 소설가가 되어 그 바닷가에 와서 소녀와 귤과 고깃배와 등대와 파도를 생각한다. 이름 모를 그 소녀도 찾을 길 없고 바다 귤은 없어도, 여전히 명태 · 오징어 · 양미리 · 꽁치 · 노가리 · 문어가 잡히는 이 바다는 있다. 바닷가 땅을 파도쳐 파고들어 가, 나중에 그 소녀의 마음 빛과 눈빛이 닮았을 것 같은 아름다운 호수를 만들어놓은 속초 바다는 추억을 불러일으키게 하얀 포말을 날리고 있다.

물결이 찰랑이는 영랑호 호숫가를 돌아가면 청둥오리들이 푸드득 날아오르며 늦은 가을을 새삼스럽게 한다.

"저것 봐요. 논병아리."

논병아리 한 쌍이 물속으로 쏙 들어갔다가 봉싯 몸을 띄운다. 호수 한가운데 바위에는 재두루미도 큰 날개를 펼친다. 그 물 밑으로 잉어들이 지느러미를 번뜩인다.

오늘도 범바위에 기원을 하러 오는 사람들이 있다. 나도 영랑호에 도취되어 어떤 기원을 뜻하며 신라시대의 영랑이 되어 한 알의 귤을 사고자 했다. 그러면서 옛 신선을 떠올리고 또한 선녀를 떠올렸다. 어느새 소녀도 선녀의 모습으로 내게 아로새겨졌는지 모른다.

시와 소설이 인간을, 나를 구제할 수 있을까? 그러나 이 또한 외로움과의 싸움임을 알 때 망연해진다. 그래서 나는 남들과 문학 이야기를 될 수 있는 대로 하지 않으려 한다. 바람이 몹시 불거나 눈비가 칠 때 정인情人을 찾아가듯 문학을 할 수 있다면 얼마나 좋을까.

겨울이 되어 창문을 꽁꽁 닫으면 귀를 열어도 협궤열차의 경적 소리는 들리지 않는다. 내 악마주의를 어쩌지 못해 그 악마에게 양식인 술을 먹이다 먹이다 지쳐 돌아와 쓰러져 잔다. 한번 가고 만 사랑은 돌아오지 않는다. 또 돌아올 필요도 없다. 그것은 그것으로써 완성된 것이다. 비록 하룻밤의 사랑일지라도.

몇 날 며칠을 악마는 먹이를 달라고 으박지른다. 그런 어느 날 포구의 언덕 위 묘지 옆, 언제부터인가 버려져 있던 천주교 공소 건물에 화실을 차린 후배가 와서 회복을 하라고 염소 똥 같은 걸 한 알 주었다. 염소 똥이라도 금방 눈 까만 빛깔이 아니라 오래되어 바랜 빛깔이었다.

"이게 뭔데 그래?"

"죽염이라는 겁니다. 대나무 통 속에 소금을 넣고 아홉 번을 굽는답니다."

나는 그의 포구의 통통배들을 보는 재미로 그의 화실에 가끔 간다. 포구는 언제 보아도 측은하다. 그 측은한 구석구석에 통통배들은 낮게 떠 있다. 통통배들이 악기 같다는 생각을 한다. 그것은 고대의 악기다. 그래서 커다란 앵무조개 껍데기같이 바다를 떠다니며 이상한 소리를 낸다. 나는 그 소리가 슬프다.

사람을 새로 사귈 때마다 우선 내 모든 걸 배알까지 까발려 놓아야 하는 나는 이제부터 이미 만난 사람을 소중히 해야 한다고 생각한다. 명함 대신에 배알을 내놓아야 하는 내 속물주의에는 신물이 난다. 배알도 그냥 배알이 아니다. 한 인간에게는 두 개의 얼굴뿐만 아니라 여러 개의 얼굴이 있는데 그중에서도 가장 '괴기스럽고

추물스러운' 얼굴을 보여주려고 악을 쓴다. 가련한 속물주의이다.

이런 내가 싫을 때 내가 그리워하는 것은 두 가지 있다. 그 하나가 포구이며 다른 하나가 가사미산의 엄나무이다. 포구는 물이 빠졌을 때는 작은 개울만 하다. 물빛도 탁하다. 그러나 그 물길로 올라온 통통배는 때에 따라 돌고래도, 바다표범도 내려놓는다. 그리고 늘 눈을 치뜨고 오락가락하는 괭이갈매기들. 이것만으로도 나는 큰 바다를 본다. 나는 어느 결에 옛 바닷가 소녀들을 생각한다. 이 기슭 어디에 숨바꼭질을 하듯 숨어 있을 것만 같다.

그러나 나는 이미 말했다. 한번 간 사랑은 그것으로 완성된 것이다. 애틋함이나 그리움은 저세상에 가는 날까지 가슴에 묻어두어야 한다. 헤어진 사람을 다시 만나고 싶거들랑 자기 혼자만의 풍경 속으로 가라. 진실로 그 과거로 돌아가기 위해서는 자신은 그 풍경 속의 가장 쓸쓸한 곳에 가 있을 필요가 있다. 진실한 사랑을 위해서는 인간은 고독해질 필요가 있는 것과 같다.

그리하여 나는 그 포구의 가장 쓸쓸한 내 장소로 간다.

그 골짜기에는 늘 검은 바람이
긴 옷자락을 끌고 있었다
술에 적신 듯 갈매기 눈알이
빨갛게 노을에 젖는 저녁
내 눈알도
슬픈 이야기에 젖어 어떤 사랑을
갈구한다

갈매기들도 쪼아 먹지 않는
상한 생선 배알 같은 그런 것을
갈구하다가
검은 바람의 긴 옷자락이
끌고 있는 그림자에 쫓겨
돌아온다
生은 늘 먼 곳에서만
깜박이는 흐린 불빛처럼……

이런 날 돌아올 때의 마음은 사랑하는 사람과 헤어져 어두운 밤길을 돌아올 때의 마음이다. 그 이별의 입맞춤이란 얼마나 공허한 것들이었더냐.

그 밤 나는 한 마리 승냥이가 되어, '세피아 빛 승냥이 울음소리'로 운다. 그리고 잠이 든다. 사랑하는 사람과 같이 잠드는 사람들은 상대방을 순장殉葬하지만, 나는 곰팡내 나는 물건들이 내 무덤의 부장품이 되어준다. 내가 주워 온 것들이다. 작은 멧새 둥지, 제비 집, 벌집, 성게, 기왓장, 돌, 떡메, 청자와 백자 편片, 그리고 마른 잠자리도 있다(이 잠자리는 스스로 날아들어 와 거기 앉아 고스란히 말라 죽고 말았다). 모두가 죽은 것들이다. 아니, 살아 있으나 싹을 틔우지 못한 아주까리, 목화씨, 꽈리씨도 있고 파릇파릇한 난蘭 몇 촉도 있다. 그리고 또 서너 마디 되는 대나무 통이 있다. 대나무 통만 보면 옛이야기가 생각나서 항상 그것을 거실 모서리에 세워둔다.

옛날 신라시대에 어떤 사람이 사랑하던 아내가 죽자 그 혼을 대통 속에 넣어 늘 가지고 다니며 그 여자와 만나곤 했다는 이야기이다.

대통을 보며 나는 그 속에 들어 있을 어느 여인의 혼을 생각한다. 누군가 들어 있을 것만 같다. 그러나 그게 누굴까?

시인 박용재와 고향에 갔다가
교산 언저리 푸성귀밭
흐린 우물만 남아 있는
사천의 허균 생각에 갔다가
아직도 청청 뻗은 대밭 옆에서
대나무 한 뿌리를 얻었습니다
홍길동 뿌리를 얻었습니다
앞으로 살아야 할 막된 흘아빗길
저놈 하나 바라고 살까 하고
대통 속에 남모를 계집 넋 하나 집어넣고
뜨신 밥 한 그릇 그리울 세월
그 넋 불러내 보려고
내 남존여비의 비참한 사랑
대 뿌리 하나를 얻었습니다
홍길동 꿈을 꾸며
비참하게 비참하게 헤매는 뜻을
그 계집은 알리라 하고

교산蛟山이란 강릉을 둘러싸고 있는 명주군의 사천에 있는 야트막한 야산이다. 이곳에서 태어난 『홍길동전』의 작가 허균의 호는 그래서 교산이 된다. 어쨌든 이렇게 내가 대나무를 바라보는 눈길은 그쪽으로 기울어져 있다.

잠을 깨면 창문 한쪽으로 가사미산의 한 조각이 눈에 들어온다. 해발 60미터 남짓 되는 작은 산이다. 그런데 예전부터 이곳 사람들이 신령스러운 산이라 하여 범접을 꺼려온 것은 무슨 까닭인지 모른다. 과연 그 인적 드문 산기슭에 서 있는 우람하고 귀기 서린 한 그루 엄나무. 예전 성황당이 있던 곳이기도 하다. 그 언저리의 숲은 아름드리 소나무들이 우거졌고 어딘가 으스스한 기운이 감돈다.

나는 이곳에 오자마자 이 엄나무를 섬기기 시작했다. 그리하여 가끔 홀로 찾아가 주위를 맴돌다가 돌아오곤 하는 것이다. 엄나무는 삐죽삐죽한 가시를 가졌고, 예로부터 몹쓸 역병을 막기 위해 담장 위에 쳐놓던 나무이다. 여기서 나는 처용處容의 모습을 본다. 그리고 이 나무를 맴돌다 와서 몇 개의 단편소설을 썼던 것이다.

방 안 구석에는 언젠가 가을날 꺾어 온 갈대가 아직도 먼지를 뒤집어쓰고 꽂혀 있다. 바닷가 가까운 곳의 습지에는 키가 넘는 갈대들이 무성하게 자란다. 그 속에는 새들이 유난히도 많다.

내가 그 여자와 이른 아침 산책을 나선 것은 지극히 우연한 결과였다. 왜냐하면 아무런 약속도 없이 우연히 그 길에서 만났기 때문이다. 더군다나 우리는 그전에는 결코 한 번도 서로 만난 적이 없는 사이였다.

그런데 왜 이런 새벽에 그 여자는 그 길을 가고 있었을까? 차라리 묻지 않는 것이 좋을 이런 질문을 나는 무의식중에 던진다. 누구나 던질 수 있는 질문이기 때문에 나만이라도 회피해야 한다. 나중에 안 바로서, 그 여자는 우연히 그 길을 가고 있었다. 아니, 무작정이라는 표현이 맞을 것이다.

조금은 걸음걸이가 흔들리는 것도 같다. 아마 저 여자는 술집에 다니는 여자인지도 몰라. 새벽에 퇴근하는 여자 말야. 나는 내 상상력에 다소 실망하지만 그래도 짐짓 낄낄거리는 심정이 되어본다. 그러나 그것은 틀린 생각이었다.

"아저씨, 이 길로 쭈욱 가면 어디가 나오나요?"

여자가 물어온 것이다. 자기 방으로 돌아가는 여자가 길을 제대로 모를 리 없다. 나는 그렇게 묻고 있는 여자를 찬찬히, 그러나 조심스럽게 살펴본다. 아직 어린 여자였다. 새벽 어스름 속에서 지나치게 앳돼 보이기까지 한다. 그러나 화장기가 전혀 없지는 않다.

"어디를 찾는데요?"

나는 멍청히 묻는 수밖에 없었다. 나는 그 여자를 방랑자라고 생각해본다. 어디가 되는지도 모르고 걸어가고 있었지 않은가. 나는 방랑자를 좋아한다. 그 여자는 내 되물음에 당황한 표정을 짓는다. 어쩌면 짜증이 났는지도 모른다. 나는 항상 여자가 짜증을 낼까 봐 조마조마한 인생을 살아왔다. 그런 의미에서 여자가 무섭다.

"그냥 어디가 되는가 해서요."

그 여자는 방랑자가 틀림없었다. 새벽 산책을 나온 차림이 아닌 것으로 봐서 그 여자는 지금 헤매고 있는 것이 틀림없었다.

"저수지가 나오지요."

나는 말해주었다. 동네를 지나고, 갈대밭을 지나면 저수지가 나왔다. 나는 그 저수지까지 가서 새벽 물안개가 피어오르는 것을 보고 돌아올 참이었다.

"그럼 거긴 낚시꾼도 많겠네요?"

"요샌 별로 없지요."

이렇게 이야기를 나누는 사이에 우리는 발걸음을 나란히 걷고 있었다. 그 여자는 왜 낚시꾼 이야기를 꺼냈을까? 그러나 별다른 의미는 없다고 생각하기로 했다.

우리는 동네 외곽을 돌아가는 좁다란 시멘트 길을 걸어갔다. 집들은 아직도 어스름 빛에 잠겨 있다. 길가의 풀들은 벌써 누렇게 말라가고, 들을 가로질러 오는 바람은 싸아하다. 이 여자는 어떻게 이곳까지 와서 낯모르는 남자와 낯선 길을 가고 있는 것일까? 하기야 나부터도 그렇다. 어떻게 되어 아무 연고도 없는 이곳까지 와서 살아가고 있는 것일까?

저수지가 가까워지면서 물 냄새가 풍겨왔다. 바다가 가까워서인지 이상하게도 그 저수지에는 늘 갈매기가 날고 있었다. 길 양쪽 습지의 갈대밭에서 갈대들이 바람에 날리며 스적거리고 있다. 그러자 그 여자가 갑자기 동요한다.

"저기 저 사람 우리 아빠 같아요. 큰일이에요."

그 여자가 내게 매달렸다.

"큰일이라뇨? 아빠가 큰일이라뇨?"

나는 혼란에 빠진다. 저 앞에서 낚시 가방을 메고 오는 남자에게 무슨 변이 생긴 것일까?

"우리 아빤 낚시 가방을 메고 전국을 떠돌아다니면서 날 찾고 있대요. 난 집에서 나왔거든요. 어서요. 절 좀 숨겨주세요."

나는 언뜻 판단이 서지 않았다. 나는 엉거주춤 서 있을 수밖에 없었다. 그러나 그 여자는 달랐다.

"날 못 봤다 그래주세요. 제발요."

그 여자는 다급하게 말하고 나서 다짜고짜 길옆으로 내려가 갈대밭으로 뛰어들었다. 그러나 그 남자는 그 여자의 뒷모습을 보았지만 한눈으로 힐끗 쳐다보았을 뿐 그냥 스쳐 지나가 버렸다.

갈대밭 속에 깃들어 있는 새 몇 마리가 푸드득 하늘로 날아올랐다.

다시 눈보라 치는 겨울이 내 곁에 와 있다. 나는 중국산의 철관음차鐵觀音茶를 끓인다. 그리고 묻는다. 질풍노도와 자멸의 시절은 지났는가?

곧 올 딸아이를 기다린다. 지난가을의 어느 날 전화가 왔었다.

"아빠, 토요일이 운동회 날인데, 아빠 올래?"

그래서 갔던 시골 국민학교 운동회. 아이들은 뛰고 춤추고, 어른들은 술을 마셨다. 나는 낯선 시골 사람들 틈에 끼어 하루 종일 마시고 또 마셨다. 딸아이의 사진 몇 장을 찍어주고, 장난감 반지와 목걸이에 솜사탕을 사주고…….

그리고 몽롱한 가운데 넌더리 나게 외롭고 찌든 삶을 홀로 저녁 협궤열차에 실었던 것이다.

오늘도 눈이 내린다. 다시금 협궤열차에게 묻는다. 내 삶이여, 질풍노도와 자멸의 시절은 지났는가?

4
갈매기 날아가는 곳

나라는 인간은 본래 호기심이 많은 인간으로서 어느 이름 모를 곳, 특이한 곳에 가보는 것을 남달리 좋아한다. 나는 지금 협궤열차에 대해 주욱 쓰고 있지만, 처음 그것을 접한 것은 안산이 자리 잡기 여러 해 전이었다. 먹고살 곳이 신통치 않았던, 어떤 일로 피해 다니던 무렵 나는 무턱대고 그곳으로 갔던 것이다. 그러니까 이 경우에는 호기심이니 뭐니 하는 것과는 거리가 멀다.

그때 맥아더 원수의 인천상륙작전을 다룬 영화 '오! 인천'의 현지 로케로 수인선은 갑자기 활기를 띠었었다. 수인선이라면 우리나라에서 유일하게 운행되고 있는 협궤열차로서, 그때 벌써 경제성이 없다는 까닭으로 없애느냐 어쩌느냐 위협을 받고 있는 터였다. 그러므로 테렌스 영 감독이 오래전에 공작창에 처박아둔 증기기관차까지 동원하자 수인선 주변은 가벼운 흥분 상태에 빠져들어 있었다. 그러나 그 흥분 상태는 무턱대고 활기에 찬 것이라기보다 마치 죽기 전에 예전 고왔던 시절의 옷차림으로 갈아입고 마지막 바깥나들이를 한 할머니처럼 느껴지는 것은 모두에게 공통된 점이었다.

여름철이라, 저녁 밀물과 함께 열렸던 어시장도 파장이 되고 소래강에는 바닷물이 차 들어와 파랗게 뻘흙이 가라앉은 시간이었지만 아직 어두워지지는 않고 있었다. 어두워지더라도 오늘은 음력 초여드레의 조금 때, 초승달이 뜨리라. 나는 몸을 앞으로 기울여 술집 유리문 밖으로 하늘을 쳐다보며 그렇게 생각했다.

"비는 안 온다고 했지요?"

나는 아까 들어두었던 일기예보를 재확인하듯이 술집 주인 김 씨에게 물었지만 김 씨는 주방에서 회 한 접시를 들고 나와 아까부터 혼자 소주를 들이켜고 있는 남자 손님 앞에 내려놓으며 아무 말이 없었다. 못 들었는지도 몰랐다. 하기야 하루에도 몇 차례씩 일기예보를 들으며 살아온 습성을 서로 너무나 잘 알고 있었으므로 그 물음이 건성으로 던지는 것이라는 사실을 알았던 때문인지도 몰랐다. 하늘에는 높게 새털구름이 떠서 놀빛에 숨어 아가미 빛으로 서서히 물들어 가고 있었다.

"대포 한 잔만 더 줘요."

나는 일기예보에 대해서는 언제 물어보기나 했느냐는 표정으로 김 씨를 쳐다보며 사발을 내밀었다. 김 씨는 뱃사람은 아니었지만 오랫동안 갯가에서 살아온 사람답게 상어 껍질같이 거친 살갗을 자랑하며 느릿느릿 술 주전자를 들고 왔다.

"영화 찍는 데 구경은 했나?"

김 씨가 술을 따르면서 물었다.

"아뇨, 일이나 빨리 끝내야지요."

"쉬엄쉬엄하지 뭘 그려. 작작 벌어, 제길."

"벌긴 뭐. 늦장마가 질 것 같아 그러는 거죠."

소래강의 물빛은 차츰 저녁의 어스름에 잠겨가고 있었다. 끼룩끼룩 날던 갈매기들도 어디론가 사라지고 없었다. 바닷가 벼랑으로 깃들러 갔으리라. 오후부터는 바람이 드세졌으므로 밀물을 따라 거슬러 오르던 갈매기들이 유난히도 희끗희끗 배때기들을 드러냈던 생각이 났다. 나는 김 씨가 내온 숭어 이리〔精巢〕를 젓가락으로 뒤적이면서 언젠가 김 씨가 "총각이 그런 거 많이 먹으면 못써" 하던 것을 기억했다. 뱃사람들은 마누라를 두엇씩 예사로 두기 때문에 비싼 해구신海狗腎은 못 먹더라도 숭어 이리나마 부지런히 먹어야 한다면서 손님상에 올리지 않고 빼두었다가 내오곤 하던 것이었다. 빛깔이 지렁이 빛으로 선연한 데다 맛이 써서 즐기는 편은 아니었지만 달리 안주를 시키지 않아도 좋았기에 나는 군말 없이 입에 집어넣었다.

이리는 일부러 말하는 손님이 아니면 으레껏 내놓지 않는 것으로 되어 있었고 또 실인즉 토박이들이 아니면 일부러 달라는 손님도 없었다. 인천이나 서울 등지에서 자가용을 몰고 찾아온 손님이 숭어회라도 시킬라치면 김 씨는 장사를 하는 것보다 이리를 빼놓을 수 있다는 것이 더 기쁘다는 투였다.

내가 그곳으로 찾아든 것은 디젤기관차 대신 아직 증기기관차가 칙칙폭폭거리며 다닐 무렵이었다. 인천에 숨어서 자취를 하며 이것저것 일을 보다가 도시재개발 사업으로 그 집마저 밀려나게 되자 그만 배 짓는 일에 마음이 동해 거처를 옮겨 왔던 것이다. 배라고 해야 사 톤짜리 작은 통통배였다. 그 무렵만 해도 협궤열차는 연도 주민들의 '작은철'이라는 애칭을 들으며 제법 붐볐다. 그러나 천일염전이 사양의 길을 걷고 자동차 왕래가 잦게 됨에 협궤열차는 구시대의 유물로 전락해갔다. 최근 들어서는 하루에 아침저녁 세 차례씩 상행과 하행으로 명맥을 유지할 뿐이었다. 그러니 외국 배우들이 수없이 몰려들고 새삼스럽게 증기기관차까지 끌어내어 옛날 일을 재현해 보인다고 해서 무슨 새로운 번영의 기미가 나타날 것도 아니었다. 게다가 얼마 전서부터는 서해안에 세운다는 조력潮力발전소 때문에 간만干滿의 차이가 어떻고 하면서 들먹여졌고, 엎친 데 덮친 격으로 바깥쪽의 하구를 막아 농경지를 만든다는 계획을 세우고 있다는 설도 있어서 어민들은 스산한 기분에 들떠 있는 참이었다.

본래 기다리는 데 익숙해 있는 사람들이기 때문에 항상 들떠 있다는 점에 있어서는 친근한 그들이었다. 바다에 나가지 못하는 긴 겨울에는 그물을 기우며 하염없이 봄을 기다렸고 봄이 되어 꽃샘바람이 불기 시작하면 날마다 밀물에 배를 띄우기를 기다렸다. 배들이 바다에 쳐놓았던 그물을 걷어 어획물을 싣고 들어올 때면 멀리서부터 밀물이 앞서 밀려들어 오고 갈매기 떼가 하늘에 떠오른 것을 먼저 볼 수 있다. 소래강이라고 했지만 말이 강이지 위로부터 흐르는 물도 그저 질척질척한 정도인 데다가 염분에 절고 절어서, 깊게 팬 골짜기는 썰물 때는 회갈색으로 가랑이를 벌린 채 헤벌어져 누워 있는 꼴이었다. 거기서 밀물을 기다리기란 여간 막막한 일이 아니었다. 늘 겪으면서도 정말 물이 넘쳐들 것인가 의아심을 품게 하는 것이 소래의 골짜기였다.

새롭게 자리 잡은 곳이었지만 나는 물 빠진 그 골짜기를 볼 때면 옛날 언젠가 바다 밑에 잠겼던 것이 육지로 변해 있는 땅일 뿐 결코 바닷물이 들지는 않는 곳이라는 착각에 사로잡히곤 했다. 바다는 눈에 보이지도 않는 먼 곳에 있었다. 그런데도 밀물 때만 되면 어김없이 그 골짜기를 채우는 데 실수가 없었다. 멀리서 바닷물의 자락이 긴 잠옷처럼 갯벌에 끌리고 갈매기가 솟는다 싶으면 벌써 순식간에 황해가 자랑하는 뻘물이 밀려 올라왔다. 바닷가에 가서 밀려들어 오는 밀물과 경주를 해본 사람이라면 황해의 조수 간만의 차이가 어느 정도로 엄청난지 실감할 수 있을 것이다. 달리는 사람보다도 빨리 달려오고, 산굽이를 돌아오는 협궤열차보다도 빨리 달려오는 황해의 밀물.

그 빠른 바닷물이 소래강의 하구를 흉하게 저며놓았던 것이다. 큰 항구가 아님은 물론 바닷물과 맞닿아 있는 곳도 아니고 보니 소래의 골짜기로 들어오는 수산물인들 별것이 있을 리는 없었지만 아무리 4톤짜리 배라고는 하더라도 웬만한 집 한 채 값은 되는 마당에 그만한 소득은 있을 터였다. 덕적도 근해에서 철 따라 잡히는 수산물의 가짓수는 꽤 다양했다. 민어 · 숭어 · 우럭 · 조기 · 도미 · 광어 · 홍어 · 상어 · 서대 · 양태 · 밴댕이에 낙지 · 주꾸미 · 꼴뚜기, 게다가 새우 · 조개 · 굴 · 꽃게 등.

나는 땅거미가 꽤 짙게 내려서야 자리에서 일어났다. 이미 오래전에 수원으로 가는 하행 작은철은 막차가 지나갔으리라. 너무도 당연한 일을 늘 염두에 두고 있는 자신이 우스꽝스러웠다. 나는 소래강 위에 걸려 있는 철교를 바라보며 '이제 마지막 작은철이 지나갔겠지' 하고 생각해보는 것이 버릇처럼 되어 있었다. 철교를 지나 군자君子든 원곡이든 어디든 갈 일이라곤 전혀 없었으면서도 나는 막차가 지나간 것을 확인하고는 허전해오는 마음을 달래기 어려웠다. 송도松島에서 떠난 막차가 소래역에 닿는 시각은 저녁 여섯 시 사십칠 분으로 변함이 없었다. 그 시각이면 봄에는 어둠이 깔렸지만 해가 길어진 여름이면 대낮이 겨운 때에 불과한 것이다. 그럼에도 불구하고 땅거미가 짙어진 여름철에 막차가 지나갔을까 생각해보는 자신의 마음이 서글프기조차 했다. 그러나 그런 버릇은 그곳에 자리를 잡자마자 생긴 것으로 나로서도 어쩔 수가 없었다. 마지막 협궤열차가 지나가 버리고 말았다고 느껴지면 나는 막연한 절망과 비애를 함께 맛보곤 했다.

낮에 그토록 소란스럽던 시장 바닥을 지나 철길을 넘어가는 어귀에 서자 출어 금지를 알리는 진홍빛 깃발이 어둠에 묻히면서 검게 펄럭이는 게 눈에 들어왔다. 비는 오지 않더라도 바람은 꽤 불 모양이었다. 옅은 어둠 속에서 생선 비린내가 풍겨오고 있었다. 그 비린내는 마치 내가 맛보고 있는 막연한 절망과 비애라는 생선의 지느러미나 비늘에서 풍겨오는 것 같기도 했다. 나는 어서 이곳을 떠야지, 어서 이곳을 떠야지 하고 수없이 되뇌면서도 막상 눌러 있게 되는 까닭을 알 수가 없었다. 바람이 머리카락을 이쪽저쪽으로 마구 헝클며 불고 있었다. 나는 어둠에 묻혀가는 소래역 쪽을 한참 동안 바라보았다. 처음 발을 들여놓을 때 협궤열차를 타고 왔던 기억이 떠올랐다. 열차가 닿는 모습은 언제나 생소하기 짝이 없었다. 역에 들어서기 바로 전이 바다 쪽을 향해 돌출해 있어서 열차는 바로 역구내로 들어오기 전까지는 모습이 보이지 않았다. 바다 쪽으로 돌출해 있는 부분이 큰 키 나무들로 가려 있어서 더했다. 따라서 도착 시간이 다 되었다고 생각하고 바라보아도 열차가 오고 있는 기미는 전혀 알아챌 수 없었다. 밀물이 소래의 골짜기를 돌아오는 것을 기다리는 때와 같은 기다림의 순간을 겪지 않으면 안 되었다. 그들은 이제나저제나 하면서 초조감에 휩싸이게 된다. 덜컥 결행缺行이라도 하는 날이면 아무 대책도 세울 수 없기 때문이었다.
우선 소래의 골짜기에 놓은 드높은 철교가 길을 가로막고 있다는 말은 틀린 것이었다. 아니, 분명히 말해서 철교가 길을 가로막고 있다는 말은 틀린 것이었다. 소래에서 남쪽으로의 유일한 통로인 이 협궤철도의 철교는 그토록 위험함에도 불구하고 통로가 될 수 있다는 데는 틀림이 없다. 그래서 한 해에 어김없이 한둘은 이승의 집보다도 저승의 집을 택할 수 있었다. 드높이 걸려 있는 철교는 물론 단선인 데다가 폭이 좁아서 웬만큼 담찬 사람이라도 오줌을 질금거리며 건너가야 한다. 협궤철도의 철교만큼 가냘픈 다리는 시골 시냇가에 걸쳐놓은 나무 징검다리를 제외하고는 없다. 그러나 시골의 나무 징검다리에서 미끄러지면 발을 깨끗하게 하는 이점이 있을지도 모르지만 협궤철도의 철교에서 미끄러지면 전혀 다른 결과를 빚는다.

마지막 열차를 놓치고 부득이 철교를 건너야 할 즈음에는 골짜기에 바닷물이 넘쳐서 뻘물도 앙금처럼 가라앉고 물은 고요하게 맑아져 있다. 달빛이 수면을 비추면 요염하게 반사된다. 뻘물이 아니라는 사실을 그 요염한 빛이 강조하였다. 사리 때 한껏 높아진 물일수록 달빛은 더욱 요염하게 반사된다. 달이 밝아질수록 물이 높아지고 또 그 물에 비친 달이 무르익은 여인의 자태를 하는 것은 황홀한 섭리였다. 일단 골짜기에 가득 찬 물은 독dock에 가두어진 물처럼 잔잔했다. 그래서 뻘은 가라앉고야 마는 것이다. 앞에서 말한 바와 같이 빠르게 밀려들어 오는 밀물의 격랑이 뻘을 뒤집어놓는 것인데, 한창 물이 들 때는 뻘 속에 잠자던 온갖 미생물들을 곤두박질시켜 작은 물고기들의 먹이로 떠오르게 했다.

미생물들이 작은 물고기를 부르면 그보다 좀 더 큰 물고기들이 작은 물고기들을 잡아먹기 위해 뒤를 따르고, 이윽고 갈매기들도 몸짓이 바빠지게 마련이었다. 모두가 황해의 빠른 밀물과 같이 움직였다. 밀물이 몰려올 때 높은 곳에 올라가 바라보면 고깃배들이 갈매기들을 이끌고 오는지 아니면 갈매기들이 고깃배들을 이끌고 오는지 쉽게 분간하기 어려웠다. 어느 쪽이라고 해도 굳이 시비할 사람은 없으리라.

어쩌면 고깃배와 갈매기는 악어와 악어새처럼 공존하고 있는지도 모를 일이었다. 갈매기들은 이리저리 제멋대로 날아오르고 있는 것같이 보였지만, 자세히 보면 어느 정도 이상은 벗어나지 않아서 마치 배에 고래 심줄 따위 투명한 실로 매여 있는 것 같기도 했다. 아니면 배에서 원격조종이라도 하고 있는 것 같기도 했다. 갈매기들은 우단으로 만든 봉제완구처럼 깃털을 매끈하게 가다듬고 두 눈은 빨간 테두리가 있는 단추를 달아놓은 듯이 보였다. 고깃배들은 밀물을 타고 노략질을 해 오는 해적선처럼 의기양양하게 들어온다. 철교 아래까지 오면 갈매기들은 갑자기 하늘로 솟구치고 배들은 역逆스크루를 돌려 속도를 죽인다. 고물 뒤쪽의 물이 뭉클거리며 한 바퀴 요동을 침과 함께 배는 주춤거린다. 기다란 장대를 든 사내가 접안을 도왔다. 갈매기들이 철교를 앞두고 솟구치는 것은 철교에 부딪히지 않으려는 것으로 보인다. 솟구친 갈매기는 배와의 연결이 끊어졌다는 듯이 비로소 길게 선회한다. 이러기까지 모든 것이 순식간에 벌어지는 일들이었다. 그 얼마간은 지나친 생동감으로 얼이 빠지는 상태가 되었다. 밀물 때 물살에 뒤집히면서 갯지렁이 따위를 하나라도 더 삼키려고 우왕좌왕하는 망둥이를 잡아보면 그 얼빠진 생동감이 과연 어떤 것인지 눈으로 직접 볼 수 있을 것이다. 그러므로 망둥이 따위를 집어삼키려고 부지런히 서두르는 갈매기들이 철교 앞에서 율동이 깨어지는 일은 애석한 일이라고 하지 않을 수 없었다. 그렇게 철교는 걸려 있었다. 갈매기들이 더 이상 뭍에서 날지 못하게 막을 양으로.

물이 썼을 때 보면 철교를 받치는 기둥은 골짜기의 뺄 속에 지나치다는 느낌을 줄 정도로 든든하게 박혀 있었다. 가냘프고 보잘것없는 철교를 받치는 것이 목적이라기보다 그 위에 있는 무한 천공의 궁륭을 받치는 것이 목적이라는 듯이 굵은 시멘트 기둥이었다. 그 어처구니없는 불균형은 철교를 위해서 기둥이 있는 것이 아니라 기둥을 위해서 철교가 있는 것처럼 보였다. 그러나 그 불균형이야말로 밀물과 썰물의 위력을 잘 말해주고 있음에 다름 아니었다.

기둥을 타고 눈길을 아래로 떨구면 바닥에서 삼분의 일쯤 되는 높이에 배의 흘수선吃水線이라도 되는 양 빙 둘러 아래위로 구별되는 부분이 나타났다. 위와 아래의 경계 되는 부분은 고리처럼 옴폭 패어 있어서 거기가 바닷물의 높이라는 사실을 설명해주었다. 이 고리처럼 옴폭 팬 부분 때문에 기둥이 뻘 속에 든든하게 박혀 있다는 느낌이 사라질지 모르지만 전혀 그렇지 않았다. 그것은 위로부터 내려 뻗친 기세로 보아 얼마든지 콱 박혀 있다는 느낌을 주었다. 다만 고리 밑에 해당하는 부분에는 이름도 모를 갖가지 붙박이 패각류가 들러붙어서 콘딜로마 뭐 그런 종류의 험한 병을 앓고 있는 것처럼 보이는 것이 유감일 뿐이었다.

언제나 열차가 닿기 일이 분 전은 지루하기 짝이 없었다. 더구나 저녁놀이 보랏빛으로 스러질 무렵은 누구나 삶의 여로를 되새겨보게 마련인 때였다. 그때 누군들 기쁨과 희열 뒤에 고개 숙이고 있는 적막한 얼굴을 보지 않을 수 있으랴. 바로 그때쯤 장난감 같은 협궤열차가 모습을 드러낸다. 모퉁이를 돌아오면서도 기적 한 번 울리지 않는 것이 예사였다. 그러므로 봄철이나 가을철 어둑어둑한 공간 속에서 느릿느릿 달려오는 협궤열차는 마치 지구상에서 멸종한 거수巨獸, 가령 공룡의 등장과 같았다. 세 량輛일 때는 덜했지만 두 량일 때는 영락없이 그랬다. 뒤뚱거리며 나타나는 그놈은 그래서 역설적으로 불쑥 나타난다는 느낌이었다. 송도에서 수원까지, 수원에서 송도까지 철길 어디서나 그렇게 불쑥 모습을 나타냈다. 언제나 그랬다. 예전 맥아더 원수가 쭈그러뜨린 군모를 쓰고 바짓가랑이 젖는 것도 아랑곳하지 않고 황해의 뻘물에 내려섰던 당시의 얼마간을 제외하고는 하루도 빠짐없이 그렇게 운행되었다. 공룡이라고 했지만 어떻게 보면 대가리가 뭉툭한 말향고래 같은 느낌을 주기도 했다. 황해는 고래 떼가 지나다니는 길목은 아니어도 가끔 길 잃은 고래가 실제로 나타난다. 물론 길을 잃었는지 어쨌는지는 아무도 알 수 없지만 말이다. 어쨌든 두 량의 협궤열차는 공룡이나 고래처럼 나타나 사람들을 토해내고 또 집어삼켰다. 인천에서 소래까지 시내 요금을 받는 먼 노선의 버스가 왕래하기 전에는 더 많은 사람들을 토해내고 또 삼켰다. 언젠가 기독교에 빠진 고잔古棧 쪽 마을의 청년 하나가 "요나의 기적을 보시오! 고래 배 속에서 살아나 하나님의 말씀을 전한 요나를!" 하며 어시장을 누빈 적이 있었는데, 그가 막차를 타려고 역구내를 서성거릴 때면 금방이라도 그런 기적이 이루어질 것처럼 여겨질 정도였다. 나는 지금 이렇게 말하고 있기는 하지만 그때까지만 해도 협궤열차가 나와 특별히 무슨 사연이 없음은 새삼 밝히지 않아도 될 것이다.

나는 철길 아래로 내려서며 이번 배만 다 짓게 되면 새 일터를 찾아 떠나리라 마음먹었다. 아무것도 나를 붙드는 것은 없었다. 도목수인 장 씨마저도 "젊은 사람이 이런 일에……" 했다. 임시 사원이나마 나는 서울에서 그래도 출판사 일을 보며 세월을 죽였었다. 갯가 둔덕에 새로 짓는 배가 하얗게 선복船腹이 엎어진 채 받침목 위에 자리 잡고 있었다. 선복 가운데로 알맞게 휘어진 용골龍骨이 달빛을 받아 인燐을 뿜는 뼈다귀같이 빛나고 있었다. 아무리 새우잡이 작은 배일지라도 용골만큼은 힘차고 당당해 보였다. 나는 장 씨가 지시하는 대로 까뀌와 끌로 용골을 깎을 때마다 야릇한 흥분을 느꼈다. 나는 될 수만 있다면 용골을 우람하게 만들고 싶은 욕망을 버릴 수가 없었다. 용맹스런 바이킹들이 타고 다녔다는 배들은 하나같이 용골들이 하늘로 치솟아 있는 데다가 요란한 장식마저 달고 있지 않던가. 그러나 지금 배들은 겨우 닻줄이나 붙잡아 매어둘 수 있을 정도로 튀어나와 있을 뿐이었다. 그래서 사람들의 꼬리가 달렸던 척추 끝이 우울한 감각을 간직하고 있는 것처럼 4톤짜리 배들도 짧아진 용골 끝이 그러리라는 생각이 들었다. 나는 미완성의 배 위에 방수천을 뒤집어씌웠다. 비는 오지 않으리라 했지만 만약의 사태에 대비해서 늘 그렇게 하고 있었다. 천막을 뒤집어쓰고 엎어져 있는 텅 빈 선복 아래가 나의 잠자리였다. 그곳은 협궤열차보다도, 아니 진짜 고래 배 속보다도 한결 더 고래 배 속처럼 느껴졌다. 받침목 사이로 허리를 굽혀 들어가 판자 위에 누우면 고래의 배 속이 훤히 눈에 들어왔다. 그런데도 나는 참으로 편안하고 아늑한 기분에 젖을 수 있었다. 그때야말로 초조하고 괴로운 무엇이라곤 아무것도 없이 사라져버리고 심신이 녹아드는 안도감에 감싸였던 것이다. 나는 판자에 걸터앉아 담배 한 대를 피워 물었다. 벌판을 지나온 바람이 여름의 열기를 씻어주고 있었다. 어디선가 새가 잠꼬대하는 듯한 소리가 바람결에 들려왔다.

"여보시유."

누군가가 부르고 있었다. 새가 잠꼬대하는 소리로 들은 것은 사람의 발자국 소리였던가. 장 씨의 목소리는 아니었다. 장 씨는 집에 볼일이 있다면서 일찌감치 인천으로 나간 터였다.

아마 술타령을 하고 있으리라.

"여보시유."

목소리는 다시 한 번 들렸다. 내가 들어 있는 선복에다 대고 부르는 소리가 아니라 그 근방 어딘가를 향해 어림짐작으로 부르는 소리 같았다. 다급하다거나 쫓기는 듯한 느낌은 들지 않았다.

"누굴 찾으십니까?"

나는 허리를 굽혀 바깥으로 나서며 물었다. 달빛 아래서 보아서가 아니라 워낙 모르는 사람이었다.

"아, 여기 계셨군요. 멀리서 보고 왔습니다만 갑자기 어디 가셨는지 알 수 없었습니다."

"무슨 일인데요?"

"죄송하게 되었습니다. 무슨 일이야 있겠습니까만 말씀이나 몇 마디 나눌까 해서요."

나는 그제야 그가 아까 술집에 홀로 앉아 소주를 들이켜고 있던 사내라는 사실을 알았다. 사내에게서는 술 냄새가 심하게 풍기고 있었다. 사내가 지나치게 공손한 태도를 보이는 것도 어쩌면 술기운 탓이라고 나는 짐작했다. 사내는 내가 상대를 안 해줄까 봐 두려워하고 있는 것 같았다.

"무슨 말씀이신데요?"

나는 다소 긴장을 풀고 사내의 얼굴을 찬찬히 들여다보며 마음을 놓아도 좋다는 뜻이 충분히 전달되도록 부드럽게 물었다. 사내는 약간 쑥스러운 듯한 표정을 지어 보였다.

"괜찮으시다면…… 실은 저는 엑스트라 노릇이라도 해볼까 해서 왔던 사람이올시다……."

"엑스트라라뇨?"

"영화에 나오는…… 배우 말씀입니다. ……거, 왜……."

너무나 뜻밖에 나온 말이어서 의아해하는 나의 반문에 사내는 엑스트라가 무엇을 하는 사람인지를 설명하려고 애쓰고 있었다. 순간적으로 〈오! 인천〉을 떠올렸다. 그렇다면 사내는 그곳을 지나 더 남쪽으로 갔어야 옳았다. 나는 사내를 선복 아래로 끌고 들어와 앉기를 권하며 그런 사실을 설명해주었다.

"여긴 아주 안성맞춤이군요."

사내는 어둠에 익힌 눈으로 이리저리 살피며 나의 설명은 아무래도 좋다는 듯이 말했다. 엑스트라를 하기 위해서 찾아왔다는 말 자체가 터무니없는 거짓말인지도 몰랐다.

"더운 한철은 지낼 만하지요."

"불은 켤 수 없겠군요."

"불요?"

"어두운 밤에 말입니다."

"별로 아쉽지를 않아요. 그저 잠만 자면 되니까요."

"잠을 잘 주무시나 보죠?"

사내는 잠을 잘 잘 수 있다는 게 무엇보다도 부럽다는 말투였다. 나는 잠을 못 이루고 밤새 뒤척이던 여러 밤들을 회상했다. 나는 사내의 물음에 대답하는 대신 언젠가 구석에 처박아두었던 초 동강을 찾아내 성냥을 그어 불을 붙였다. 어둠 속에 묻혀 있는다면 사내와의 대화가, 한쪽을 누르면 그 반대쪽이 불거져 나오는 식으로 밑도 끝도 없이 쳇바퀴 돌듯 계속될 것만 같았다. 촛불은 바람에 가물가물했으나 꺼지지는 않았다. 나는 사내가 무엇을 하는 사람이며 왜 나를 찾아왔는지 알 수가 없었다. 불빛을 빌어 살펴보니 사내는 생각보다 술을 많이 마신 듯 눈이 거의 풀어진 데다가 피로에 지쳐 있었다. 나는 들고 있던 촛불을 나무토막 위에 기울여 촛농을 떨어뜨린 다음 넘어지지 않도록 조심스럽게 눌러 붙였다.

"혹, 담배 가지신 거 있습니까?"

사내는 나의 행동이 끝나기를 기다리고 있었다는 듯이 말했다. 나는 주머니에서 담뱃갑을 꺼냈다. 담배는 한 개비밖에 남아 있지 않았다.

"하나밖에 없군요."

사내는 손을 저으며 사양을 해 보였다.

"괜찮아요. 태우세요."

"첩한테도 안 준다는 건데……."

사내는 그렇게 말하면서 고개를 끄덕하고는 어느새 담배를 빼어 물고 있었다. 사내는 비틀거리며 일어나 촛불 쪽으로 가서 허리를 굽히고 불꽃에 담뱃불을 붙였다. 불빛을 등지고 선 사내의 모습은 죽은 물고기 같아 보였다.

"엑스트라 일은 오래 하셨습니까?"

나는 그의 주의를 환기시킬 겸 처음의 이야기로 돌아가야겠다고 생각했다. 사내는 불을 붙인 담배를 몇 번 빽빽 빨아보면서 제자리로 돌아와 앉았다.

"그 일은…… 처음이지요. 늘 떠돌아다니며 살아 버릇해서 생전 처음 하는 일이구먼요."

사내는 담배 연기를 내뿜으며, 입을 벌린 채 죽은 물고기처럼 히쭉 웃음을 지었다. 그러고 나서 그는 자기의 손을 내려다보며 한숨을 지었다.

"안 해본 일이 없다시피 한데 무어 한 가지 손에 익힐 수가 없었지요. 세상에 한 가지 재주는 타고난다는데……."

사내는 이제 배우기를 시도하는 것조차 체념한 지 오래인 듯하였다. 그에게는 인생을 살아가는 데 아무런 계획도 세울 수 없는 사람 특유의, 남을 안타깝게 하는 달관이 몸에 배어 있었다. 그는 석바위가 고향이라고 하였다. 석바위는 주안에서 소래로 오는 중간에 위치하고 있었다. 나는 석바위에서 소래 사이에 펼쳐진 논들의 고즈넉한 정적을 생각하며 사내에게 갑자기 오래 사귀어온 것처럼 친근감을 느꼈다. 사내는 하룻밤 아무 데서나 지내고 내일 아침 영화를 촬영하는 곳으로 찾아가 볼까 하는 길이라고 말하며 담배를 땅바닥에 버리고 발로 문질렀다. 바람이 벌판을 달려가는 소리가 들렸다. 비비비 비비비. 초승달을 비켜 가는 새소리도 들렸다. 사내는 취기가 몰려오는지 고개를 죽은 새처럼 떨어뜨리고 있었다. 나는 어디선가 들은 대로 엑스트라도 조합 같은 것에 가입하고 있어야지 무턱대고 찾아가 봐야 헛일에 불과하다고 말하려다가 그만두었다. 그렇게 말한다고 해서 그를 납득시킬 수는 없으리라는 생각이 있었기 때문이었다.

"실은 사람을 찾고 있어요."

그때 갑자기 사내가 고개를 쳐들고 미망에서 깨어난 사람처럼 목청을 돋우어 말했다. 마치 죽어가는 새의 최후의 비명 소리 같았다. 고개를 축 늘어뜨리고 있던 그가 그와 같은 소리를 낼 의지를 품고 있었으리라곤 전혀 상상조차 할 수 없었던 일이었다. 나는 놀라서 사내를 쳐다보았다.

"뭐라고 말씀하셨나요?"

그가 사람을 찾고 있다고 분명히 말했음을 나는 알고 있었다. 하지만 너무나 갑작스럽다는 느낌뿐 사내가 한 말의 내용이 무엇인지 얼떨떨하기만 했던 것이다.

"난 사람을 찾고 있는 중이라오."

이번에는 사내는 사뭇 배우처럼 낭독조로 읊조렸다.

"사람을 찾다뇨?"

나는 사내가 취해서 깜빡 잠이라도 들었다가 허깨비라도 본 것이 아닐까 의심이 들었다. 그러나 사내의 얼굴에는 진지함이 감돌았다.

"부끄러운 얘기지요. 전 아내를 찾고 있어요. 아내 말입니다."

사내는 그렇게 말하기에 진땀이 나는지 이마를 손으로 문질렀다. 어른거리는 불빛에 그 얼굴은 생선을 튀기는 번철처럼 번들거렸다. 사내는 그가 찾는 사람이 바로 아내라는 것을 몇 번이고 되풀이해 중얼거렸다.

"분명히 아내지요. 식은 못 올렸을망정 사진관에 가서 기념사진도 찍었으니까요. 사진관에선 면사포도 빌려주니까요. 암요."

"그렇군요."

"물론이지요. 사진관에는 신부용 꽃다발도 있습니다요. 플라스틱으로 예쁘게 만들었죠. 그걸 품에 안은 아내는 정말 선녀 같았죠."

사내는 그때를 회상하며 황홀한 듯 얼굴을 치켜들었다. 그 모습은 숭고해 보이기까지 했다.

"신부 화장도 했나요?"

나는 나도 모르게 그렇게 말하고 나서 사내의 비위를 상하게 하지는 않았을까 걱정이 되었다. 사내의 행복을 깨뜨려서는 안 된다고 느꼈기 때문이었다. 다행히 사내는 아무 동요도 나타내지 않았다.

"신부 화장이라…… 물론 했고말고요. 사진관 주인이 색깔을 칠해서요, 아내의 볼이 더 빨갛게 되었지요."

사내는 자랑스럽게 어깨를 으쓱거리면서 말했다.

"그런데 왜 헤어지셨습니까? 아낼 찾고 있다고 하셨지요?"

"그래요. 아내를 찾아야 해요. 그쪽도 워낙 외론 처지지요."

사내는 금세 어깨가 아래로 처졌다. 한참 동안 땅에 눈을 주고 있던 그는 내가 버린 담배꽁초를 발견하고는 구원이라도 받은 듯이 주워 들었다. 먼저처럼 촛불 쪽으로 다가간 사내는 입술이 데지나 않을까 염려될 정도로 가까이 들이대고 불을 붙였다. 좀 전의 사내의 모습은 온데간데없이 사라져버렸다.

"사진을 찍은 담에 우리는 작은철을 타구 수원까지 갔죠. 신혼여행이 뭐 별건가요. 이담에 돈 벌믄 여기 어디 와서 살자구 했지요. ……그런데 1년을 못 넘겨 대판 싸웠어요. 늘 양식이 떨어졌으니까요. 그래서 전 돈벌이를 하려구 집을 뛰쳐나갔지요."

"그래, 돈은 좀 벌었나요?"

"웬걸요. 돈커녕 빈털터리로 반년 만에 돌아와 보니 모든 게 끝장나 있었지요. 셋방에는 딴 사람들이 살구 있었구요."

말을 마친 사내는 길게 한숨을 쉬었다. 사내는 필터 끝까지 피운 담배꽁초를 신경질적으로 내던졌다. 나는 사내에게 도움이 될 만한 말이 무엇일까 잠시 생각해보았지만 떠오르지 않았다. 촛불도 거의 꺼져가고 있었다. 그때 나는 머릿속으로 내 옛 여자의 모습이 섬광같이 스쳐 간다고 느꼈다. 류, 그것은 그녀의 성씨였으나 나는 이름처럼 그렇게 불렀었다. 류.

"아내의 사진을 한번 보시렵니까?"

사내는 바지 주머니를 주섬주섬 뒤지면서 말했다.

"사진이 있습니까?"

"있구말구요."

사내는 걸맞지 않게 매끄러운 비닐로 만들어진 새 수첩을 꺼내더니 나의 코앞에 들이대고 펼쳐 보였다. 한쪽에 주민등록증이 들어있는 수첩이었는데, 아내의 사진이 있어야 할 곳에는 외국 잡지에서 오린 듯한 갈매기 그림이 끼워져 있었다. 당황하지 않을 수 없었다. 나는 혹시 내가 잘못 본 것은 아닐까 눈을 떼지 않고 다시 자세히 보았다. 여전히 당황하지 않을 수 없었다. 그것은 분명히 갈매기 그림이었다. 창공에 날개를 편 갈매기는 소래의 골짜기를 날아오르는 갈매기와 조금도 다름이 없었다.

"아니, 이건 갈매기가 아닙니까?"

내가 영문을 모르겠다는 표정으로 소리치자 그제서야 사내도 아차 하는 눈치였다. 사내의 긴장했던 얼굴에 장난기 어린 미소가 떠올랐다.

"그렇군요. 아내의 사진은 그 밑에 있지요. 갈매기 그림은 수첩을 살 때부터 있었던 겁니다."

사내는 대수롭지 않게 말하고 수첩을 들여다보며 갈매기가 그려져 있는 잡지 쪼가리를 구겨버렸다. 갈매기 그림 밑에서 나온 것이 바로 결혼사진이었다. 꺼져가는 촛불에 비춰 보자 흑백사진의 위로 빨강과 노랑과 파랑으로 개칠한 부분이 비교적 선명하게 드러났다. 과연 사내의 아내는 두 볼을 사과처럼 빨갛게 붉히고 있었다. 나는 얼굴을 요모조모로 들여다보았다. 순간 나는 눈을 의심했다. 두 볼이 사과처럼 붉은 것을 제외한다면 그녀는 얼마 전까지 김 씨의 술집 옆 서울옥에서 일하다가 철교 위에서 떨어져 죽은 여자임에 틀림이 없었다.

"혹 보신 적이 있습니까?"

사내는 나의 미묘한 표정의 변화를 읽었는지 다그쳐 물었다.

"글쎄요……."

그녀는 석바위에서 왔다는 말은 비치지도 않았을뿐더러 낮에는 뒷방에만 틀어박혀 있었다. 그러나 그 생활도 불과 며칠뿐, 노래 한마디 못 부르는 주제에 공짜 숭어 이리일망정 몇 점씩이나 먹은 뱃사람들이 젖통도 못 만지게 야멸차다 하여 쫓겨난 끝에 다음 날 새벽 물이 썬 소래의 골짜기에서 시체로 발견되었던 것이다. 경찰에서도 끝내 무연고자로 처리할 수밖에 없었던 그녀였다. 내가 말꼬리를 흐리며 머리를 흔드는 것을 본 사내는 별다른 실망의 빛도 없이 수첩을 주머니에 집어넣고 단정히 앉았다. 사내는 눈을 감고 무슨 생각엔가 잠겨 있었다.

밑바닥에 녹아 있는 촛농에 겨우 의지하고 있던 촛불의 심지가 드디어 넘어지면서 바람 소리가 제법 크게 들려왔다. 썰물 때가 되었는지 물소리도 들려왔다.

다음 날 아침 눈을 떴을 때 사내는 이미 어디론가 사라지고 없었다. 나는 악몽에서 깨어난 것처럼 어수선한 머리를 흔들며 선복 밖으로 나왔다. 해가 떠오르기엔 아직 이른 아침이었다. 포구의 골짜기는 어느 틈에 물이 가득히 괴어 파랗게 찰랑거리고 있었다. 그 위로 철교는 아무 일 없이 드높이 걸려 있었다. 갈매기가 날더니 바다 쪽으로 기울어지고 있었다. 나는 그때 그 갈매기의 뒤 허공 가운데에서 한 여자의 얼굴을 보았다고 생각되었다. 나는 그 얼굴을 좀 더 가까이서 보려는 듯이 발걸음을 옮겨놓았다. 잠시 뒤에 사내는 엑스트라 자리를 구하기 위해, 아니 아내를 찾기 위해 협궤 열차를 타고 남쪽 마을을 향해 가리라.

바로 그날 나는 괭이갈매기의 눈을 피하듯 그곳을 떠났다.

5
모래강을 향하여

물론 지금 나는 사막에 대해서 말하려 하고 있다. 어리석게도 류와 함께 협궤열차를 타고 가고 싶은 사막이라고 해도 좋다. 예컨대, 사막이라면 우리에게는 우선 고비사막이 떠오른다. 한반도는 고비사막과는 상당히 거리가 떨어져 있는 것처럼 느껴지지만, 그것은 어디까지나 상대적인 느낌에 지나지 않는다.

봄철의 황사 바람은 어디서부터 비롯되는가. 봄철이면 거의 어김없이 한반도를 찾아오는 이 누런 모래의 먼지바람은 몽골이나 중국 북부의 황토 지대에서 모래가 바람에 불려 하늘 높이 떠돌다가 우리나라까지 날아오는 것으로 알려져 있다. 고비사막은 몽골에서 중국 서부에 걸쳐 있는 사막이다. 그러니까 봄철에 한반도를 찾아오는 황사 현상은 고비사막에서부터 비롯된다고 해도 지나친 말이 아니겠다. 다시 말해서 한반도는 고비사막의 모래가 봄마다 날아와 쌓이는 거리에 있다. 몽골 말로 고비는 황무지라는 뜻이라고 한다.

누런 모래가 하늘을 덮고 있던 어느 봄날 나는 모래강으로 향한다. 나는 사막을 생각하고 있었다. 그러나 막상 내가 모래강이라고 말하는 곳은 사강沙江이라고 표기되는 경기도 화성군 송산면의 한 곳이다. 그곳에서는 열흘 단위로 2일과 7일마다 오일장이 서기 때문에 그 사강장에 가서 누군가를 찾아야 했다. 사강이라는 모래 사沙 자, 강 강江 자 이름의 그곳이 경기도 화성군 송산면에 있다고는 해도, 어디에 있다는 사실 자체가 중요한 것은 아니다. 또 모래강이라는 것이 실제로 거기 있는지 어떤지 그것도 알 수 없다.

모래강이라니? 사막에 마른 채로 있다는 와디라는 그것 말인가? 혹시 비가 오면 그때 넘치곤 한다는?

스쳐 가는 사람은 물을지도 모른다. 그러나 여기에 대답할 말을 나는 찾지 못한다. 늘 그렇듯이 나는 아무것도 알지 못하기 때문에 그곳으로 향하는 것이다.

그곳으로 향하는 버스 길은 수원과 구舊반월에서 뚫려 있다. 나는 수인선 열차를 타고 어천역에서 내려 수원에서 오는 버스를 탈 것이었다. 봄철이라지만 아직도 바람이 차기 때문에 조금은 야무진 사파리 점퍼를 걸치고, 혹시 비라도 뿌리면 머리에 뒤집어쓸까 하고 아망위를 주머니에 쑤셔 넣고서.

아침에 일어나자마자 화분 위에 맑은 점액이 말라붙어 있는 것을 보고 어딘가에 달팽이가 숨어 살고 있다는 사실을 알았었다. 그래서 이 궁리 저 궁리 한 끝에 화분째 물속에 집어넣어 버렸다. 그랬더니 굵다란 민달팽이가 무려 다섯 마리가 기어 나왔다. 젓가락으로 집어 들자 그놈들은 옴쭉 오므라들며 맑은 콧물 같은 점액을 줄

줄 흘려댔다. 그놈들을 잡아 없애고 나서야 나는 모래바람 아래로 나설 수가 있었다. 나이가 들수록 일상이란 무덤 속의 일이었다. 그 민달팽이 따위가 다시 떠오르는지 알 수 없다고 나는 생각했다. 민달팽이는 여린 잎이나 뿌리를 갉아 먹으므로 포살해버려야 한다고 화원 주인은 말했었다. 뿌연 하늘에 햇빛이 마치 민달팽이의 다갈색 얼룩처럼 어룽거렸다. 그러자 문득 달팽이들은 암수 한 몸이라는 사실이 떠올랐다. 암수 한 몸인 동물이 이 세상에 존재하고 있다는 사실은 생명 자체를 다시 암시하는 것처럼 엄청나게 다가왔다. 생명은 늘 새롭게 암시되어 과거의 화석化石으로부터 자유로워져야만 한다고 달팽이들은 말하고 있다고도 여겨졌다. 달팽이는 징그러운 알몸이었다.

아망위를 주머니에 쑤셔 넣고 나서 나는 학교 때의 신발주머니 같은 작은 쌕을 어깨에 걸머졌다. 언제부터인가 바깥으로 나갈 때 그렇게 하려고 걸어두었으나 이 봄에 들어서서는 처음 그렇게 한 것이었다. 겨울을 지나서 아지랑이가 파충류의 손가락처럼 꼼지락거리며 대지를 어루만질 때까지 나는 그대로 15층 꼭대기의 아파트에 갇혀 있었다. 어디로든지 내 마음대로 나돌아 다닐 수 있었는데도 나는 꼼짝없이 갇혀 있었다. 여자들과 만들어놓은 추억 때문이었다. 그 여자들과의 키스와 성교의 구체적인 감각이 사라진 다음에 추억이 괴물처럼 남아 있다는 것은 모독에 가까운 일이었다. 나는 그 추억들과 싸웠다. 내가 그런 끔찍한 일들을 저지른 적이 없다고 느끼기 위해서는 그놈들을 포살해야 하는 것이었다. 달팽이들은 사실 겨울에도 따뜻하게 살고 있었다. 중앙난방이 들어오는 곳으로 이사를 한 덕택에 그놈들이 겨울에도 점액을 묻히며 기어 다닌 흔적을 볼 수 있었다. 잡아야지 하면서 겨울은 지나갔다. 봄이 되자 얇은 셀로판 띠 같은 그 마른 점액 자국이 추억을 불러일으킨다는 사실을 알았다. 그래서 부랴부랴 그놈들을 잡아 죽이고 모래강으로 향하기로 했던 것이다.

나는 거리를 걸으면서도 늘 내가 갇혀 있다는 생각에 사로잡혀 있었다. 왜 그런지는 알 수 없었다. 그러고 보니 나는 항상 나 자신을 뭐라고 단정 짓지 못해 쩔쩔매며 오늘에 이른 것이다. 규율이니 도덕이니 하는 어처구니없는 것들에 머리를 조아리며 살고 있다는 현실은 생각만 해도 숨 막히고 부아가 났다. 우리는 왜 달팽이처럼 살 수 없는 것일까? 저우커우뎬周口店 직립원인의 해골바가지 속에 지구는 돌기 시작하고 있었다. 생각할수록 부아가 끓어올랐다. 그러나 이 또한 이런 것들에 의해서 내가 지배당하고 있다는 증거가 틀림없었다. 그러므로 나는 늘 탈출을 꿈꾸어야 했다. 어느덧 죽음이 눈앞에 다가와 어이없이 끌려가기 전에 모든 것으로부터 탈출하지 않으면 안 된다. 우선 추억이 역사성을 얻어 거들먹거리기 전에 그것으로부터 탈출해야 한다. 추억의 바다에 너울거리는 해파리들처럼 거기에 생명의 근원을 마련하지 못하는 한 우리는 떠나야만 하는 것이다. 흔한 말로 태어난 것도 서러운데 왜 눈치만 보면서 얽매여 있단 말인가. 죽음을 담보로 한 이 마당에.

새로 조성되어 엉성한 나무들이 서 있는 공원을 가로질러 역으로 향한다. 어깨에 걸머진 쌕에는 가죽 장갑 한 켤레가 들어 있었다. 날짜는 17일, 사강장으로 향하는 나는 마치 장갑 한 켤레를 내다

팔고 그 돈으로 쌀 한 됫박이라도 사 오려는 사람 같기도 하다. 그런 모습으로 보이기를 마다하지 않는다. 시골 장에서 몇 양재기나 나물 몇 무더기를 놓고 웅크리고 앉아 있는 아낙네를 볼 때 나는 삶의 진정성을 엿보며 내 실제에 갑자기 추위를 느끼곤 했던 것이다. 어떻게 살아야 진짜 산다고 할 수 있을까? 길이 없는 곳에 길을 만들며, 길이 있는 곳에 길을 없애며 살 수만 있다면 얼마나 좋을까. 삶이란 무엇일까? 나는 그 쌕 속에 장갑 한 켤레가 들어가게 된 그날부터 삶이라는 것, 존재라는 것, 정확하게 말하면 죽음의 공포라는 것과 오싹오싹한 싸움을 벌이며 나날을 보내왔다. 그 장갑을 언젠가 장례 지내주어야 한다고 강박관념에 사로잡혀서.

결코 피상적이거나 관념적인 이야기가 아니다. 장갑을 장례 지내다니? 집에서 키우던 애완동물이 죽으면 장례를 치러주는 사람도 있다. 나는 내 아이가 더 어렸을 때 잠자리를 장례 지내주던 일을 아직도 또렷이 기억하고 있다. 그러나 장갑에 대해서는…… 얼마쯤 설명이 필요할지 모른다. 그것은 지난가을 훌쩍 죽어버린 어떤 사내의 것이었다. 그가 훌쩍 죽어버렸으므로, 그의 장갑을 장례 지내주겠다는 것은 부장품으로서의 역할을 말한다고 여겨질지도 모른다. 그런데 그는 가고 없다. 그래서 어찌할까 망설이면서, 그것을 의식하는 한 죽음의 손이 그 속에 살아 움직이는 느낌에 사로잡히면서 봄날에 이른 것이었다. 죽음이 살아 있다는 것은 지구가 이 우주, 아니 저 광대한 우주에 속해 있다는 사실을 깨닫는 것만큼 무시무시한 일이다. 그런데 이것은 내가 장갑이라는 것을 아무리 추운 겨울에도 끼지 않는 습성을 가졌다는 것과 무관하지는 않을 것이다.

지난 어느 겨울날, 방 한구석에 웬 검은 가죽 장갑이 꿍쳐져 있는 것을 본 나는 도무지 있을 수 없는 현상 앞에 다다라 있는 듯 어리둥절할 수밖에 없었다. 이 겨울에 누가 장갑을 벗어 던지고 갔단 말인가. 그리고 그것을 집어 들어 내 손에 끼어보았다. 약간 헐거운 느낌이었으나 의외로 마음이 안도되었다. 내 손은 추위에는 아랑곳없는지 모르지만 생득적인 어떤 두려움으로부터는 도피하고 싶은 모양이라고 나는 생각했다. 그것은 분명히 탈출이 아니라 도피였다. 나는 무엇인가 곰곰이 생각에 빠져 그 장갑을 벗었고, 곧 누군가 임자가 찾아오리라 여겼다. 하루 이틀이 지나고 그 임자가 누구라는 것도 거의 짐작이 되었을 때도 그는 나타나지 않았다. 그 며칠 사이 꽤 여러 사람이 나를 찾아왔었고, 다들 동네 사람들이었다. 그에 대해서 지나가는 말로 물어보면 "글쎄, 그 친구 요새 통 안 보여" 하고 대수롭지 않게 받아서 나도 그저 그러려니 하고 말았었다. 그러던 시간에 그는 이미 이 세상 사람이 아니었다. 시간과 공간의 미로 찾기 같은 놀이가 삶이었다.

우리가 공간을 달리하여 있다는 것, 이를테면 우리의 감각으로 직접 확인할 수 없는 것의 존재를 믿을 수 있을까? 저 어디엔가 살고 있는 예전의 애인을 그리워하고 있을 때 문득 누군가 말한다. "아니, 뭐? 그 여잘 그리워해? 인마, 재작년에 죽어서 화장을 했다고. 벽제에서." 어차피 우리의 그리움이란, 사랑이란 이와 같은 것이다.

우리는 마주 보고 앉아 있어도 결국 마침내는 시간과 공간을 달리하고 있는 것이다. 내가 사랑한다는 말을 하면 그 말이 상대방에게 전달될 때까지의 시간과 공간에는 사실은 천문학적인 수치로만 나타낼 수밖에 없는 간격이 있는 것이다. 진부하게 표현하자면 별과 별 사이의 교신 같다고나 할까. 절망의 허공이 내게로 다가와 아가리를 벌린다. 그는 죽었으나 내게 살아 있었다. 장갑 한 켤레를 찾아가기 위해 기억되고 살아 있었다.

우리들. 어루만질 수 있는 몸뚱이를 가진 한계 안에서만 '사랑'이라고 말할 수 있는 인간이라는 어릿광대들. 오로지 이기주의라는 열쇠로만 해독될 뿐인 자기만의 암호로 맹목의 그 '사랑'을 무장하려는 인간이라는 어릿광대들. 실제로는 먹기 위해 살아가고 있는 아귀餓鬼들. 내가 그를 기다리고 있는 동안 그는 이 세상에 걸어 다니고 있지 않았다. 듣고 보니, 그는 이미 결혼한 옛 애인을 찾아가서 만나고 그날 밤 나무에 목을 매고 말았던 것이다. 나중에 그가 아내와 헤어지고 집을 나와 세 들어 살았던 집은 공교롭게도 류가 세 들어 살고 있는 집이 있는 동네였다. 워낙 좁은 바닥이라 이상할 것도 없었다. 그 집 주인 소흔素昕 여사 말에 의하면 그가 세를 들어오기 전에 점쟁이가 자기네 집에서 한 해 안으로 죽어 나갈 사람이 있다고 했다는 것이었다. 그 말에 따라 바로 그가 죽어 나간 것일까.

그는 잘생긴 30대 남자였다. 부드러운 몸짓에 수줍음까지 잘 탔는데 웬일인지 아내와는 툭하면 부부 싸움이었다. 그러던 어느 날 다시 한 번 잘 살아보겠다고 영등포에서 기타를 사 들고 집으로 왔다. 집 안에 사랑의 콩나물 대가리들을 가득 채워놓으려 했던 것이다. 그런데 그만 처남들이 먼저 와서 기다리고 있다가 불문곡직하고 그를 무력으로 굴복시키고 말았다. 비탄에 빠진 오르페우스는 이빨 두 개와 함께 가정을 잃고 소흔 여사의 집으로 임시 거처를 마련하는 수밖에 없었다.

그는 저녁이면 늘 네거리 한 모퉁이의 포장마차에 앉아 있었다. 나도 한두 번 류와 같이 어울렸던 곳이었다. 그는 쉬지 않고 술잔에 소주를 따라 부었다. 적셔진 심장이 박쥐를 키우는 동굴처럼 아가리를 벌리고 있었다. 그는 자기의 심장으로 들어가 진실을 노래하고자 했다. 그러나 그것은 늘 보이지 않는 손에 의해 거부당했다. 그는 그의 형이 소장으로 있는 보험회사에서 총무 일을 보고 있었으므로 회사 일에 적당히 요령을 피워도 괜찮았다. 그래서 아침 출근은 어찌 됐든 매일 밤늦게까지 앉아서 무엇인지 골똘하게 생각할 수가 있었다. 하지만 그 무엇인지가 무엇인지 알 길은 없었다. 그것이 삶이라는 것이기 때문이다.

자기 자신이 어떻게 하여 그 네거리 포장마차에 와서 앉아 있게 되었는지도 도무지 알 길이 없었다. 세상의 모든 사람과 마찬가지로 자기 자신도 영원한 타인이었다. 진정한 자기 모습은 추억 속에서만 있을 듯했지만 그것은 이름도 모를 사람의 희미한 사진 같은 것이었다. 그는 달려가서 그 사진 속으로 들어가 앉고 싶었으나 손발은 꿈속에서처럼 허우적거리기만 할 뿐이었다.

그는 옆에 앉아 시시덕거리며 술잔을 기울이고 있는, 아무런 고민도 없는 녀석들이 모두 구역질 나는 괴뢰처럼 보였다. 그는 땅바닥으로 얼굴을 숙이고 침을 찍 뱉었다. "버러지 같은 놈들!" 이렇게 입 속으로 중얼거리자 갑자기 눈물이 났다. 이 며칠 동안 그는 모멸스럽기 짝이 없는 인간의 육체에서 벗어나 차라리 버러지라도 되었으면 하고 얼마나 바랐던가. 낮은 낮대로 그의 겉모습을 까밝히는 밝음으로 그를 괴롭혔고, 밤은 밤대로 속 모습을 파고드는 어둠으로 그를 괴롭혔다.

"아저씨, 요새 연애하나 봐." 포장마차의 젊은 여주인이 더욱 심사를 사납게 했다. 그녀의 남편이 마흔이나 먹은 주제에 열아홉 먹은 여고 졸업생과 놀아나다 들통이 난 것은 지난여름이었다. 그는 연애라는 말에 그만 오장육부가 뒤틀렸다. 그런 낱말이 아직도 지구상에 횡행하고 있다는 건 참을 수 없는 모독이었다. 바로 그것 때문에 인류는 진보하지 못하고 있는 것이었다. 심오한 정신이 때묻고, 고통받는 영혼이 더욱 좌절되었다. 연애란 환상이며 아울러 환멸이었다. 연애가 마치 사과처럼 열려 익는다는 것을 믿는 자들이 퍼뜨린 유언비어에 인류가 병들고 있는 것이었다. 남자와 여자가 서로 요철로서의 상대를 붙잡으려 하는 끔찍한 현상을 연애로 표현하려는 엉터리 형이상학자들 때문에 문명은 오도되어온 것이었다. 그는 창백해진 얼굴로 술잔만을 들이켰다. 어떻게 위기에서 벗어날 것인가? 모든 타인들은 고통의 원천이었다. 그러고는 자기 자신도 결국은 타인으로서의 고통의 원천이었다. 도망갈 길은 어디에도 없었다. 포장마차 밖으로만 나가면 어디든 현실적인 어둠은 물렁뼈처럼 그의 고통을 완화시켜주겠다는 듯 도처에 엉겨 붙어 있었다. 그러나 그것은 물렁뼈가 아니라 쥐잡이 끈끈이 같은 것이었다. 고통을 완화시키기는커녕 사지를 옭아매고 말려 죽일 것이었다. 그는 모든 것이 두려워서 몸이 한껏 오그라들었다. 보이지 않는 나락 속으로 내던져졌는가 했는데 그 자신이 그 나락이라는 사실을 깨닫는 데도 그리 오래 걸리지 않았다. 당장 지구가 빙하로 뒤덮여 온갖 두려움을 잊고 냉동체로 변했으면 하고 간절히 바랐다. 빌어먹을 연애라니? 하지만 추억마저도 부정할 수 있을까? 추억, 그것이야말로 얼음 속에 묻혀 죽었지만 생생하게 그대로 있는 시체 같다는 생각이 들었다. 거기에 관념이 머무르는 한 인간은 비참해지고 초라해지기 마련인 것이다. 그럼에도 불구하고 그는 추억의 얼음장 밑을 뒤지고 다니는 스스로를 발견할 수밖에 없었다. 그러고는 장갑을 어디선가 잃어버렸다는 사실을 깨달았고, 곧이어 손이 몹시 시리다는 사실을 깨달았다.

나로 말하면 하나의 장갑이 지금까지도 또렷이 기억된다. 말했다시피 나는 장갑을 끼지 않는다. 그러니까 그것도 내 장갑이 아니라 다른 사람의 장갑이다. 아니 정확하게 말하면 다른 사람의 장갑 낀 손이다. 그 여자가 거의 20년 만에 찾아왔을 때 나는 술을 마시고 울었고, 헤어지기 위해 터미널로 향하는 택시 안에서 검은 장갑 속에서 빠져나온 손이 내게로 향하는 것을 나는 보았던 것이다. 고등학생 소년 시절에 일주일에 한 번씩 만나면 무덤가를 지나는 동안 기슭에서 낮이 겹도록 키스를 나누곤 했던 여자가 추억 속에서 내미는 손이었다. 모든 필기는 꼭 펜촉으로 꾹꾹 눌러쓰는 버릇이 있던 그 여자의 가운뎃손가락의 첫째 마디에 박혀 있던 굳은살은 추억 속에서 머나먼 길을 가고 있는 죄수라는 느낌으로 다가왔다. 예전에 그 욕망과 숨결이 한데 뒤섞인 순간에도 육체와 정신을 이룬적으로 구분하려고 몸부림쳤던 기억이 어렴풋이 되살아났다. 육체를 정신의 하수인으로 보게 했던 자들에게 화 있을진저.

그리고 우리는 20년 뒤에 택시 안에서 손을 꼬옥 잡고 이별 의식을 행하고 있었다. 이별이 공공연히 이루어진다는 것은 우리 삶이 얼마나 근거 없는 것인가 하는 점을 단적으로 말해준다. 다만 우리가 그것을 확대해서 적용할 줄 모르는 까닭에 우리는 이른바 '새대가리' 같은 머리로서 '사랑'이라고 외칠 뿐인 것이다. 또 하나의 이별의 순간에 내가 왜 손보다는 장갑을 특별히 기억하게 되었는지는 잘 알 수 없다. 그러나 나는 알 수 있다. "잘 살아요." 나는 말했고 그와 함께 그 여자가 장갑을 벗듯이 옷을 벗는다는 상상에 사로잡혔다. 우리는 이제 예전의 그 남녀가 아니었다. 그것은 현실적인 만남이 아니라 추억 속의 만남에 지나지 않았다. 우리는 오랜 예전에 이미 그토록 입술과 혀가 닳고 닳도록 키스를 했었음에도 불구하고 그렇게 그냥 헤어졌다. 그 여자가 왔다가 간 다음 내게 남은 것은 무엇이었는가? 검은 장갑 속에서 빠져나오던 가늘고 긴 손가락. 20년 전 여고생 시절에 늘 처리가 곤란했던 손. 세월을 뛰어넘어 그 손은 시간의 괴로움을 한꺼번에 움켜쥐고 잃어버린 무엇을 확인하려는 데 실패했을 것이다. 그것을 확인하자면 과거 속에서 유령처럼 살아 나오지 않으면 안 될 것이었다. 우리는 그렇게 그냥 헤어졌다. 추억에 대해서라면 또 하나의 우스개 삼아 이야기할 것이 있다.

'인생은 40부터'라는 어딘가 냄새나는 듯한 말을 기억할 것이다. 산다는 것을 10년 단위로 끊어 말할 때, 다른 단위의 연대는 흔히 입에 올리지 않는 것만 봐도 그렇다. 인생은 10부터? 20부터? 30부터? …… 50부터? 60부터? 70부터? …….

터무니없는 발상이다. 인생은 시작도 끝도 없는 것이다. 그것을 믿기 때문에 우리가 살고 있는 것이다.

"뭐? 시작도 끝도 없다고? 시작이야 당연히 다리 밑에서 주워 왔을 텐데…… 끝은……."

"남자들이야 정년퇴직이 없다잖아. 늙어서 티끌 하나 들어 올릴 힘만 있어도 그저 밝힌다면서……."

여류 시인들은 말한다.

그럼에도 불구하고 인생은 장엄하다. 나는 아직 40대의 중반까지밖에는 못 살았으므로 인생 전반에 대해 이러쿵저러쿵할 자격이 없는지도 모른다. 그러나 사실 끔찍하게도 많이 살아온 것이다. 40대 중반까지'밖'에?

많은 어여쁜 여자가 자기가 살아온 세월을 보고 한숨짓는다. "내가 이 나이까지 살 줄은 꿈에도…… 스물다섯 이상의 나이는 없다고 여겼어요! 스물아홉에 이제 내 인생은 끝났다고 하염없이 울었지요. 그런데 이게 웬일!" 그러므로 인생이란 유구하고 장엄하다.

그런데 나는 왜 인생이니 뭐니 하고 돼먹지 않은 소리를 지껄이고 있는 것일까. 새벽에 일어나 협궤열차의 경적 소리에 귀를 기울이고 있었던 시간의 멍청한 생각 탓이라고나 해두자.

열차니 배니 하는 탈것들은 공연히 사람의 마음을 들쑤시는 데 뭐가 있다. 시간과 공간을 옮겨주기 때문이다. 시간을 당겨주고 공간을 넓혀준다. 새벽 협궤열차는 시간과 공간을 열며 앞으로 향하여 나아갔는데, 나는 그 작은 열차에 의탁해 과거로 나아가고 있는 나를 본다.

모든 탈것들은 그것을 직접 이용할 때는 미래로 향하여 더 마음을 설레게 하지만 그것을 보고만 있을 때는 과거로 향하여 더 마음을 설레게 한다. 이것이 시작도 끝도 없는 인생의 모습이다. 시작도 끝도 없다. 그러므로 나는 존재한다.

그러므로 여기에 우선 추억이라는 게 있다. 모든 추억은 추악하다. 그것은 적당히 망각으로 위장되어 있고 적당한 변명으로 미화되어 있다. 아전인수와 견강부회로 일그러져 있다. 너희들. 추억의 발바닥을 핥고 있는 인간들이여.

어느 날 전화가 왔다.

"여보세요."

공교롭게도 옆에 있던 한 여자가 받았다. 그러나 전화를 걸어온 쪽에서는 아무 소리도 없다는 것이었다. 그러다가 곧 딸까닥 끊어버렸다는 것이었다.

"누굴까?"

내가 말하는 순간 다시 벨이 울렸다. 다시 여자가 받았다.

"여보세요."

이번에는 저쪽에서 뭐라고 말하고 있는 듯했다.

"아닌데요."

그러나 이 말과 함께 전화는 끊어졌다. 잘못 걸려온 전화려니 싶었다. 말을 들어본즉, 전화를 걸어온 사람은 여자로서 거기가 아무개네 집이냐고 묻더라는 것이었다.

"아무개?"

나는 그 이름을 되물었다. 여기서 '아무개'라고 쓰고 있지만 실상은 정확한 이름이 있다. 있는 정도가 아니라 그 이름은 내 추억 속에 또렷이 새겨져 있다. 물론 그 이름은 그리 유별나지 않기 때문에 여자 이름으로서는 흔하다고도 할 수 있다. 따라서 그런 전화가 왔다고 해서 그 이름을 두고 추억을 들먹거릴 것까지는 없을지도 모른다.

그런데 다시 또 전화가 걸려온 것이다. 이번에도 전화를 받은 것은 내가 아니었다. 내가 연거푸 내 집 전화를 직접 못 받은 것은 그때 내 손목에 링거주사가 꽂혀 있었기 때문임을 뒤늦게 밝히기로 한다. 왜? 그것은 여기서 이야기할 것이 못 된다.

"그 목소린데요."

전화의 그 여자 목소리는 거기가 해방촌에 살던 아무개의 집이 아니냐고 물었다고 했다.

해방촌에 살던 아무개.

그 이름이 추억 속으로 생손앓이처럼 느껴지기 시작했다. 해방촌에 살던 그 이름이 또렷하게 되살아났다. 틀림없다고 나는 느꼈다. 만약에 내가 그 전화를 받았더라면 그녀와 나는 대번에 서로를 확인하여 깊은 감회에 사로잡혔을 것이 틀림없었다. 하지만 공교롭게도 주사를 놔주러 온 간호사가 내 머리맡을 지키고 있었고, 여자가 전화를 받자 자기 자신의 존재만을 알린 채 끊어버렸던 것이다. 이러한 추측이 단순한 추측으로 끝나지 않았음은 불과 며칠 뒤에 밝혀지게 된다.

해방촌의 아무개는 누구일까? 추억의 열차는 무려 25년 전으로 나를 싣고 간다. 스물다섯의 나이조차도 마지막 상한선의 나이로 정해놓은 사람이 있는 마당에 25년 전의 추억이라니, 끔찍한 인생!

우선 나는 그녀와 함께 걷던 한강 둔덕을 생각한다. 그 둔덕에 앉아 이야기를 나누던 우리는 강가의 포플러나무 숲을 거닐었다. 아마도 손을 잡았던가? 둘이서 나란히 걸어가자면 언뜻언뜻 스치게 되는 어깨와 더불어 우리의 손길은 또 그렇게 스쳤다고 기억된다. 그러나 마음먹고 그녀에게로 손을 뻗쳐갈 수는 도저히 없었다.

때는 땅거미가 서려오던 어스름 무렵, 내 마음은 한없이 달뜨고 그러한 순간이 영원으로 이어졌으면 싶었다. 우리가 무슨 이야기를 나누었는지는 전혀 기억할 수 없다. 다만 내게 아련히 남아 있는 것은 이성에 대한 막연한 그리움이 너무도 간절했다는 사실과 그 그리움을 쏟을 수 있는 구체적인 대상을 만났다는 희열을 주체하기 힘들었다는 사실이다. 그러고 보면 우리 인생의 만남에 있어서 내용이란 그닥 중요한 것이 아닐지도 모른다. 다만 만남 자체만이 중요한 것이라고 말해져도 좋으리라.

그녀와의 만남을 주선해준 것은 동급생으로 시를 끄적이는 친구였었다. 그가 해방촌에 와서 자취를 하고 있어서 나는 가끔 그곳까지 가고는 했었다.

"너, 여자애 하나 사귈래?"

어느 날 그는 내게 은밀히 속삭였다.

"여자애라니?"

나는 그렇게 반문하면서 벌써 가슴이 뛰기 시작했다. 태연함을 가장하려 했지만 얼굴이 달아올랐다. 나는 내가 생각해도 숫보기였다. 숫보기란 그런 만큼 엉큼한 법이다. 단 한마디에 그만 내 속내를 들켜버려 쩔쩔매는 꼴이 되고 만 것은 이상한 노릇이기는 했다.

곧이어 안 사실인데, 그는 워낙 조숙했던지 그때 벌써 그 또래 나이의 여자 친구와 함께 생활하고 있었다. 그것을 동거라고 표현하지는 않겠다. 그때의 나로서는 도저히 상상할 수 없는 일이었다. 둘 다 서울에 유학 온 고등학생이었던 그들은 편의상 그렇게 함께 살 뿐이었다. 낮이면 학교에 갔다가 밤이면 오손도손 머리를 맞대고 예습, 복습을 하면서 함께 있을 뿐이었다! 이, 내 친구의 여자 친구가 내게 '여자애'를 소개시켜주게 되는 것이었다. 그때 내 나이로도 그녀를 '여자애'라고 해도 되는 것은 그녀가 아직 중학교 학생이었으므로 타당하다 하겠다. 그리하여 나는 그녀를 만났다. 내 나이 열일곱 살이었다. 우리 나이로 말이다.

그로부터 우리는 꽤 자주 만났다. 하지만 만나면 만날수록 그녀에 대한 내 갈증은 심해갔다. 속으로 그다지도 엉큼하면서도 겉으로는 도저히 어쩌지를 못하는 숫보기인 나는 구제불능이었다. 나는 그녀 둘레를 빙빙 돌 뿐이었다.

아버지가 새엄마를 맞이했는지 어머니가 새아빠를 맞이했는지 알 수 없어도 하여튼 그런 집안의 딸에게 내가 해줄 수 있는 것은 아무것도 없었다. 어느 날 밤 그녀 집으로 들어가는 골목길 어귀에 무릎을 곧추세우고 웅크리고 앉아 흐느끼고 있는 그녀에게 해줄 수 있는 것은 아무것도 없었다. 서빙고역 헬리포트의 공터를 돌아 해방촌으로 돌아오면서 말없이 신발 코 끝만 내려다보고 걷는 그녀에게 내가 해줄 수 있는 것은 아무것도 없었다. 아무것도 없었다. 나는 어서 커서 돈을 많이 벌어야겠다고만 다짐하고 다짐했을 뿐이었다.

그런 어느 날이었다. 내 친구의 여자 친구가 내 '여자애'가 없는 틈을 타 말하는 것이었다.

"걔 좀 재밌게 해주세요."

그리고 내게 한 눈을 찡끗해 보이는 것이었다. 나는 어리둥절하지 않을 수 없었다.

재미있다는 것은 무엇을 뜻하는 걸까?

그러나 이렇게 스스로 묻는 순간 나는 심한 부끄러움을 느꼈다.

"어떻게요?"

나는 당황하며 묻고 있었으나 물으나 마나 한 물음이었다.

"그 왜 있잖아요. 호호호."

그 웃음이 더더욱 내 자존심을 건드렸다. 나도 엉겁결에 따라 웃기는 했다. 하지만 나는 그 수모를 견딜 재간이 없었다. 여자를 즐겁게 해주지 못하는 남자라는 것처럼 남자에게 수모를 주는 말은 없다. 성병에 걸린 남자의 절망은 이런 데서 오는 것이다. 그리하여 나는 다시는 해방촌에 가지 않았다.

내가 너무 조급했던가. 아니다. 나는 다만 얼마 동안만 떠나기로 했던 것이다. 그런데 그사이 그녀의 신상에 변동이 생겨 그녀마저도 해방촌을 떠났기에 나는 그 동네에 발길을 끊어버리게 되었던 것이다. 25년 전의 일이다. 우리는 그렇게 헤어졌다. 그러고 나서의 두 번의 전화를 직접 받지 못한 뒤로 다시 그런 전화는 오지 않고 있다. 그러다가 어느 날 문득 그녀 혹은 내가 상대방이 죽었다는 소식을 접하고 한 번쯤 하늘 어디엔가 눈을 던졌다가 곧 분주한 일상 속으로 걸아가게 될 것이다. 인지해줄 상대방이 없는 추억이란 어떤 의미를 가지고 있을까? 자기 자신의 과거를 저승 사람이 이승 사람 쳐다보듯 한다는 것은 가능한 일일까?

나는 모래바람 아래 순례자처럼 걸어가면서 모래강의 존재에 대해 물어보려고 했다. 차편은 수시로 있었고 돌아가는 길은 염려가 없었다. 여차하면 하룻밤쯤 시골 여관에서 묵어가도 될 것이다. 모래강을 왜 찾는 거냐고 누군가가 묻는다면, 그야 가죽 장갑을 장례 지내기 위해서라고 대답할 만반의 준비가 되어 있었다. 애초에 누군가를 찾아서 온 만큼 그 누군가를 만나야 했다. 가죽 장갑의 주인이 내게 언젠가 말했던 유일한 단서는 서해안에 놀러 갔다가 시골 장에서 자동차 타이어가 펑크가 났다고 한 것뿐이었다. 지난 가을날, 그 헤어진 아내와 함께였다. 그러자 나는 그 누군가 찾아야 할 사람이 바로 죽은 사내였음을 알았다. 그리고 그것이 불가능함을 미리 알고 있었음도 알았다. 그러나 내 뜻은 쉽사리 그것을 포기하지 않았다. 머리에는 아직도 타이어가 펑크 난 자동차가 서 있어야 했고, 그가 아내와 함께 걷든가 앉아 있어야 했다. 나는 끊임없이 두리번거리며 두 개의 장면을 더듬고 있었다. 하나는 어디엔가 있을 살아 있는 그의 모습이었으며, 또 하나는 이미 죽어버린 그의 모습이었다. 이 두 장면이 하나로 합쳐지면 나는 흔쾌히 돌아가도 좋을 것이었다. 아무런 의미도 없는 불가능에의 탐색과 도전. 사실 애초에 그의 죽음 자체가 내게 그다지 큰 무게로 다가온 것도 아니었다. 그러니 하물며 장갑 따위가 무슨 의미가 있겠는가. 그럼에도 불구하고 내게는 그것은 큰 명분이었다. 그가, 한낮에 술을 마시다 말고 택시를 몰아 옛 애인이 결혼해서 살고 있는 도시로 달려갔다는 말을 했던가? 그렇다. 그리하여 그는 옛 애인을 불러내어 또 술을 마셨다. 그리고 웃음을 지으며 모든 것이 끝났으니 죽어버리겠다고 말하고야 말았다. 겨울이 시작될 무렵부터 형의 사무실에 공금을 야금야금 내다 쓴 것도 들통이 났던 것이다. 그가 죽음을 결심하고 옛 애인에게 달려간 것인지, 아니면 옛 애인을 만나서 죽어버리겠다고 말하고 난 뒤 죽음을 결심한 것인지는 알 수가 없다. 그야말로 죽은 자는 말이 없는 것이다. 나중에 전해진 이야기로는, 그때 앞에 앉아 그 말을 들은 옛 애인은 장난으로 말하는 것이려니 했고, 남편이 기다리므로 들어가야 한다고 집으로 갔다는 것이었다.

그는 마침내 추억의 얼음장 밑에서 그녀와 똑같은 또 하나의 시체를 발견했던 것이다. 그 뒤 며칠이나 지나서야 그는 발견되었다. 옛 애인이 사는 집 뒷산에 나뭇가지에 자기의 혁대로 목을 매달고서.

모래강이 어디 있는지 알지 못하면서도 나는 그곳을 향해 나아갔다. 나는 임의의 어떤 여자와 함께 가고 있다고 해도 상관없다고 생각하고 있었다. 가령 우연히 류라는 성씨의 여자라고 해도 좋았다. 시골 장이라야 볼 것도 없었다. 과거와 미래 사이의 엉거주춤한 시점에서 모두들 넋을 팔고 있는 듯한 사람들이 그곳을 기웃거리고 있었다. 그 모두들 스스로를 자기 자신이 아니라고 말하고 있는 것처럼 무표정했다. 모래가 내려 쌓여 굳은 누런 퇴적암 사이에서 꺼내놓은 돌덩이의 표정이었다. 죽음을 예측하고 있기 때문인지도 몰랐다. 입을 크게 벌리고 웃고 있는 얼굴에도 퇴적암이 덮여 있었다. 이미 모두들 화석이었다. 왜 그렇게 되었느냐고 묻는 건 금물이었다. 지나친 애정은 지나친 공포의 다른 표현이었다. 모두들 자기 자신으로부터 벗어나 새로운 공간으로 바위 속을 오가고 있는 모습이었다. 현실은 굳어버렸고 비현실만이 눈앞에 전개되었다. 나 자신 추억이 되살아나기를 한순간 학수고대하고 있었음을 깨닫고 화들짝 놀랄 수밖에 없었다. 추억이란 집요했다.

첫날밤에 신랑의 옷고름을 붙잡고 놓아주지 않는 것은 문고리가 아니라 실제로 유령이었다. 하늘의 빛도 검푸르게 사위어가고 있었다. 그러나 어쨌든 한시바삐 모래강에 도달하기만 하면 만사는 원만하게 타결될 것만 같았다. 왜 그런지, 과연 그렇게 될 것인지에 대해서는 물음조차 필요 없었다.

아무도 알 수 없는 것에 삶의 목적이 있듯이, 드디어는 목적만이 목적이 된 것이다. 목적을 알 수만 있다면 이미 포기했으리라는 사실을 나는 명백히 깨닫고 있었다. 무엇 때문에 나는 그 여자들을 만났고, 그래서 나 자신 속에 깃들어 있는 악마들과 싸워야 했던가? 우주에서 생성되고 소멸되는 성운星雲들 모두가 마성魔性을 띠고 있는 모습이었다. 밤에 홀로 추억이라는 것에 대해서 아득한 눈길을 돌리면 거기에는 달콤하다 못해 쓰디쓴 터무니없는 만남이 있었다. 우연이었기 때문에 필연의 탈을 더욱 연극적으로 뒤집어쓰고 속에서는 헤헤 웃고 있는 해골의 모습이었다. 장난감 인형 같은 어둠을 몸속에 간직한 사랑을 찾아, 사랑이라는 이름을 찾아 나는 헤매기만 했을 뿐이었다. 온갖 거짓말과 거짓 맹세가 과수원의 꽃처럼 피어났다. 그 아름답고 추한 만남이 이룩해놓은 것이라곤 폐허뿐이었다. 모든 목매달아 죽은 사람들, 목매달아 죽어야 할 사람들이 어슬렁거리며 그 폐허를 지키고 있었다. 무표정하게 행복한 그 사람들이 오일장에 나와서 꿈과 현실을 한없이 사고팔고 하고 있었다. 그 사이에서 빈 조개껍데기 같은 삶과 죽음이 오가고 또 오갔다.

사랑이라니? 이렇게 반문하자 힘을 얻은 나는 비틀거리며 나아갔다. 어쩌면 모래강은 생각보다 훨씬 가까운 곳에 있을지도 몰랐다. 장갑 사세요. 죽음에서 되삶을 얻을 사람의 것입니다. 장갑을 사세요. 나는 싸늘한 조소와 함께 홍분된 얼굴이 되었다. 진정한 되삶을 얻자면 추악한 추억으로부터 먼저 해방되어야 했다. 감미로우면서도 오싹오싹한 그 얼굴을 짓밟아 지옥으로 보내야 한다. 그것이 참사랑이다. 나는 그만 울고 싶어져서 먼 풍경을 찾았다. 영원히 말을 잊은 사람들이 거기 있었다. 그들은 겉으로 보기에는 무슨 말인가 열심히 지껄이고들 있었다. 낮은 하늘을 날아가는 까마귀들도 그 말에 화답하는 것 같았다. 그런데 무언극이 진행되고 있는 것이었다. 말은 쓸모가 없음이 판명되었다. 누구나 제각기 다른 체계를 가진 말을 사용하기 때문이었다. 나는 오래 묵은 추억들에서 공통된 것이라고는 오직 하나, 서로가 전혀 딴생각을 하면서 상대방의 육체를 탐하고 있었다는 사실을 떠올렸다. 그렇게 해서 추억은 만들어진다. 이성理性이 배제된 세계, 어림없는 거북이들이 진화를 거부하는 세계, 술집마다 넘쳐나는 혓바닥 요리 같은 것이

버무려지고 있었다. 세기말적인 현상이라서가 아니었다. 그러자 나는 내가 왜 엉뚱한 곳에 와서 허위거리고 있는지 어렴풋이 알 것 같았다. 속까지 털어놓건대 나야말로 옛 애인들을 찾아가 고백하고 고백해서 추억을 백지화하고 싶었던 것이다. 그다음에야 내가 죽든 말든 상관없는 일이었다. 열일곱 살 때 만난 소녀거나 바로 그 뒤에 만나 키스를 나눈 소녀거나 따질 것은 없었다. 그 뒤로 성장에 의해서 도무지 이해할 수 없는 만남들이 속속 이어졌다. 무의미하고 무시무시한 성교가 수반되었다. 의도적으로 다리를 오므리고 스커트를 내리는 숙녀들이 교묘한 도덕 아래서 빛을 뿜고 있었다. 그녀들의 괄약근은 어떠한 변명에도 통하지가 않았다. 말하자면 나는 끊임없이 강간당하고 있었던 것이다. 개띠임을 자백하려는 듯, 길게 혀를 빼물고 헉헉거리면서.

진땀을 흘리며 겨우 장터를 벗어나서도 나는 계속 나아갔다. 서해안의 개펄 펼쳐진 바닷가가 멀지 않다고 직감되었다. 나는 코를 킁킁거리며 서해안의 갯내를 맡으려고 애썼다. 그 바다는 고비사막으로부터 날아와 뿌려진 모래 먼지로 하여 누런 물빛을 했다는 황해黃海였다. 이어서 장갑의 주인 사내와 나의 어느 날 일이 떠올랐다. 처음 서해안의 작은 도시로 왔을 때 그와 나는 어느 면에서나 그럴 만한 꼬투리가 없는데도 자주 어울렸다. 좁은 동네에서 도무지 만날 수 없는 사람이 있는 반면 유난히 자주 마주치는 사람이 있는 것이다.

어느 날 오후, 뭔가 적당한 놀이를 찾고 있는 점에서 일치를 본 우리는 즉흥적으로 포구로 향했다. 마침 류와도 동행이었다. 우리는 주차장을 지나 횟집 골목에 들어서서 수조 안에 어떤 물고기들이 있나 구경하며 들어갔다. 대부분 그 작은 포구가 아닌 다른 곳에서 들어오는 물고기들이라고 알려져 있지만, 자주 포구에 갔던 우리는 그곳에서도 제법 갖가지 물고기들이 잡혀 올라온다는 사실을 알고 있었다.

"어때? 좀 이르긴 해도 한잔해야지?"

횟집 골목을 지나고 어판장에 이르렀을 때 내가 넌지시 말했다.

"글쎄, 아직은 해가 있는데……?"

류는 망설였으나 우리의 다음 행동은 이미 정해져 있었다. 어판장 옆의 산낙지와 멍게를 파는 좌판 앞으로 우리는 다가갔다. 그리고 어느덧 파장이 되어가는 어판장과 그 뒤의 을씨년스러운 개펄과 그 위를 날아다니는 갈매기들을 바라보며 '한잔'을 기울이기 시작했다.

그리고 얼마 지나지 않아서였다. 갑자기 류가 내게 눈길을 주었다.

"저기 봐."

"뭘?"

눈이 상당히 나쁜 나는 그녀가 보라는 것을 얼른 확인할 수 없었다.

"저 여자 말야. 빨간 스웨터 입은……."

나는 무료하던 차에 잘됐다 싶었다. 나는 류가 가리키며 보고 있는 쪽을 열심히 살폈다. 과연 빨간 스웨터를 입은 여자가 있었다. 그 여자를 확인하는 순간 나는 나도 모르게 눈이 크게 떠졌다.

"아니, 저 여잔 요전에……."

나는 그 여자를 알 수 있었다.

"그러게 말야. 저 여자 틀림없어. 그런데 또 여길 와서 헤매네?"

"상습범일까?"

우리는 서로 마주 바라보았다. 우리는 그 여자를 똑같이 알고 있었다. 언젠가 저쪽 좌판에서 만난 그 여자였다.

얼마 전이었다. 그날도 우리는 우연히 만나 또한 즉흥적으로 포구를 향했었다. 그날따라 음력 조금 때인 데다 물도 썰물이어서 포구는 시커먼 물고랑을 다 드러낸 채였다.

"황량하군, 황량해."

이런 소리를 지껄이며 우리는 산낙지에 소주병을 깠었다. 우리는 그때 아마도 박수동의 만화에 대해 이야기한 것 같다. 그리고 김영동의 음악에 대해서도. 박범훈의 불교음악은 어떠냐고 류는 물었던 것도 같다. 그럴 즈음 우리는 언제부터인가 우리 뒤쪽에 한 여자가 버려져 있다는 사실을 깨달았다. 왜 처음부터 그런 사실을 몰랐느냐 하면, 그 여자는 홀로 앉아 있기는 했어도 소주잔을 앞에 놓고 있었기 때문이라고나 해야 할 것이다. 누군가 남자하고 와서 앉아 있는 것이리라. 그런데 뒤늦게 우리는 그 여자가 혼자라는 사실을 안 것이었다. 그 여자는 산낙지가 아직도 남아 있는 접시며 소주잔을 그대로 둔 채 좌판 위에 엎드려 있었다. 그것도 우리 몫의 안주가 바닥이 나서 입맛을 다시던 내가 그 여자의 접시를 흘끔거린 결과 발견한 것이었다.

"웬 여잡니까?"

내가 주인 여자에게 물었다.

"누가 아나요. 아까부터 가야 하지 않느냐니까 가기 싫다는 거예요. 나 참, 요샌 여자들이 한 술 더 뜬다니까."

주인 여자는 못마땅한 듯 혀를 끌끌 찼다.

"장사에 방해가 되니까 아저씨들이 갈 때 좀 데리고 가주세요."

주인 여자는 부탁까지 했다.

그 말에 우리는 빙긋이 웃었을 뿐이었다. 술 취한 여자를 데리고 우리가 어디로 간단 말인가 하고. 그러나 일은 여의치 못했다. 우리는 일어설 때 결국 그 여자를 부축해서 일으키고야 말았다. 술이 취해서 그렇지 옷차림도 그만하면 세련되어 보이는 젊은 여자였다.

"아마 실연이라도 했나 봐. 술 대신 약을 안 먹은 게 다행이지."

"실연했다고 약 먹는 여자가 요즘도 있나? 그다음 날 다른 남자 만나서 풀지."

그는 내 말을 받으며 여자의 겨드랑이에 팔을 끼고 부축했다. 낙짓집 주인 여자의 간청에 못 이겨 그 여자를 끌어내기는 했어도, 얼마 못 가서 우리는 낭패한 느낌이었다.

"어디로 간다?"

여자는 흐느적거렸고 사람들은 당연히 우리를 구경거리로 삼았다. 그것도 그것이지만 결국 어쩔 것이냐가 문제였다. 아무런 대안이 없었다.

"어쩔 셈이냐?"

우리는 서로 물었고, 하는 수 없이 그 여자를 어디엔가 놔두고 갈 수밖에 없다는 결론에 이르렀다. 그렇다고 해서 우리가 거리낌을 느낄 무엇도 실상 없는 것이었다. 서울의 뒷골목에 가보면 술 취해 비틀거리는 여자가 한둘이 아닌 것이다. 길옆으로 조금 후미진 곳에 헛간 비슷한 곳이 있었다. 그 앞에 제법 반듯하게 앉혀놓을 만한 자리를 발견한 우리는 그 여자를 고이 앉혀놓았다. 그 여자는 괴로운 듯 몸을 움직였으나 곧 고개를 꺾고 얌전히 앉아 있는 자세가 되었다.

"자, 그만 가자고."

그리고 우리는 그곳을 떠났었다.

바로 그 여자였다. 우리는 반갑기도 하고 또 기이하기도 해서 그 여자를 불렀으면 하는 마음이었다. 그러나 그 여자가 우리를 알아보지 못할 것이 분명했다.

"저 여자분 오늘도 술 먹으러 왔나 보죠? 술 한잔 권할까?"

내가 주인 여자에게 말했다. 그러자 주인 여자가 그 여자를 쳐다보았다.

"저 여자 말이에요? 술 주면 안 돼요. 술 먹으면 남자한테 혼나요."

주인 여자가 고개를 저었다.

"남자요?"

우리는 동시에 물었다.

"예, 장터에서 허드렛일 하는 벙어리가 하나 있어요. 사십이 되도록 저쪽 헛간에서 혼자 살았는데, 어느 날 갑자기 저 여자가 들어왔대요. 저렇게 젊고 예쁜 새댁이 글쎄 어느 날 저녁에 헛간 앞에 앉아서 도무지 가지를 않고…… 세상에 알다가도 모를 일이……."

주인 여자는 말을 잇지 못했다.

그와 함께 우리는 뭔가 아득한 느낌이 온몸을 감쌌고, 우리가 한 일이 과연 옳은 일이었는지 그른 일이었는지 갈피를 잡지 못해서 멍하니 개펄 쪽으로 눈길을 돌렸던 것이다. 옳은 일이었는지 그른 일이었는지 갈피를 잡지 못해서가 아니다. 언젠가 아주 오래전부터 나 역시 어떤 여자와 그렇게 만나 그냥 하염없이 살고 싶다는 생각을 했었다. 필연을 가장한 사랑이라는 것의 지겨움과 속임수의 곡예 끝에 제가 판 함정에 빠지고야 마는 진부성, 멀어져 가는 길을 멍하니 바라보면서도 어쩔 수 없이 선택하고 있는 어둠에의 자맥질, 물에 올려진 멍청한 물고기들의 빠끔거림 등등에서 벗어나고자 한다면 애초에 우연 편에 서야 하는 것이었다. 그랬다. 그날 장갑의 사내와 헤어진 우리 두 남녀는 소설 『상록수』의 여주인공인 여성 계몽운동가의 이름을 딴 영신장 여관에 들었는데, 우리는 우리의 성性조차 우연으로 치장하고 있음이 분명했다. 과연 류와의 관계가 그런 것일까.

이런 까닭으로서만이 아니다. 그 황홀한 우연이야말로 우주 가에 살아가다가 사위어가는 한 목숨을 위해서는 극히 아름다운 소멸에 값할 것이다. 세상에서 아무도 모르게 갯지렁이처럼 살다가 가는 삶이란 완전한 사랑의 구현이다. 어느 날 세상을 등지고 이름 모를 먼 곳 문패도 번지수도 없는 주막에 가서 낯선 사람들과 아무런 의미 없는 이야기로 밤을 지새우고 나서 다음 날 말없이 작별을 한다. 정처 없이 떠나가는 것이다…….

모래강은 아직도 멀다. 누군가 옛 애인들의 이름을 불러본다. 패

佩, 경瓊, 옥玉…… 그리고 임任, 경卿, 난蘭, 류柳…… 시간과 공간을 지나 그녀들은 자기 자신들의 이야기 속에 죽음을 거부한 채 매미 허물처럼 바스락거리며 남아 있었다. 누군가 모든 것을 용서하지만 결코 얌전하지만은 않은 몸짓으로 그것들을 밟아 바순다. 바지직거리며 가루로 부스러지는 허물을 그녀들은 깔깔대며 바라본다. 이 세상에 존재하는 모든 것은 자기 자신의 모습임을 알기에는 다소 시간이 걸릴지도 모른다. 못마땅한 세기말의 바람이 머리카락을 날리기를 기다려 그녀들은 비로소 마녀의 정체를 드러낸다. 몇 세기 동안 사랑에 굶주려 온 여자들이 달려온다. 이미 내가 만나서 몇 번씩 즐겼던 여자들이다. 몇 년 전의 추억들이 증폭되어 빛과 어둠처럼 서로를 잉태하며 내게 눈을 부라리고 있다. 결국 나는 어디로 도망치든 추억이라는 괴물의 아가리로부터 벗어날 수 없단 말인가. 또한 그동안 나는 몇 번이나 무의미하게 류와 잤던 것일까? 아니, 무의미하게?

날이 어둡기 시작했다. 염전에서 소금을 굽던 사람들도 모두 숙소로 돌아가 버리고 바닷가로 향한 들은 우주의 한 모습으로 비어 있다. 비어 있음으로 가득 차 있는 우주에서 내가 갈 곳은 아무 데도 없다.

나는 누구 하나 보이지 않는 곳에 내 몸을 눕게 하고 싶다. 갈매기 한 마리, 갯지렁이 한 마리, 민달팽이 한 마리 없는 곳, 추억조차도 무의미한 풍경이 되어 평화로운 소금처럼 녹아 있는 곳. 그것은 이날 이때까지 내가 만들어온 추억이란 것이, 내가 뜻하지 않음에도 불구하고 나를 목 조르려 하기 때문이다.

밤에 꿈에서 깨어 일어나 보면 거기에는 예전의 많은 사람의 모습이 나를 내려다보고 있다가 한꺼번에 사라진다. 나는 결코 홀로 있지 못한다. 빈방도 없고 심장 속의 빈 동굴 속에서는 박쥐들이 퍼덕거린다. 생명을 우연 속에 놓을 때만 행복을 얻으련만 끔찍한 수학이 형이상학을 등에 업고 기세당당하게 머리를 찍어 누르는 것이다.

그러므로 나는 지금 은자隱者를 찾아가고 있다. 그 이름은 모래강일 수도 있을 것이다. 하지만 그를 만날 가능성은 아예 없다. 우주 지평선 저쪽에 빛보다 먼저, 어둠보다 멀리 달려가 버렸기 때문이다. 그리하여 어제도, 오늘도, 또 내일도 나는 어디론가 가고 있다. 과거형과 현재형과 미래형은 하나로 뭉뚱그려진다. 형벌인지도 모른다. 믿음이 없는 세계에 대한 믿음으로 나는 단단히 무장되어 있다고 스스로를 믿는 수밖에 없다. 소멸을 믿듯이 죽음의 궤도를 믿는 것이다.

모래강은 아직 멀었는가. 영원히 멀다. 그러니까 나는 타인이 되는 길을 택해야 할 것이다. 머나먼 모래강을 향하여 영원히 가기 위해서, 범아汎我를 얻기 위해서, 신발에 새끼줄이라도 동여매고서.

6
코끼리새

류와 다시 만나기 바로 직전의 일이다. 하지만 류가 그 사실을 안다고 해서 아무런 거리낌은 없다. 나는 이제는 진심으로 아무도 사랑하지 않기로 하고 있었던 것이다.

어느 날 텔레비전에서 '퀴즈탐험 신비의 세계'라는 프로그램을 보고 있던 나는 또다시 그 새를 보게 되었다. '또다시'라고는 하지만 첫 번 그것이 역시 텔레비전을 통해서였다는 것만 기억될 뿐 언제의 무슨 프로그램이었는지는 분명치 않다. 또한 먼젓번 보았을 때는 이름도 조금 다르고, 살고 있는 곳도 다른 곳이었다는 생각이 들었다. 그 새는 이쪽 나무에서 저쪽 나무로 날아 건너뛰며 나뭇가지에 매달린 열매를 부리로 쪼아 따고 있었다. 몸이 둔중하고 커서 공중에 잠깐이라도 머물듯이 떠 있는 행동이 불가능하므로 쉬운 일이 아니었다. 엄청나게 커다란 새인데도 빨강과 노랑과 초록으로 알록달록한 빛깔은 유난히 화려했다. 인도네시아의 한 섬인 셀

레베스에 사는 코끼리새.

코끼리새. 그 이름을 듣는 순간 나는 아득하게 먼 어떤 곳으로 가고 있다는 느낌이었다. 그곳은 세상에서 가장 멀 뿐만 아니라 알 수 없는 곳이었다. 알 수 없는 심연 같은 곳이기도 했다. 이상한 새가 사는 섬. 물론 텔레비전에 나오는 설명에 따르면 코끼리새가 사는 그곳은 오랜 세월 동안 대륙과 떨어져 독특한 동식물들이 사는 곳으로 되었다는 것이었다. 나는 그곳보다도 더 아득히 절연되어 있는 어떤 곳으로 가고 있었다. 그곳은 이 세상에 없는 곳이 분명하다고 여기면서도 이 세상 어디엔가 있어야만 한다고 생각되었다.

나는 두 번째로 그 새를 텔레비전으로 보았다고 했다. 그런데 첫 번째는 그 이름을 듣지 못했는데 그것이 코끼리새라는 사실을 두 번째 봄으로써 비로소 알게 되었고, 바로 그 순간 어떤 깊은 심연으로 빠져들어 가는 느낌에 사로잡혔던 것이다.

그러나 실상 나는 그 새를 보지 못했던 내 지난 인생의 시절에도 몇 번 그 이름을 입에 올렸던 적이 있었다. 그것은 이상한 일이었다. 그 새의 이름은 국어사전을 찾아봐도 나오지 않고 백과사전을 찾아봐도 나오지 않는다. 그러므로 텔레비전의 해설에서 그렇게 나오는 것은 외국 이름을 뜻 그대로 번역한 것이 틀림없었다. 세상에 뒤늦게 알려진 것이므로 편의상 그렇게 부르는지도 몰랐다. 그거야 아무려나 상관없었다. 다만 나는 그 이름을 알기 전에 단지 그 이름을 내 입으로 소리 내어 불러본 적이 있었다. 하지만 흔히 우리가 그렇듯이, 먼저 어떤 것에 대해 이러쿵저러쿵 이야기를 했는데 무슨 조화인지 그 이야기의 대상이 곧 눈앞에 나타나게 되었을 때 느끼게 되는 신통한 예언에의 자기최면 같은 것에 걸릴 필요가 없을 것이다. 내가 그 새를 보기도 전에, 그 이름을 한두 번 읊었다고 나 자신 이상한 경험이라고 신비주의자 같은 감정에 빠지지 않는다. 나는 영적 체험이 어떠니 하면서 함부로 종교적이 되는 사람들의 알 수 없는 영혼에 어리둥절하지 않을 수 없는 입장인 것이다. 영혼이란…… 함부로 이야기할 것이 아님을 나는 안다.

그러므로 나는 잠깐 뒤에 내가 코끼리새를 입에 올린 이야기를 쉽게 쉽게 가벼운 이야기로 하려고 한다. 인생이란 지내놓고 보면 뭐 그다지 기쁘지도 않은 것이며 슬프지도 않은 것이기 때문이다. 그리고 어쩌면 그 이야기의 배경이 되는 시절은 내게는 잊힌 세월이라는 생각도 든다. 아니 그것이 내 인생이 아니었다는 생각마저 든다. 내가 아무리 상세하게 이야기해도, 꽤 오랜 세월 동안의 내 방황을 남들은 곧이듣지를 않는 것이다. 이에 관해 내가 1970년대의 꼬박 10년 동안을 이런저런 직장 생활을 하면서 보냈다는 엄연한 역사적 사실을 밝히면, 도저히 믿지 못하겠다고 놀란 눈으로 빤히 내 얼굴을 쳐다보는 사람이 있는 것이다.

한때 직장을 놓고 있을 때 나는 한 친구로부터 뜻밖의 제안을 받았다. 예전에 뜨내기 직장에 함께 있던 친구였다. 그와 함께 서해안의 새로운 도시로 놀이 삼아 가보지 않겠느냐는 제안을 받았다. 그와 나는 그리 친한 사이라고도 할 수 없었다. 그러나 나는 그 무렵 몹시 피폐한 상태에 있었다. 나는 여전히 여러 가지 의미로 쫓기고 있는 몸이었다. 사회로부터 버림받고 있었다고 해도 지나친 말이 아니었다. 나는 차라리 가장 밑바닥 생활이 그리웠다. 아니면 아예 땅속으로 꺼져버리든가 하늘로 날아올라 가버리든가 하고 싶었다. 하지만 뾰족한 수가 없었다. 싸구려 지하실 방을 얻어 굼벵이처럼 사는, 하루하루가 지겨운 날의 연속이었다. 그러므로 나는 그 말을 듣는 순간 귀가 솔깃했다. 그와 함께 가자는 것은 그곳에 마땅한 일자리가 있다는 뜻을 담고 있었다.

나는 우선 만나서 얘기하자고 말하고 전화를 끊었다. 그가 같이 가자고 하는 것은 단순히 내가 직장이 없이 지내는 꼴이 한심하게 보여서일 까닭도 있을 것이다. 그러나 그것보다도 그 자신의 외로움 때문일 것이라고 생각했다. 그러나 어쨌든 좋았다. 그가 "같이 안 갈래?"라고 말을 던졌을 때, 그 말은 강한 요구였고 호소였다. 그런데 그 말이 강한 요구였든 호소였든 그것을 떠나서 나는 순간적으로 내 머리를 스치는 무엇을 느꼈다. 그것이 무엇인지는 형용하기 어렵다. '날개!'라고 진부하고도 노골적으로 말할 수도 없다. 공단이라는 곳에 더군다나 경비원으로 간다는 친구가 같이 가자고 했대서 '날개!'를 외친다는 것부터가 우스운 노릇이었다.

날개란 찬란한 것이다.

그런데 그 직종은 누가 보아도 찬란한 직종이라고는 하기 어려웠다. 이것은 직업에 귀천이 없다는 말과는 다른 것이다. 그러므로 나는 '날개!'라고 표현하지는 않는다. 그러나 내게는 그 지하실을 탈출할 수 있다는 것부터가 비상인 것이었다. 하기야 험한 일자리를 구하자면 서울 바닥에도 얼마든지 있을 것이었다. 그러나 서울에서의 탈출을 나는 꿈꾸고 있었다고 보아야 한다. 그러므로 괴로운 유충으로 이러지도 못하고 저러지도 못하고 꿈틀거리고만 있었다고 보아야 한다.

미지의 세계를 동경하지 않는 자 누가 있으랴만, 그놈의 미지의 동경 때문에 나는 종종 나 자신의 위치를 잃어버렸던 것이다. 남들이 다 가는 보장받는 길을 결코 걷고 싶지 않았기에 얻은 결과였다. 나는 온갖 모험에 부풀어 찬란한 날개를 꿈꾸었던 지난날을 돌이켜보았다. 오랜 세월이 지나서 그 꿈의 날개에서는 금빛 가루들이 다 떨어져 나가고, 나는 다시금 태어나지 않으면 안 되게 되어, 유충으로 머물러 있었던 것이다. 친구의 별 볼 일 없는 한마디는 그래서 내게 구원의 '말씀'처럼 들린 것인지도 모른다. 그렇다. 그래서 나는 친구의 말을 몇 번이나 되새기며 온몸에 잔잔한 기쁨의 전율마저 느낄 수 있었다.

그래, 떠나보는 거다.

"웬일이에요?"

그녀가 내 얼굴을 바라보며 물은 것도 무리는 아니었다. 내 얼굴이 그렇게 밝게 상기되어 있다는 것을 나는 알고 있었다. 여기서 나는 분명 '그녀'라고 했다. 그러나 그 무렵 내가 연립주택의 지하에서 '그녀'와 함께 살고 있었다는 사실만 먼저 말하고 자세한 것은 뒤로 미루기로 한다. 어쨌든 지금은 우선 미지의 세계로 떠나야만 하는 것이다.

나는 과연 날개를 단 것일까?

이 물음에 대해서 나는 대답하기를 거부한다. 이런 물음은 모든 날짐승에게나 물어보아야 할 것이다. 하지만 내가 그 지하에서 지상으로 올라왔다는 것만은 확실했다. 친구 녀석과 함께 서해안의 공단을 찾아 떠나게 된 것이다.

"또 만났구나 이렇게."

그는 새삼스럽게 감개가 무량하다고 말하고 있었다. 나와 함께 또다시 일하게 되었다는 사실이 그렇다는 것이었다.

"지겹다."

나는 버스에 나란히 앉아서 난생처음 가는 길을 내다보았다. 사실 좁디좁은 땅덩어리에서 어디 가서 산들 그것을 낯간지럽게 새로운 땅에서의 삶이라고 할 수는 없었으나 밥벌이의 터전을 옮긴다는 것은 확실히 새로운 땅에서의 삶이었다. 그러나 내가 지상으로 올라왔다고 하더라도 내 꼬리는 아직 지하에 박혀 있다는 느낌이었다. 그 지하의 방은 아직 내 방으로 남아 있었다. 그리고 방이 빠질 때까지 굳이 이름을 밝힐 필요까지는 없을 그녀를 그곳에 남겨둔 것이었다. 그 여자는 내 대리인인 셈이었으나 볼모에 다름 아니었다.

그녀에 대해서는 나는 별달리 이야기할 것이 없다. 나는 그녀에게 오직 "언제든지 떠날 테면 떠나라"고만 말했을 뿐이었다. 어떠한 언질도 줄 수 없었고 또 주기도 싫었다. 이것이야말로 내가 지난 세월 동안 사귀다 헤어진 여자들로부터 물려받은 유산이었다. 산다는 것은 너무나 많은 공격 앞에 노출된다는 것을 뜻했다. 그러므로 나같이 용기 없는 자는 앞으로 나아가면 안 되었다. 하기야 내게는 그런 여자가 적격이었다. 차창 밖을 내다보면서 나는 어서 빨리 꼬리마저 빠져나와야 할 텐데 하고 생각했었다.

새로운 땅은 멀지 않았다. 그는 벌써 몇 번이나 그곳에 와보아서인지 익숙하게 움직였다.

"우선 내가 있는 데로 가서 오늘을 지낸 뒤에."

그는 시외버스에서 내려 다시 시내버스로 갈아탔다. 그가 정해놓은 숙소는 시내버스에서 내려서도 상당히 걸어 들어가야 하는 곳이었다.

"새뿔이라는 데지, 경기도 반월공단의."

새로 조성된 시가지의 빌딩들과 아파트촌과는 대조되게 그곳은 예전부터 있었던 마을 같았다. 방값이 싸서 그곳에 기어들었다고 그는 말했다.

"새뿔."

"응 한자로 새 신新 자, 뿔 각角 자를 써서 신각이라고도 한대."

그가 얻어놓은 방은 그래도 번듯하다 싶은 집의 문간방이었다. 아무려나 상관없는 일이었다. 새뿔이라는 말을 처음 들었을 때 그 새가 날아다니는 새였으면 좋겠다고 생각한 것이 어긋나서 섭섭하다는 느낌 말고는, 그러나 그럼에도 불구하고 나는 그 이름이 새의 뿔이라고만 머리에 새겨져서 자못 경이로운 나라에 온 듯했다. 내게 있어서 새는 어차피 어떤 상징이었다. 나는 종종 그 상징에서 벗어나려고 몸부림치곤 했지만 그것은 헛일이었다. 새의 상징은 단순히 그 날아오름에만 있지 않았다. 어느 날 새들은 죽어서만 하늘에 떠 있는 것 같았다. 그럴 때마다 나는 오싹 놀라 하늘을 응시하고는 했었다. 그렇다면 내가 지하에서 꿈꾼 비상은 무엇이었을까. 뿔 달린 새? 그러나 그런 새는 이 세상에 없었다.

"참 이상한 데까지 왔어."

나는 중얼거렸다. 그것은 나 자신에게 하는 말이었다.

"이상한 데 아냐."
그는 그래도 나를 위로했다.
"이상한 데야. 뿔 달린 새……."
"그게 아니라 새로운 뿔이라니까."
방구석에 짐을 몰아놓은 그도 뭔가 처연한 기분에 사로잡혀 있음이 느껴졌다. 그 모습은 마치 봄에 새로운 뿔이 돋고 있는 늙은 수사슴을 연상시켰다. 문득 눈을 들어 살펴보면 우리는 아직 젊은 나이였다. 그런데 왜 이렇게 늙어버렸는지 모를 노릇이었다. 우리나라에서는 왜 30대 초반의 나이가 가장 늙은이처럼 되어 있는 것일까 하고 나는 생각했다.
"그래도 뿔 달린 새만 떠올라. 어떻게 됐나 봐."
나는 먼지가 묻어나는 방바닥에 털썩 주저앉았다.
"너야말로 시인이구나. 코끼리새 같은 소리만 하고 있으니."
"코끼리새?"
그렇다. 이렇게 그 코끼리새는 내 입에서 나온 것이었다.
"그래. 그런 게 있다. 밤마다 여기 뒷산에 와서 운다, 왜?"
그는 나의 '뿔 달린 새'에 대해 엉뚱하게 코끼리새라는 걸 내세워 공박하고 있었다. 아무려나 좋았다. 나는 서울의 지하실 방이 빠지는 대로 '독립'을 하기로 하고 있었다. 그동안 나는 어쩔 수 없이 새로운 뿔이 아닌 새의 뿔에 임시 둥지를 틀어야 하는 것이었다. 그러므로 그와 코끼리새에 대해 이러쿵저러쿵하고 있을 겨를이 없다. 바람에 창문이 덜컹거렸다.
"이불이니 뭐니 그래도 대충 갖고 올 걸 그랬나?"

그 휑뎅그렁한 방에 그와 함께 누워서 밤을 지낼 일이 은근히 걱정스러웠다. 밤에 무슨 새라도 와서 끼룩끼룩 울어댄다면 코끼리새든 코뿔소새든 더 어마어마한 이름을 붙여도 좋으리라 싶었다.

"하여튼 며칠 지내봐. 이러고 있을 게 아니라 간단한 집들이라도 해야지."

그도 스산하기는 마찬가지인 모양이었다.

"그러자. 오다 보니까 가게가 있던데, 막걸리라도 두어 병 사 오지."

나는 일어났다. 우리는 함께 밖으로 나왔다. 몇 미터의 골목을 벗어나자 가게가 있었다. 우리는 막걸리 두 병에 오징어를 비롯한 간단한 안주를 샀다.

"저기 코끼리새가 나타나는 언덕에 올라가 한잔하고 볼까?"

그가 뒤편을 가리켰다. 그 을씨년스러운 방구석에 찾아들고 싶지 않아서라고 나는 판단했다. 뒤편 언덕 위의 파릇파릇한 풀밭 위로 올라간 우리는 가져온 것들을 내려놓았다. 그리고 동시에 눈을 들어보니 멀리 벌판을 가로질러 공단이 한눈에 들어왔다. 우리는 망연히 그곳을 쳐다보았다. 나는 갑자기 그가 왜 코끼리새를 들먹이는지 알 수 없었다. 그때야 그저 그러려니 했지만 그도 역시 새뿔이라는 지명에서 새의 뿔을 연상하고 있었으며 그것이 엉뚱하게 코끼리로 연결되지 않았을까 하는 생각이 든다. 그러나 코끼리새에게도 뿔은 없는 것이었다. 그런데 그가 그러는 걸 보면 그 나름대로 새로운 땅에서의 새로운 각오를 다짐하는 것처럼도 보였다. 나는 웬일인지 가슴이 무거워진다고 생각했다. 한참을 아무 말 없이 바라보던 우리는 그만 눈을 돌린다. 그러자 뜻밖에도 그리 멀지 않은 벌판 저쪽으로 작은 열차가 달려가는 게 눈에 들어왔다. 나는 그 언젠가 배 짓는 곳에서 보곤 했던 그 작은 열차가 떠올라 가슴이 저렸다.

"저게 협궤열차야. 장난감 열차지. 술이나 먹지."

"협궤열차……."

나는 처음으로 그 이름을 들은 듯 중얼거렸다. 그러나 그 열차는 곧 자취를 감추었으므로 공통 관심사는 술밖에 없었다. 그러나 나는 그도 나와 똑같은 느낌에 사로잡혔으리라고 확신했다. 그것은 우리가 철옹성 같은 적지로 뛰어들어 가려는 단지 두 명의 최후의 병사 같다는 것이었다.

나는 그의 잔에다 뿌연 막걸리를 따랐다. 그렇게 말한 건 확실히 뭔가 불안한 때문이었다. 그래서인지 그 말도 이젠 우스개로 되어 나오지 않았다. 두려웠다고 해야 할 것이었다.

"자, 받아. 새빨 시인."

나보다 먼저 이곳에 눈을 돌린 그도 도리 없이 불안하기는 마찬가지인 모양이었다.

"건배!"

우리는 얇은 플라스틱 술잔을 부딪쳤다. 그리고 단숨에 마셨다.

"너 경비 같은 걸 해봤니?"

그가 물었다.

"아니."

물론 내게 그런 경험이 있을 리 없었다. 그러나 나는 하나의 망루

望樓를 기억하고 있었다. 그 망루는 변두리의 공장에 있었다. 그 공장에 왜 망루가 필요했는지는 알 수 없었지만 한 달 남짓쯤 나는 거기서 경비원 비슷이 생활하다시피 했었다. 밤에 공장을 지켜준다는 명분이었는데, 그곳은 어떤 일로 쫓기고 있던 내게 훌륭한 도피처가 되어주었다.

"뭐 별건 없대."

"아무래도 괜찮아. 우선 굶어 죽지만 않으면 되니깐. 공단 안에도 망루 같은 게 있을까?"

나는 예전의 그곳이 그리웠다. 그리 높지 않은 그곳이나마 홀로 앉아 내려다보고 있으면 높디높은 곳으로 날아올라 있다는 착각이 들곤 했었다. 그것이 비상이었을까.

그러고 보면 나 자신이 모순된 인간임에 틀림없었다. 나는 언제나 좁은 골방 속에 파묻히고 싶어 했으며 또한 드높은 하늘로 날아오르고 싶어 했다. 이 두 가지 상반된 마음이 나를 이루고 있는 것이었다. 나는 엄청난 부자를 꿈꾸었으며 동시에 밑바닥 가난뱅이를 꿈꾸었다. 그래야만 내 삶은 완성될 수 있었다.

"망루 같은 건 없을 거야. 교도소나 군대 같은 데나 있으니까."

이렇게 말하는 도중에도 우리는 은밀하게 제각기 미래를 노려보고 있었으리라.

"그래, 넌 앞으로 어쩔 거니?"

그가 물었다. 그것이 그가 미래에 대해 생각하고 있었다는 증거였다.

"앞으로?"

"응."

"그야…… 뭐…… 일하면서 생각해봐야지."

나는 얼버무렸다. 이제 새로 태어났으니까 새로운 설계가 필요하다고 말하고 싶었으나 왠지 우스꽝스러워져서 입이 다물어졌다. 우스꽝스러워져서가 아닐 것이었다. 나는 그때 한때 학교 때의 상대인 류와의 헤어짐 이후 처음 본격적으로 만난 한 여자로부터 버림받았으며 틀림없이 그 보상 심리의 결과로 잘 알지도 못하는 여자와 죽도 밥도 아닌 관계를 이끌어오고 있었다. 일단 버림받은 사람은 나아가 스스로 더 버려짐을 택함으로써 보상받으려 하는 것이다. 이러한 방법으로 인간은 파멸을 자초하여 자기 것으로 하는 방법을 익힌다. 이리하여 나는 떠나간 여자들과 지하실의 여자를 번갈아 생각한다. 그리고 느닷없이 영원한 세상을 꿈꾼다. 어림없는 일이었다.

미래란 과연 있는 것일까? 있다면 그것은 내게 어떻게 펼쳐질까? 이런 질문들과 함께 나의 새 삶은 시작된 것이었다. 새뿔 마을의 뒷산에 코끼리새가 없듯이 그곳에 망루라는 게 있을 리 없었다. 그러나 알루미늄 새시로 짜놓은 상자 갑 같은 초소 안에 밤에 홀로 앉아 있을라치면 망루와 같은 느낌은 들었다. 내가 그렇게 생각을 몰아간 때문인지도 몰랐다.

나는 끊임없이 망루를 생각하고 있었다. 아니라면 절해絶海의 고도孤島를 생각하고 있었다는 것도 옳다.

밤에 집어등을 매단 배를 타고 망망한 바다 한가운데서 오징어잡이를 해본 후배의 말에 의하면, 육지로부터 수백 리도 더 떨어진 그곳에 웬 나방이와 잠자리들이 그렇게 많이 몰려오는지 알 수 없다고 했다. 왜, 어떻게 바다 한복판 불빛에 와서 부딪혀 바닷물로 떨어져 죽는지 알 수 없다고 했다. 그러니 내가 날개를 달았다 하더라도, 그리하여 어디론가 미래를 향하여 날고 있다 하더라도 그것이 그와 같은 무모한 짓일 수도 있는 일이었다.

'왜? 어떻게?'

'그 날개들은 그 망망한 바다로 날갯짓을 해야만 했을까?'

불가사의한 일들이 이 세상에는 한없이 많았다. 나 역시 불가사의한 삶을 살고 있지나 않은지 두려움이 밀려왔다. 본래 둘이서 서게 되어 있는 경비를 혼자서 선다는 것은 우리들의 편법이었다.

"나 좀 잘게."

나보다 선참자인 동료는 말하고 나서 어디론가 사라져버린다. 처음에는 친구 녀석이 함께 동행했으면 했었으나 내가 마다하고 다른 곳으로 갈려 나온 것이었다. 그리하여 나는 밤에 홀로 남는다. 공장을 확장한다고 새로 크게 짓는 건물의 경비였다. 창문도 채 달지 않고 시커멓게 구멍으로 남아 있는 건물은 미증유의 거대한 짐승의 유해 같았다. 그놈은 어둠 속에 죽어 있다. 나는 그 시체를 지키고 있다는 느낌이었다. 밤이 깊어도 그 상자 갑 안에서는 이상하게도 잠이 오지 않았다. 내 머릿속을 어지럽히고 있는 것은 날개니 곤충이니 짐승이니 하는 것들이었다. 아마 그런 때 바깥에서 누군가 나를 관찰하는 사람이 있었다면 불빛에 반사하는 내 눈빛을 보고 놀라리라는 생각도 들었다. 나는 나 자신이 날카롭게 번들거리며 퍼런 빛을 뿜는 눈을 하고 있으리라 여겨지곤 했다.

"여보세요. 거기 제2공장 경비실……."

어느 날 서울의 지하실 여자에게서 전화가 걸려온다. 방세가 빠졌다는 것 말고는 전화 연락을 하지 말라고 말해두었으나 그 전화는 아니다. 그 경우 나는 적당히 핑계를 대고 끊는 수밖에 없다. 그리고 혼자이기를 고집했다. 그런 밤을 꼬박 새우는 동안 나는 내가 무엇을 했는지 도저히 알 수 없어서 놀라곤 했다. 그것은 두려운 일이었다. 그러나 나는 전화 목소리의 주인공을 줄곧 생각하고 있었음을 알고 있었다. 그 여자의 존재가 백지 상태로 남아 있게 될 때까지 생각하고 있었음을 알고 있다.

이 세상에는 많은 여자가 있었다. 그녀도 그런 여자 가운데 하나일 뿐이었다. 그런데 어떻게 나와 연관되어 내 빈방을 지키고 있게 되었는지 알 수 없었다. 나는 물론 그녀를 어떻게 만났는지를 기억할 수 있었다. 그것이 어느 날이었던가. 나는 초저녁부터 내게서 떠나간 여자를 찾아 헤매고 있었다. 얼마 전 떠나간, 이름조차 밝히기 싫은 그녀라도 상관없었고, 류라는 성을 가진 여자라도 상관없다고 나는 생각했다. 그러다가 한밤중이 되어 어느 골목으로 접어들었다. 여자들이 우줄우줄 서 있는 골목이었다. 나는 내가 결코 환각 상태에 빠져 있지 않았다는 것을 안다.

어렴풋이 길을 잃어버렸다는 느낌이었다. 하지만 내친걸음이었다. 그녀도 이런 골목 어딘가에 숨은 듯이 살고 있으리라. 아랍 여인들과 같이 검은 차도르를 쓰고, 그러므로 내가 이렇게 헤매고 있는 것은 결코 헛된 일은 아니리라.

"어디까지 가는 거야? 류는 어디 있지?"

난 엉겁결에 여자의 이름을 댔고 어둠 속 여자의 따라오라는 말에 따라 어디론가 가고 있었다.

나는 신음하듯 무엇인가 중얼거리며 이제는 불빛도 없는 골목길을 따라 걸었다. 앞서 가는 여자의 모습이 유령 같다고 생각되었다. 유령의 발놀림으로 보아 목적지가 가까운 것을 알 수 있었다. 어디를 어떻게 왔는지 알 길이 없었다. 그곳 역시 내 삶처럼 미로였다. 여느 때 같았으면 어리둥절하고 약간은 걱정도 되었으련만 그곳이 내 삶처럼 미로라고 생각하니 제법 그럴듯하다는 위로마저 들었다.

"자, 여기."

어느 집 앞에서 여자가 잠깐 걸음을 멈추더니 내게 얼굴을 향했다. 나는 여자가 히죽 웃는 것처럼 보였다. 하지만 실상 그 얼굴은 어둠 속에서 윤곽만 보일 뿐이었다.

여자가 먼저 집 안으로 들어갔다. 나는 무엇 때문인지 아주 잠깐 머뭇거렸던 것 같다. 그러다가 곧 여자를 따라 안으로 들어갔다. 나는 그 집까지 오기 위하여 언제부터인가 이리저리 헤매 다니지 않았던가. 그것은 틀림없는 사실이었다.

방들마다 빨갛게 아른거리는 불빛들이 새어 나오고 있었다.

몇 번째인지의 방문을 열고 여자는 안으로 들어갔다. 그곳은 전혀 생소한 사물들이 사는 집이었다. 나는 아무 데서도 숨을 곳을 찾지 못하고 사방을 두리번거리고만 있었다. 나는 어서 그 방으로 들어가 숨어야겠다고 여기며 그녀를 따라 들어갔다. 그것은 붉은 방이었다. 빨간 전등의 불빛은 지나치게 침침하고 어두웠다. 그런 곳에서라면 설혹 내 여자가 모습을 드러낸다고 하더라도 얼굴을 알아볼 수 없을 것이었다. 방 안을 둘러보았으나 모든 게 흐릿하기만 했다. 내 눈이 나쁜 탓만은 아니었다. 세상 자체가 그렇게 변해 있었다. 내가 왜 여기 와 있을까. 나는 순간적으로 몹시 의아해서 다시 한 번 방 안을 둘러보았다. 둘러본다는 행동이 어울리지 않는 작고 좁은 방이었으나 그것은 알 수 없는 공간이었다. 좁디좁은 공간. 그러나 저 멀리서 여자가 움직이고 있었다. 아마도 옷을 벗고 있는 모양이라고 생각되었다. 하지만 그 모습은 실루엣으로만 보일 뿐이었고, 역시 어김없이 유령의 모습이었다. 나는 명확히 내 뜻으로 여자를 사려고 마음먹었었다. 그러나 그 붉은 방에서 우두망찰 서서, 그 뜻은 내 뜻이 아니라 유령의 뜻이라는 생각이 퍼뜩 들었다.

"어서 와요."

어디선가 여자의 목소리가 들려왔다. 그것은 광야에서 들려오는 소리 같았다. 나는 그 소리의 주인공 쪽으로 눈길을 옮겼다. 그 여자는 어느새 이불 속에 누워 있었다.

"여기가 어디지?"

나는 엉뚱한 질문인 줄 알면서도 그렇게 물을 수밖에 없었다. 그와 함께 나는 소스라치듯 놀라 그 방문을 박차고 밖으로 나오고 말았다. 내가 내 여자를 찾는답시고 그 골목으로 들어선 사실 자체가 믿기지 않았다. 내가 나라는 사실 또한 믿기지 않았다. 나는 머리를 흔들었다.

캄캄한 밤이었다. 나는 어디론가 가고 있었다. 거리에는 많은 불빛이 있었으나 그것은 죽어 있는 불빛이라는 생각이 들었다. 그러면 살아 있는 불빛은 또 무엇이란 말인가. 살아 있는 불빛과 죽어 있는 불빛의 차이 때문에 나는 잠깐이나마 무엇인가 생각을 집중시켜보려고 애썼다. 그러나 곧 그것이 쓸모없는 짓임을 깨달았다. 그 차이점은 불빛 그 자체에 있는 것이 아니라 내 마음속에 있었다. 삶과 죽음이 공존하고 있는 것이었다. 그렇다고 깨닫자 나는 조금은 행복해졌다. 나는 작은 소리로 휘파람을 불며 거리를 걸어갔다. 물론 산 불빛과 죽은 불빛과 함께였다.

'여봐요. 밤에 휘파람을 불면 귀신 나와요.'

거리에는 사람들이 꽤 많았음에도 불구하고 어떤 여자의 목소리가 속삭이듯 들려왔다. 나는 깜짝 놀라 주위를 휘둘러보았으나 그럴 만한 여자는 없었다. 하지만 나는 이미 알고 있는 것이었다. 나는 회심의 미소를 지었다. 그것은 나 자신이 내게 타이르는 말이었던 것이다.

'그래도 괜찮아요.'

내 마음은 태연스레 말하고 있었다. 자동차들이 맹렬히 질주하다가는 맥없이 멈춰 서서 죽은 불빛 속에 살아나고 싶은 듯 헐떡이고 있었다. 그러니까 삶과 죽음 사이에서 귀신으로 표상되는 어떤 세계가 꿈틀대고 있다는 느낌이었다.

그것이 어떤 세계일까?

나는 그것이 알고 싶어 견딜 수 없다고 여겨졌다. 그것은 불가사의한 세계였다. 따라서 그 세계로 가고 있는 나는 나 자신이 불쌍하고 끔찍했다. 나는 휘파람 불기를 멈추고 이번에는 어떤 짓으로 내 불쌍한 영혼을 달랠까 궁리했다. 아니 그것은 영혼이라기보다는 육체였다. 여자의 방에서 쫓기듯 도망쳐 나온 것은 두말할 것없이 육체였기 때문이었다. 그런데 영혼을 들먹여도 되는 것인지 애매했다. 그 순간 나는 불행한 육체와 행복한 영혼이라는 해결책을 찾아냈다. 혹시 불행한 영혼과 행복한 육체 쪽인지도 몰랐다. 하여튼 나는 이분법으로 두 쪽이 났으나 신기하게도 하나의 나로서 어둠 속을 걷고만 있었다. 누구든지 감히 내 앞에서 삶과 죽음을 이야기하지 말라고 외치고 싶었다.

나는 웬일인지 아주 심각한 얼굴로 어둠 속을 노려보며 걷고 있었다. 그렇게 된 까닭을 캐보려고 노력했지만 별다른 까닭은 없었다. 행복이든 불행이든 내가 틀림없는 것 같았다. 그래서 나는 심각한 얼굴로 어둠 속을 노려보고 있는 모양이었다.

"저…… 말씀 좀 묻겠는데요."

누군가 말을 건넸다. 깜짝 놀라 쳐다보니 낯모르는 여자였다. 이렇게 그녀는 내게 모습을 나타냈던 것이다. 그녀는 내게 어떤 호텔의 이름을 말하고 있는 것 같았다. 그녀의 신분이 무엇인지에 대해서는 물을 필요가 없었다. 내게 물음을 던져왔다는 것이 고마울 뿐이었다. 떠나간 여자가 다시 돌아왔다는 착각마저 들었다. 그리고 다시 한 번 찬찬히 그녀의 얼굴을 살펴보았다. 도무지 알 수 없는 얼굴이었다. 나는 그 얼굴 어느 구석엔가에서 무슨 흔적이든지 발견하고자 했다. 마찬가지로 생소하기만 했다. 어리둥절하고 불안한 얼굴만 떠올라 있는 것이었다. 그런데도 나는 어디선가 본 여자일지도 모른다고 생각했다. 세상의 모든 남녀들은 서로 어디선가 마주쳤을 것임에도 모른 채 살아가고 있다는 상상이 일었다.

"뭔데요?"

나는 몽롱한 눈으로 그 여자를 쳐다보았다. 필경 길을 묻는 것이리라. 그런데 어디론가 나도 모르는 길을 가고 있는 내게도 길을 묻는 사람이 있다는 게 신기했다. 몹시 피곤했으므로 나는 곧 자리에라도 주저앉고 싶은 심정이었다. 주저앉아서 세상을 본 지도 참 오래되었다고 생각하니 감개가 무량하기조차 했다. 이럴 때 만약 네 다리로 걸어 다니는 짐승이었다면 얼마나 편할까 여겨졌다. 하지만 나는 어디론가 가야 했다.

"저어…… 어디로 가야 하는지…… 길을 몰라서……."

여자가 생긋 웃었다고 생각되었다. 그러나 여자는 꽤 급한 모양이었다.

"어디요? 남자가 기다리나요?"

나는 의외로 냉소적이 되었다. 그리고 곧 나는 화를 내야겠다고 마음먹었다. 그래야만 할 것 같았다. 그러나 웬일인지 화를 낸다는 것처럼 어려운 일은 없다는 사실을 깨달았다.

"날 따라오시오."

나는 말했다. 여자는 잠깐 나를 살피더니 곧 따라 걷기 시작했다. 그 근처에서는 찾기가 힘든 곳인 모양이었다. 나는 모처럼 어깨를 쭉 펴고 여자와 함께 걸었다. 인생에 있어서 거리를 걷는다는 것처럼 멋진 일은 없었다. 그런데 도대체 어디로 간단 말인가. 자기 존재를 확인하기도 어려운 어둠 속에서.

"어디로 가나요?"

여자는 초조하게 물어왔다. 여자는 아마도 내가 그곳 지리에 대해 잘 알고 있다고 여기는 모양이었다. 나는 그런 언질을 한 번도

준 적이 없었다.

"우리 같이 갑시다."

화를 내는 데에 실패한 나는 이번에는 솔직하게 털어놓았다. 나는 유령의 붉은 방으로부터 도망 나와 어딘가 안식처를 필요로 했다. 한겨울이 아니라면 어디 아무 데나 몸을 눕힐 수 있으리라.

주머니를 이리저리 뒤져보았으나 호텔에 갈 돈은 없었다. 더군다나 방값만 있다고 되는 일은 아닐 것이었다.

"어딜요?"

여자가 의심하면서 나를 쳐다보았다.

"하여튼 갑시다."

"안 돼요."

여자가 갑자기 위기를 느꼈는지 뛰기 시작했다. 어쩔 수 없는 일이었다. 내가 여자에게 무엇인가 느꼈다면 그것은 단순히 '유령'의 붉은 방 때문일 것이었다. 여자와 상관없이 나는 어디엔가 눕고 싶었던 것이다. 그것이 눈밭이든 풀밭이든 나는 누워 있으면 될 듯싶었다. 그러면 나는 잠들었으므로 세상도 잠들 것이었다. 허무, 그 속에서 한 여자만을 기억해낸다는 것은 무의미한 일일 것이다. 즉, 나는 허무를 원하고 있었다고 해야 옳다. 그럼에도 불구하고 나는 줄곧 떠나간 여자들만 떠올리고 있었다. 그 여자들은 사라졌지만 내 옆에 그 여자가 걷고 있다고 느꼈다.

"저기 호텔이 보이는군."

나는 말했다.

"어디요? 아아, 저기 맞아요. 오늘 밤은 참으로 안락한 밤이 되겠죠."

여자가 받는다. 그러나 실상 나는 혼자 걷고 있는 것이다. 이럴 때 상상이란 것이야말로 가장 마음에 맞는 벗이 된다고 어린애처럼 깨달았다. 나는 지금까지 누구를 그리워하는 것으로 삶의 자양분을 채우려 하지 않았던가. 그렇다면 그건 잘못이었나. 그리워한다는 것은 엄청난 소모였다. 우리는 그 소모를 통하여 희망을 얻으려는 것이었다. 나는 이율배반의 어둠 속을 어디론가 걷고 있었다.

너희들 유령들.

삶이 손가락 사이로 모래가 새어 나가듯 새어 나가는 동안 사랑이라는 이름으로 다만 모래시계의 시간만 재는 인간들. 시간을 재는 목적은 어디 있는지 모르는 허깨비들. 그리하여 덧없는 사랑의 행위를 하고 어디론가 바람처럼 불어 가버리는가. 모래시계가 만들어놓은 시간의 모래톱 위에 또 누군가가 남기는 헛된 발자국. 나 자신도 어느덧 유령처럼 흐느적거리고 있었다.

"아저씨."

옆을 돌아다보니 아까의 그 여자였다. 벽에 기댔다가 몸을 일으켰으므로 마치 벽 속에서 방금 튀어나오는 사람 같았다.

"웬일일까? 아깐 도망치더니."

나는 둘 다 유령 같다고 생각했다.

"도망친 게 아니에요. 시간이 급해서……."

여자는 아직도 급한 숨을 몰아쉬고 있었다. 아무려나 상관없기는 마찬가지였다.

"이번엔 날 좀 도와줘야겠어. 도무지 견딜 수가 없어. 금방이라도 쓰러질 것 같아."

나는 여자에게 매달리다시피 애원했다. 더 이상 어둠 속을 헤매다가는 꼼짝없이 얼어 죽을 수밖에 없을 것 같았다. 언젠가부터 벌써 희망이 얼어붙어 숨을 쉬지 못하게 되고 말았다. 희망이 꼼짝을 못하는 한 어리석은 몸뚱이 따위는 곧 그 뒤를 따르게 될 것이다.

"제발 부탁해요."

나는 신음하듯 말했다. 여자는 내가 극도의 피로감에 지쳐 쓰러질 위기에 있다는 것을 어렴풋이나마 느낀 것 같았다. 그러길래 내게서 떠나지 못하고 머뭇거리고 있으리라 여겨졌다. 그 결과 나는 마침내 어떤 계단을 밟고 내려갈 수가 있었던 것이다. 그 계단 아래 곰팡내 나는 내 방이 있었다.

"여기가 댁이세요?"

이상한 여자였다. 찾아가던 곳은 어디로 가고 여전히 내 옆에 있었다. 나는 분명히 도움을 요청했고 여자는 가엾은 나를 집까지 인도해주었다. 고맙기 짝이 없는 일이었다. 그런데 방까지 따라 들어오는 것이었다. 혹시? 하는 생각에 새삼스럽게 내 방을 살펴보았으나 훔쳐 갈 물건이 있을 까닭이 없었다.

"홀아비 냄새가 나요."

여자는 그런 소리까지 하며 코를 킁킁거렸다.

"당연하겠지. 것보다 우선 너무 춥군."

나는 방 한구석에 아무렇게나 접어둔 이불을 펼쳤다. 그리고 작은 전기난로를 켜고 곧장 이불 속으로 기어들었다.

"맘대로 해요. 난 춥고 피곤해 못 견디겠으니까."

다음 날 아침에 여자와 나란히 이불 속에서 잠에 깨어나리라 생각하며 나는 눈을 감았다. 이렇게 하여 나는 그녀와 한방에 있게 되었다. 비교적 소상히 밝힌다는 것이 이렇게 되었으므로 그녀가 어떤 여자인지는 더 이상 밝힐 생각은 없다. 미리 말했다시피 세상에는 별의별 사람들이 많은 것이며, 우리들 누구나 상황에 따라서 별의별 몸짓을 하게 마련인 것이다. 한배에서 나온 형제인 우연과 필연을 같은 눈으로 바라보는 일만이 우리의 것이다. 그녀가 있게 됨으로써 죽음의 지하에 그래도 희미한 빛이 스며들기 시작했다고 나는 믿는다.

아침 해가 떠오름과 함께 나는 낯선 여자와 여행을 떠났다. 여자가 머리를 빗는 시간을 조금 지체했을 뿐 모든 것이 순조로웠다. 눈부신 빛 아래서 보니 여자는 꽃잎 같은 입술에 이슬 같은 눈빛을 하고 있었다.

"우린 어디로 가나요?"

여자가 팔짱을 끼며 물었다.

"쉿, 조용히. 잘못하다간 만물이 깨어나."

나는 입술에 검지를 갖다 대고 주의를 주었다. 해가 환하게 비치는데도 온갖 사물들은 잠들어 있는 듯했다.

"만물요?"

여자의 눈빛이 내 얼굴에 사선을 그었다. 머리를 빗을 때부터 여자는 뭔가 미심쩍은 빛을 감추지 못했었다. 그럴 때 모든 여자의 본심은 의혹에서 출발한다는 사실을 깨달아야 했다.

"다들 잠들어 있는 거야. 그래서 우리는 여행을 떠나는 거야."

나 자신 무슨 말인지 모를 소리였으나 실제로 그렇다는 느낌은 확실했다.

"어디로요?"

여자의 머리는 생각보다 훨씬 더 치렁치렁했다.

"하늘 위나 땅 밑, 어디든 상관없지."

나는 내 인생에 대하여 웃음 지었다. 늘 초월을 꿈꾸었지만 그것은 결코 다다를 수 없는 세계였다. 그런데 뜻밖에도 이 긴 머리 여자와 함께 있으므로 그것이 가능해진 것이었다. 원인도 이유도 알 수 없었고 또 알 필요도 없었다. 여자가 정성스럽게 머리를 빗는 동안 내게는 없었던 힘이 솟았다. 숨겨놓은 힘이라고 해도 좋았다.

그래서 다짜고짜 여자에게 키스를 퍼붓고는 밖으로 함께 나왔던 것이다. 어느 나무 밑에 이르자 나뭇가지에 새들이 까맣게 올라앉아 지저귀고 있었다. 지저귀는 소리가 어느 먼 나라 사람들의 말소리로 들렸다. 매, 솔개, 말똥가리 같은 큰 새들의 소리였다. 예전에 언젠가 어떤 남녀가 새를 타고 날아갔었다는 이야기가 떠올랐다. 그 이야기는 사실이었다. 그런 우리나라에 있는 텃새들뿐만 아니라는 생각에 나는 눈을 비비며 올려다보았다. 사다새, 신천옹도 보인다고 여겨졌다. 새들이 물어와 먹다가 버린 작은 동물들의 시체가 땅바닥에 즐비했다. 찢어발겨진 그 주검에서 나는 비린내가 코를 자극했다.

"지독해요."

여자가 내 팔을 잡아끌었다. 그러나 나는 결코 그 숲을 빠져나가지 못하리라고 생각되었다. 그것은 무서운 새들의 영역이었다. 공룡새가 어딘가 눈알을 부라리며 있을 것이었다.

"도망쳐도 소용없어. 저것들은 벌써 우릴 감시하고 있는 거야. 모른 체하고 있지만 말야."

나는 슬프게 말했다. 여자는 공포에 질려 있는 듯했다.

"자, 이거라도 먹어야겠어."

나는 땅바닥에 널려 있는 알 중에 하나를 집어 들었다. 알은 하얗게 반짝였으며 돌같이 무거웠다. 도저히 깨뜨려지지 않을 것 같았다. 그러나 내 손에서 그것은 허무하게 깨어졌다. 알을 깨자 그 안에서는 기다렸다는 듯이 새끼 새가 눈알을 반짝이며 나와 파드득 날갯짓과 함께 나뭇가지 위로 올라앉았다.

"안 되겠어."

나는 절망적으로 내뱉었다.

"괜찮아요. 그래도 여긴 낙원이잖아요."

여자는 낙관적이었다. 낙원은커녕 그곳은 지옥보다도 더하면 더했지 덜하지는 않을 듯싶었다. 나아가서 나는 그곳의 상황이 혹시 꿈속에서 벌어지고 있는 것이 아닐까 하고도 여겨졌다. 여자는 아직도 분명히 어딘가를 찾고 있었다. 그러자 그 숲 속 어딘가에 방갈로를 닮은 그런 집이 있었다는 생각이 들었다.

"가만있어 봐요. 내 그곳을 찾을 테니까."

나는 풀숲을 헤치고 앞으로 나아갔다. 가시덤불이 옷자락을 잡아당겼으나 나는 아랑곳하지 않았다. 잘못 보았을 리 없는데 그곳으로 가는 길은 나타나지 않았다. 숲은 더욱 거칠고 깊어져서 마침내 나는 오도 가도 못하게 되어버렸다.

나는 심호흡을 했다. 아무도 나를 구해줄 수 없다는 격절감에 온몸이 떨려왔다. 갑자기 나무들이 부쩍부쩍 자라서 나를 꼼짝 못하게 얽어맬 것만 같았다. 나무뿌리가 관을 뚫고 들어가 온통 얽혀 있었다. 나는 나무들이 얼마나 무서운 생명력을 가지고 있는지를 알고 있었다. 게다가 어느새 밤이 오고 있었다. 나는 태아처럼 주먹을 꼭 쥐고 어둠에 대항하는 자세를 하고 있었다. 아무리 어둠이 닥쳐와도 빛은 어딘가에 있을 것이다. 그것을 믿는 것이 중요한 일임을 나는 알고 있었다. 이제껏 살아오면서 한순간도 위기가 아닌 때는 없었다. 그것은 존재가 감쪽같이 사라질까 봐 느끼는 위기라고 해야 했다. 모든 물음은 존재를 위태롭게 했다. 그러자 모든 존재가 내게 남긴 것도 하나의 물음이었다는 사실이 명백해졌다. 즉, 우리의 만남은 하나의 물음을 던지는 일인 것이다. 결국 해답이 없는 물음인 것이다. 나는 숲 속에 앉아 때를 기다리기로 했다. 그런데 그제서야 뒤를 돌아다본 나는 여자가 어디론가 사라져버렸음을 깨달았다. 실은 아까부터 나를 따라오는 소리가 끊긴 것을 알았었다는 느낌이 들었다. 여자 혼자 어딘가를 찾아낸 것일까.

"이봐요. 어디 있어?"

나는 목청을 돋우었다. 아무 대답도 들리지 않았다. 바람 소리만 스산하게 들려왔다. 그리고 큰 새들이 내게로 무서운 얼굴을 하고 다가오는 소리가 들렸다. 그 발자국 소리가 쿵쿵쿵쿵 지축을 흔들며 들려왔다. 그 소리에 쫓겨 나는 어디가 어딘지도 모를 곳으로 도망쳐 집으로 돌아왔다. 층계를 내려가 방문을 열자 여자는 어느새 방에 돌아와 있었다. 어찌 된 영문인지 여자는 또 머리를 빗고 있었다. 나는 자리에 쓰러질 듯 누웠던 것이다.

나는 밤의 망루에 홀로 앉아 무엇인가 생각에 잠겨 있었다. 언젠가 갔었던 그 숲 속이 이 세상의 숲 속이었을까 줄곧 되새김질하는 때도 있었다. 그런 때도 있었던 게 아니라 그것이 주된 시간 속의 생활이었다. 그리고 그 알 수 없는 공간 속에 나를 놓고 보았을 때야말로 나는 자유스러웠고 비로소 하나의 인간이라는 안도감이 들었다. 이제야 되돌아보는 바이지만 그 존재의 숲 속에서 내 머릿속에 언제나 날아오르던 새는 여자의 코끼리새였다는 생각도 해본다. 애초에 그 이름을 들먹거린 친구 녀석의 말 때문인지도 모른다. 아아, 그리고 또한 남자로서 잊지 못할 여자들의 모습이 떠오르지 않았다면 그것은 거짓말이다. 물론 류의 모습도 떠올랐는데 그것은 기묘하게도 그녀의 방을 장식했던 세네카의 그 석고 귀와 함께였다. 그리고 나는 자위행위를 하곤 했다.

어쨌든 그 이상한 새와 함께 나는 모든 것으로부터 절연하고 새로운 세계, 새로운 종種을 꿈꾸었다. 날아오르는 코끼리를 본 적이 있는가. 그렇다고 해서 내가 무슨 코끼리처럼 거대한 몸뚱이를 가진 존재를 꿈꾸었다는 것은 결코 아니다. 나는 그 망루 안에 갇혀서, 다만 불가능의 가능에 대해서 곰곰 반추하고 있었다. 불가능의 가능이야말로 내가 추구하고자 하는 것이었다. 그것이 무엇이었든 말이다. 그렇게 해서 밤은 흘러갔고 아침이면 현실의 숲들이 저쪽 건너편 벌판 뒤로 펼쳐졌다. 그것은 찬란한 세상이었다. 태양이 떠오르고 온갖 사물들이 살아나고 있었다. 눈이 부셨다. 하지만 나는 여전히 '날개!' 하고 외칠 자신이 없었다. 그렇다면 나는 애초에 불가능으로서만 한계 지어졌다고 단정할 수밖에 없었다. 코끼리새는 결코 진화하지 않을 것이다. 그것은 퇴화를 거듭하여 드디어 힘겨운 비상을 멈추고 땅에 툭 하고 떨어질 것이다. 그래서였는지, 나는 그곳에서 불과 며칠밖에 견디지 못하고 떠나는 길을 택했다.

며칠 전 프랑스 파리에서 그림을 그리고 있는 화가 최울가의 개인전을 보러 인사동에 가서 그를 반갑게 만났고 그 옆에 있던 시인 김신용을 만날 수 있었다. 이야기 끝에 그가 새뻘 근처의 어디엔가 살고 있다는 말을 들은 나는 다시 한 번 코끼리새에 대해 얼핏 생각이 미쳤었다. 나는 아득하고 알 수 없는 어떤 곳을 다시 바라보았다. 그곳이 어떤 곳일까? 나는 아직껏 이 세상과 절연된 어떤 곳, 이 세상에서 가장 멀고 알 수 없는 그곳을 그려보고 있는 것이었다. 떠나간 사람들이 살고 있는 세계를 향하여 영원히 그리운 몸짓을 하고.

둔하게 퍼덕 퍼덕 퍼덕 날고 있는 날개, 그러나 알록달록 화려한 날개로 그곳을 향하여 날아가고 내가 거기에 있다는 상상에 빠져서.

이것은 불행하게도, 아니 행복하게도 류와 만나기 위한 전초전에 속한 것이라고 해야겠다. 류가 이제는 내 날개가 되었다고 믿고 싶은 마음이 있기 때문이라고 말하고 싶은 것이다. 그러나 실상 우리는 서로가 서로의 함정에 빠져버린 것이다. 추억을 빙자한 폐허 속에서 말이다.

7
외로운 그리핀

우리의 발자국 소리가 유난히 크게 울린다. 나는 그 발자국 소리에 내 마음의 어떤 공백을 의지하고 있는 것 같기도 하다. 그래서 내 발자국과 류의 발자국 소리에 잔뜩 귀를 기울인다. 허물어버려야 한다는 주장과 그대로 놔두어야 한다는 주장이 있는, 식민지 시대의 대표적 건물은 이제 박물관이 되어 있다. 높은 궁륭의 천장으로 우리의 발자국 소리가 맴돌고 있다고 나는 느낀다.

그녀로부터는 여러 날이 지나 소식이 전해져 왔었다. 그 옛날 처음 소식이 끊겼다가 다시 이상한 형태로 만났고 또 소식이 끊겼던 것이다. 그녀와의 관계는 애초부터 수수께끼며 숨바꼭질인 것으로 규정되어 있다는 느낌도 들었다. 그러나 나는 예전의 내가 아니었고 따라서 당연히 내 감정도 예전의 내 감정이 아니었다. 박물관에 간다고 해도 함께 안산에서 출발할 수도 있었을 텐데 그것 역시 의문이었다. 우리는 예전에 맺었던 관계도 우리의 것이 아닌 듯한 마음이었다. 그녀는 다시 밝히건대 어쨌든 남의 여자였다. 그런데 갑자기 또 만나자는 약속을 했고, 그것도 어쭙잖게 박물관을 함께 거닐고 있게 된 것이다. 박물관으로 가보자고 제안한 것은 류였다. 무엇 때문에 그런 제안을 했는지는 알 수 없었다. 만나기는 만났으나 다방 구석에서 이야기를 나누기에는 좀 뭐했는지 모른다. 아닌 게 아니라 마땅한 장소도 없기는 없었다. 그렇지만 아무리 박물관 근처에서 만났다고는 해도 박물관은 내게는 어려운 장소였다. 그곳은 뭔가 살아 있는 것의 집이 아닌 죽어 있는 것의 집이라는 점에서 더욱 그랬다. 죽은 것일지라도 그것이 가령 무덤처럼 본래 모습으로, 자연의 한 부분으로 있는 곳이 아니면 곤란한 것이었다. 이렇게 생각을 더듬던 나는 그녀가 어쩌면 죽어 있는 것의 인위적인 집합체인 이곳을 의도적으로 데이트 장소로 골랐을지도 모른다는 결론에까지 이르렀다.

"스키타이 황금이 저기 있어."

먼저 삼 층으로 올라가 커피를 마시고 다시 아래층으로 내려와서 그녀가 말했다. 거기에 소련 에르미타주박물관이 소장하고 있는 '스키타이 황금' 유물 전시회가 열리고 있다는 포스터가 붙어 있었다. 마지막 날이 이틀 뒤로 다가와 있어서인지 평일인데도 그 전시실은 사람들이 제법 붐비고 있었다. 그리하여 나는 그녀 뒤를 따라 들어가서 그리핀의 모습을 보았던 것이다.

그냥 불쑥 그리핀이라면 언뜻 머리핀이 생각날지도 모른다. 머리핀이 아닐지라도 어떤 종류의 핀이나 뭐 그런 것을 떠올리게 되지 않을까 하는 것이다. 우리들 인간의 상상력이란 실은 매우 보잘것

없는 것이어서 때때로 우리를 서글프게 만든다. 그리핀이란 무엇일까?

내가 처음부터 그리핀에 대하여 물음을 던진다는 것은 잘못된 일임에 틀림없다. 나는 그것에 대하여 알고 있다. 그런데도 나는 또다시 '그리핀이란 무엇일까?' 하는 질문을 던져야 한다. 그러니 이것은 뭔가 아귀가 안 맞는 노릇인 것이다.

내가 그리핀에 대하여 처음 얼핏 들은 것은 잿머리 성황제에 가서였다. 잿머리 성황제란 이곳 성곡동의 옛 이름인 잿머리에서 열리는 성황굿 행사로서, 그날 가서 귀동냥을 한 바로는 상당히 오랜 역사를 간직하고 이어져 내려온 것이라 하였다. 이 과학시대에 잿머리는 뭐며, 성황제는 또 뭐란 말인가 하고 고개를 갸우뚱거릴 사람이 적지 않을 것이다. 그러나 이 행사는 한동안 명맥이 끊겼다가 오히려 최근에 되살아난 것이라 했다. 몇 년 전에 이 행사가 해마다 음력 10월 3일에 열린다는 사실을 우연히 듣고부터 나는 그때마다 한번 가보겠다고 별러왔지만 번번이 날짜를 놓치곤 했었다. 문화원에 "그 행사 언제 안 하느냐?"라고 물으라치면 벌써 지났다는 대답이었다. 이번에도 음력 10월 3일을 기억한다고는 하고 있었으나 막상 그날 아침에는 깜빡하고 있던 참이었다. 그런데 마침 서해안의 물때를 알아볼 일이 있어서 음력 날짜를 짚어보다가 그날이 바로 음력 10월 3일임을 알게 된 것이다. 물때란 밀물과 썰물의 높낮이가 큰 서해안에서는 생활과 밀접한 관계가 있다. 하루에 두 번씩 드나드는 밀물과 썰물도 문제이긴 하나 보름사리와 그뭄사리가 더욱 문제이다. 여기서 굳이 이런 것들을 따질 계제는 아니므로 간단히 설명하면, 달의 인력 탓으로 보름과 그믐 때는 사리라 하여 바닷물이 가장 많이 올라와서 고기잡이 역시 가장 활발한 때가 된다는 것이다. 반대로 보름과 그믐의 중간 때는 조금이라 하여 이때는 밀물이라 해도 포구는 조그만 개울처럼 물이 얕다. 때마침 서해안의 물때를 알아볼 일이 있었다는 것은, 같은 아파트 단지에서 그저 안면이나 알고 지내는 사이일 뿐인 사내가 "집에서 김장 때 쓸 생새우를 사러 간다는데 언제가 좋을까요?" 하고 느닷없이 전화를 걸어온 것을 말한다. 그와 나는 포장마차가 큰길가에 즐비하던 무렵 그곳에서 몇 번인가 만났는데 그 뒤 포장마차가 거리 질서 확립인지 뭔지로 된서리를 맞아 자취를 감추고부터는 통 얼굴도 볼 수 없었다. 그때 아마 나는 내 집 전화번호를 그에게 적어준 모양이었다. 그러던 그가 김장 때 쓸 새우젓을 담그려고 생새우를 사러 가는 아내를 위해 물때를 물어온 것을 보면 내가 술김에 어지간히 아는 체를 한 모양이었다. 알기는 내가 무엇을 안단 말인가. 포구에서 어정거리다가 몇 마디 피상적으로 얻어들은 지식에 지나지 않았다. 전화로 대답을 해주면서 나는 웬일인지 몹시 부끄러웠다. 이날 이때까지 살면서 내가 얻어 지닌 지식 모두가 그렇게 피상적인 것에 지나지 않는다는 생각도 어김없이 뒤따랐다. 조금 때는 물고기가 잘 잡히지도 않는다, 그래서 어부들이 굶는다고 '무싯날'이라고도 한다, 밤에 잡는 새우와 낮에 잡는 새우는 빛깔이 다르다 등등 다 주워들은 말이었다. 하여튼 "음력 초사흘이라…… 아직은 괜찮은데……" 하고 대답하면서 나는 비로소 오래전부터 별러왔던 바로 그날임을 깨달았으니 '성황님의 크신 뜻'이 그로 하여

금 느닷없이 전화를 하게 했는지도 모를 일이었다.

"협궤열차가 올 시간인데……."

나는 성황제 행사장으로 가며 철도 양쪽을 살폈다. 거기서 열차가 지나는 시각이 임박했다면 행사 예정 시각에는 벌써 많이 늦은 것이었다. 자동차는 잠깐 머뭇거리다가 덜커덕거리며 낡은 철도를 건너갔다. 거기서부터 공단이었다.

잿머리 성황당은 공단 끄트머리, 바다를 내려다보는 작은 등성이 위에 있었다. 당집은 복원한 지 얼마 되지 않았다는 설명대로 울긋불긋 단청이 지나치게 선명했다. 열한 시가 반도 넘어 이미 행사는 시작되어 시장의 '한 말씀'은 끝나 있었고 문화원의 원장과 부원장이 행사의 의의며 유래에 대해 말할 차례였다.

고려시대의 장군이며 외교가인 서희徐熙가 중국에 사신으로 가기 위해 이 바닷가에 이르렀다. 그러나 풍랑이 심해서 배를 띄울 수가 없었다. 그날 밤 서희의 꿈에 웬 여자 둘이 나타났다. 두 여자는 한 사람은 안安씨로서 신라의 마지막 임금인 경순왕의 왕비라 했고 다른 사람은 그녀의 어머니인 홍洪씨라고 했다. 이 두 여자는 서희에게 그녀들의 소원을 들어주면 풍랑을 자게 하겠다는 것이었다. 그 소원은 이곳 등성이에 당집을 짓고 그녀들의 떠도는 혼령을 거두어달라는 것이었다. 이튿날 잠에서 깨어난 서희는 간밤의 꿈에 그럴 만한 뜻이 있다고 여겨서 이곳에 당집을 짓고 제사를 올려 그녀들의 혼령을 달랬다. 그러자 거센 풍랑이 거짓말처럼 자면서 바다가 잔잔해졌다. 서희는 곧 배를 띄워 중국으로 무사히 향할 수 있었다. 그로부터 이곳에서는 해마다 성대한 성황제가 열렸다.

부원장이 쪽지에 적어 와서 읽고 있는 성황제의 유래는 대략 그랬다. 『내 고장의 전설』이라는 책에선가 읽은 적이 있는 이야기였다. 나는 서희 장군이 거란이 쳐들어왔을 때 용감하게 적진으로 가서 담판에 성공했다고 고등학교 국사 시간에 배운 그 서희 장군이겠지 생각하고 있었다. 성황제의 유래에 곁들여진 설명에 따르면 잿머리의 그 당집은 보통의 당집들이 두세 평에 지나지 않는 데 비해 매우 규모가 커서 열두세 평이나 되었다고 하며 새 당집도 그에 맞추어 복원한 것이라고 했다.

"신라의 경순왕이 어떻게 여기 왕비를 얻었을까요?"

누군가가 그렇게 옆 사람에게 묻고 있었다.

"그야 신라가 망하고 나서…… 아마도 여길 지나갈 일이 있었겠지…… 그래서 며칠 밤…… 그런 거 아닐까?……."

옆 사람은 웃음까지 실실 흘렸다. 그러자 그 옆에서 듣고 있던 사람이 한마디 했다.

"예끼, 이 사람. 여기서 그런 소릴 하는 게 아닐세."

서울을 떠나 서해안의 새 도시에 자리 잡은 뒤로 심심찮게 우리 고유의 민속, 나아가서는 무속巫俗을 접할 수 있게 된 것은 행운이라면 행운이었다. 언젠가는 한양대학교 안산 캠퍼스 문화인류학과를 다닌다는 사오리라는 일본 여학생이 군자봉 성황제에서 작두를 탄다는 말을 듣고 영각사永覺寺에 갔다가 온 적도 있었다. 초록과 노랑 깃발들이 꽂힌 가운데 빨강, 노랑, 초록 저고리와 치마를 입은 무녀들이 징과 제금을 울리며 뛰다가 사오리에게 무복을 입힌다. 한 무녀가 들고 있던 작두를 내려놓는다. 향냄새가 짙게 나며

칼이 번뜩인다. 박수들은 초록 소매의 붉은 웃옷에 붉은 두건 차림으로 부채와 요령을 흔든다. 노랑, 연두의 깃을 단 고깔을 쓰고 곤룡포를 입은 사오리는 창과 삼지창을 들고 징 소리에 맞춰 뛴다. 다시 쌍칼을 들고 뛰다가 부채를 든다. 그러나 그날 사오리는 작두 앞에서 고개를 갸우뚱거리다가 결국 오르지도 못하고 말았다. 그 옆의 만신이 사오리에게 어떤 신 지핀 경지에 이르도록 겅중겅중 뛰어주었으나 사오리는 웬일인지 뭉기적거리는 모습이었다.

그때의 광경을 떠올리는 것은 군자봉 성황제가 열리는 그 군자봉이 바로 경순왕을 받드는 무속의 본거지라는 사실을 이곳에 와서 배웠기 때문이기도 하다. 경순왕은 이곳에서는 그 성씨를 따서 김씨 대왕으로 불리고 있었다. 이와 함께 뒤늦게 무속을 공부하는 이곳의 한 중년 여인이 산에서 기도를 드리려고 강원도 치악산까지 찾아갔다가 '김씨 대왕의 군자봉을 놔두고 뭣하러 여기까지 왔느냐'는 힐난을 들었다는 이야기도 곁들일 필요가 있겠다.

문화원의 부원장에 이어 또 몇 사람이 마이크를 잡고 나서 성황제의 본행사라 할 굿거리 순서가 되었다. 당집의 왼쪽 모서리 추녀 밑, 축대 위에 어울리지 않게 양복 차림으로 앉아 있던 피리며 날라리며 장구들이 일제히 울리기 시작했다. 당집 안에서는 무녀가 부정거리를 시작하고 있었다. 굿거리 순서는 부정거리로부터 산거리 · 불사거리 · 대신거리 · 대감거리 · 창부거리 · 별상거리 · 신장거리 · 작두성수놀이 · 서낭거리로 이어진다고 했다. 나는 슬그머니 일어나 당집 옆으로 향했다. 그곳에는 벌써 밥이며 떡이며 술이며가 차려져 있었다.

성황제는 아직도 계속되고 있다. 그러나 내가 막걸리를 앞에 놓고 앉아 있었다는 것으로 그 이야기는 줄이기로 한다. 막걸리를 한 잔 마셨을 때 무녀 하나가 제금을 양손에 들고 다가와 복채를 요구했고 나는 왼쪽 제금 위에 만 원짜리 한 장을, 오른쪽 제금 위에 천 원짜리 한 장을 놓음으로써 나 나름대로 그 행사를 끝냈다는 생각이었다. "그렇게 놓으면 복이 기울어져 들어와요" 하고 무녀가 생긋 웃어 보였으나 주머니 사정도 주머니 사정이려니와 일단 손에 그렇게 잡혀 이루어진 행동을 번복할 뜻은 없었다. 돌이켜보면 지난 삶에 있어서 내 복이란 한쪽에 만 원어치가 들어오고 또 한쪽에 천 원어치가 들어오는 형국이 아니라 한쪽에 얼마쯤 들어올라치면 다른 한쪽에서는 들어온 만큼만 다 빠져나가는 게 아니라 본디 내 것까지 아예 더 빼내 가버리는 형국이었던 것이다.

"저건 마치 솟대 같군. 안 그래요?"

문득 누군가가 상에 다가와 앉으며 말했다. 나는 그의 얼굴과 솟대 같다는 것을 돌아보았다. 알 만한 얼굴이었다. 그는 이곳의 지방신문의 기자라고 알고 있었는데, 이른바 지방자치화 시대에 발맞추어 몇 개의 신문사가 문을 열어 정확히 어디에 속한 기자인지는 어렴풋했다. 그가 문득 솟대를 들먹인 것은 성황제가 열리고 있는 분위기 때문인지도 몰랐다. 그럴 것이었다. 그리고 그의 민속에 대한 관심과 지식을 은근히 드러내 보이려는 의도도 얼마쯤 곁들여 있었으리라.

나는 나뭇가지 위에 앉은 새를 바라보았다. 무슨 새인지 알 수 없었다.

"까마귄가요?"

그가 다시 물었다. 그의 태도로 보아 그는 나에 대해 잘 알고 있는 듯했다. 보통 나는 술자리에서 다른 사람과 인사를 나누는 경우가 많고 그 경우, 다음에 까맣게 잊어버리기 일쑤인 것이다.

"글쎄요. 요샌 까마귀도 정력제라고 해서 죄 잡아 판다던데요."

나는 엉뚱한 말을 했다. 정력에 좋다면 개구리나 뱀이나 너구리나 오소리까지 무슨 짐승이나 가리지 않고 먹어치우는 습성에 대해서는 오래전부터 이야기가 되어온 것이었다. 그런데 며칠 전에는 까마귀까지 신문에 등장하고 있었다. 정력과 고혈압, 신경통에 좋다고 알려져 한 마리에 30만 원까지 하고 있다는 것이었다. 나는 까마귀 고기를 먹으면 건망증이 심해진다고 들었던 말을 떠올렸다. 그러는 사이에 까마귀인지 뭔지 모를 그 새는 날개를 퍼덕거리며 나뭇가지를 떠났다. 그러고 보니 새가 올라앉아 있을 때 그것이 솟대같이 보이기는 했다는 생각이 들었다. 물론 솟대라는 게 사라져가는 민속에 속하는 것이며 또 보편적으로 널려 있던 것이 아니라서 쉽사리 그 이름을 들먹이는 데는 좀 어떨까 싶은 구석이 있다. 그러길래 내가 정력제가 어떻고 하면서 엉뚱한 말을 늘어놓았을 것이다. 새는 날아갔으나 솟대의 장대에 해당할 나무는 그대로 남아 있었다. 언젠가 내 고향의 바닷가를 찾아가서 거기 솟대를 본 적이 있었다. 경포대를 돌아가기 전 바닷가에 세워진 장대 위에는 세 마리 나무 새가 올라앉혀 있었다. 왜 옛사람들은 장대 위에 새를 깎아 올린 것을 신앙의 대상으로 삼았을까? 나는 이런 의문을 품었으나 그때는 더는 관심을 기울일 여유가 없었다. 다만 그것이 어떤 지역에서는 꼭 나무 장대 위에 새를 얹는 것만이 아니라 돌 위에도 얹는다는 것, 그 새는 오리가 주로 되어 있지만 경우에 따라서는 기러기, 갈매기, 따오기, 까치, 까마귀까지 다양한 모습을 보인다는 것 정도만을 알 수 있었다. 그러므로 지방신문의 기자가 당집 옆 나뭇가지 위에 앉아 있는 새를 까마귀라고 하여 솟대를 말했다고 해서 잘못된 것은 아니라 하겠다. 그때 강릉에 가서 솟대를 보게까지 된 마당에 좀 더 파고들어 보았어야 했다. 그러나 그때는 정말이지 그럴 여유가 없었다. 그때 나는 아직 젊었고, 떠나간 한 여자를 못 잊고 있었다. 솟대를 보게 된 것도 그 여자의 흔적을 더듬어 갔다가, 말하자면 개평으로 얻은 소득이었다.

웬만한 사람들이 다 그렇듯이 나도 이제껏 몇 명의 여자를 만났고 또 헤어져야 했다. 그러니까 세월이 지난 지금 이야기하고자 하는 것은 당연히 헤어짐에 대한 것이 되겠다. 내가 솟대 아래로 만나러 갔던 여자, 류는 이미 오래전에 내게서 종적을 감춰버린 것이었다.

그보다 먼저 여름 어느 날이었던가. 류는 아무 낌새도 없다가 사라져서 일주일 만에 다시 나타났었다. 어딜 다녀왔느냐는 내 물음에 그녀는 쉽사리 입을 열려고 하지 않았다. 나는 다시 물었다.

"동해 용왕의 동굴 속에."

류는 웃지도 않고 대답했었다. 다른 때 같으면 부아가 났을 법하지만 나는 상당히 침착했었다. 인간이란 진정한 위기 앞에서는 그렇게 되는가 보았다.

"납치라도 됐던 건 아냐?"

나는 웃음을 띠고 물었다. 거기에는, 설마 그런 일이야 당했을라고 하는 그 '설마'가 곁들여졌었다.

"납치는 아냐."

그녀는 말했다. '납치는'의 '는'이 문제였다.

"그럼?"

나는 내 호기심과 궁금증이 질투심으로 귀착되는 데는 언제나 환멸을 느낄 수밖에 없었다. 그럼에도 불구하고 나는 묻지 않을 수 없는 것이었다.

"말했잖아."

류는 피곤해했다.

"동해 용왕의 동굴 속?"

"응."

그녀는 더는 말하고 싶지 않다는 얼굴이었다. 그로부터 나는 그녀가 내 눈에 보이지 않기만 하면 또다시 어디 동굴 속에 있지나 않은지 깜짝 놀라곤 했다. 사실 처음부터 그녀는 언제나 떠나고 있는 느낌을 갖게 하는 여자였다. 그래서인지 그녀와 남남이 된 지금도 그때 일이 새삼스러워진다. 동굴은 무슨 놈의 동굴이람 하고 못마땅하게 여기면서도 그녀의 별난 행동이 내게 주었던 아픔을 생생하게 기억하고 있는 것이다.

사실 나는 아직도 그녀가 동굴 속에 있다는 생각을 지워버릴 수가 없다. 살아가는 과정 속에서 어떤 특별한 인상이 우리를 지배한다는 것은 슬픈 일이다. 그러나 나는 그녀를 생각하면 동굴 속에 웅크리고 있는 어떤 모습이 어른거린다.

"동해 용왕? 무슨 수로 부인 같은 얘기지?"

나는 짐짓 그렇게도 물었었다. 그녀도 물론 옛날 수로 부인의 이야기를 알고 있었다. 옛날 신라시대에 순정공이라는 벼슬아치가 강릉 땅으로 부임하던 길에 동해 가에 머물렀다. 그러자 동해 용이 나와 그 아내인 수로 부인을 앗아 바닷속으로 들어가 버렸다. 사람들이 온통 아우성을 치자 동해 용은 마지못해 수로 부인을 내보냈는데, 어느덧 그 부인의 몸에서는 희한한 향내가 나는 것이었다. 그 향내는 왜 나는 것일까. 그녀의 몸에서는 정말 수로 부인의 몸에서처럼 어떤 향내가 난다고 나는 생각했던 것이다. 그전에는 맡을 수 없었던 향내라는 생각이 나를 괴롭혔다.

뭐라고 설명할 길은 없다고 그녀는 말했었다. 나는 애써서 태연한 척하고 있을 뿐이었다. 실상 나는 설명을, 그것도 납득할 만한 설명을 기대하고 있었던 것이다. 그러나 그녀가 자기 자신을 설명할 만큼 굴복적인 자세를 갖지 않으리라는 것은 잘 알고 있었다.

"어쨌든 나는 그 동굴 속에서 깨어났어. 아주 오랜 세월이 흘러간 느낌이었어. 동해 용왕이 아니었다면 신밧드쯤 해놓을까."

류는 내가 알아듣든 말든 중얼거렸다. 언제나 그녀는 자기 자신을 암호라고 생각하는 못된 버릇이 있었다. 아무도 그녀를 알 수 없다는 것이었다. 그래서 그 여름의 일도 나는 암호를 풀듯 꼼꼼히 풀어나가야 했다. 모든 암호가 그렇듯이 그것을 푸는 열쇠는 있는 법이었다. 그리하여 나는 그녀가 실제로 일주일 동안 바다 벼랑의 동굴 속에 있었음을 알았다. 혼자 여행을 떠났다가 웬 남자 패거리를 만났었다고 했다.

인생에는 정해진 길이 없을 것이라고 나는 말한다. 그녀의 어두운 얼굴이 땅바닥을 향하고 있음을 본다. 살아간다는 것은 한계를 깨달아가는 것이었다. 그것이 헤어짐이었다. 동굴 일이 있고 나서도 처음 얼마 동안은 우리는 겉으로 보기에는 아무런 변화도 없었다. 그러나 알 수 없는 것은 어쩐 일인지 그전의 감정과는 다른 감정이 개입되어 있음을 느끼기 시작한 것이었다. 무엇인지는 알 수 없었다. 나는 그전과 똑같은 상태가 유지되기를 간절히 바랐다. 하지만 그러면 그럴수록 모호하고 이질적인 감정이 점점 몸피를 늘려가고 있었다.

그리고 그녀가 사라지고 난 얼마 뒤 도저히 견딜 수가 없었던 나는 지난 흔적이나마 찾겠다고 집을 나섰었다. 어느덧 내 발걸음은 예전의 한 여관 앞에 머물러 있었다. 눈으로 길이 막혔던 그 전해 어느 날 우리는 그 여관의 층계를 밟았었다. 눈 때문에 도리 없이 그렇게 되었다고 우리는 마음속으로 말하고 있었다. 사실 무엇 때문이라고 구태여 구차스러운 변명을 마련해야 할 필요도 없었다. 그런 점에서 우리는 순진한 연인들이었던 셈이었다.

"방 있습니까?"

나는 창구에 대고 물었다. 예전에는 그렇게 묻는 내 뒤에서 그녀가 구두에 묻은 눈을 털고 있었다.

"예. 혼자십니까?"

여자가 나왔다.

"예. 혼잡니다."

예전에는 혼자가 아닌 것이 어색했지만 이제는 혼자인 것이 어색하다는 생각이 들었다.

"이리 오세요. 온돌 하시겠습니까, 침대 하시겠습니까?"

그녀가 앞장서서 층계를 올라가며 물었다.

"302호 혹시 비었습니까?"

내 말에 여자는 "예?" 하고 다시 물었고 나는 그 방의 호수를 정확히 기억해 들려주었다.

"그 방은 큰 방인데……."

"그렇지요."

마침 그 방은 비어 있었다. 여자가 열어주는 대로 안으로 들어갔다. 예전 그녀의 것이 아닌 침대가 놓여 있었다. 그걸 보자 왠지 서글퍼져서 나는 우뚝 서 있었다. 302라는 숫자는 어디에도 있을 수 있는 번호인 것이다. 학교의 강의실에도, 아파트의 동호수에도, 병원의 병실에도 그 번호들은 나열되어 있다. 그러므로 그 여관방의 302라는 숫자도 특별한 의미를 갖는 것은 아니다. 그러나 나는 나만의 특별한 숫자로 간직하고 그 방에 들어선 것이었다. 많은 남녀들이 그 방을 거쳐 갔을 것이다. 방구석마다 갖가지 사랑의 사연들이 보이지 않는 무늬로 아로새겨져 있을 것이었다. 이름을 부르면 그때의 그녀는 그 모습대로 나타날 것만 같았다. 빛이 일 년 동안 가는 거리는 1광년의 거리. 그 거리를 둔 저쪽에서는 지금 내 모습을 1년 뒤에나 볼 수 있다. 이런 사실이 신파 이야기로서 다가와 곤혹스럽게 만들었다. 그동안 내 모습은 빛에 의해서 운반되는 셈이 된다. 더 먼 거리에서는 더 오랜 시간 동안 그럴 것이었다. 나는 나직하게 그녀의 이름을 불러보았다. 그렇다면 그때의 우리 모습은 지금 어느 공간이든 빛에 의해 실려 가고 있을 것이다. 그러니까 우리들 삶의 순간순간은 모두 영원히 살아 있는 장면들로 우주 공간을 가고 있다는 이야기가 된다.

"여관방은 왜 이렇게 창문을 막아놨는지 몰라."

류는 그렇게 투덜거렸었다. 그것은 바깥쪽으로 나무판자로 가려져 있었다. 내가 하고 있는 짓거리는 모두 우습기 짝이 없는 것임을 나는 알고 있었다. 떠나간 사람의 흔적을 찾아 언젠가 머물렀던 장소를 찾아다닌다는 것은 무슨 의미가 있는 것일까? 나는 그 밤을 뜬눈으로 새우다시피 하고 아직 새벽이 머물러 있는 박명의 거리로 나왔었다. 나는 그녀의 행동을 잘 이해하고 있었다. 그녀는 늘 어디론가 탈출을 꿈꾸고 있었더랬다. 무엇이, 왜 그렇게 만들었는지는 정신과 의사들이 밝힐 문제일 것이다. 그런데 내가 잘 이해하고 있다는 것은 나 자신이 그런 꿈에서 한시라도 자유롭지 못하기 때문이었다. 내게서 떠난 사람의 마음을 이해한다고 하는 것은 비극이다. 그럼에도 불구하고 나는 지나간 또 다른 흔적들을 찾아다녀야 했다. 그리하여 여름이면 사람들이 떼를 지어 몰려들곤 하는 내 고향 바닷가로 향하게 되었던 것이다. 그러나 내가 그 바닷가로 향해 간 길은 흔히 그곳으로 가는 길과는 반대쪽으로 뚫려 있었다. 거기서 생각지도 않게 솟대를 보게 되었던 것이다.

류가 내게서 그렇게 떠나간 뒤로 나는 오랫동안 그녀의 소식조차 들을 수가 없었다. 그 사실에 생각이 미치면 나는 그곳으로 그녀를 찾으러 갔던 게 아니라 어쩌면 솟대의 정체를 확인하러 갔던 게 아닌가도 여겨진다.

"저게 뭔가요? 장대 위에 새 세 마리가……."

나는 그것을 보고 동네 사람에게 물었다. 꽤 여러 차례 단오제 행사를 보러 오기도 했지만 그런 게 바닷가 마을에 서 있는 것은 처음이었다. 그것이 바로 솟대라는 것이었다. 그날 나는 호숫가를 한 바퀴 빙 돌아서 버스 정류장 근처에 이르렀고, 철 지난 해수욕장의 간이음식점에서 경월소주 한 병을 혼자 마셨었다. 그녀가 떠나갔음을 그렇게 확연히 마음속에 받아들이는 절차이기도 했다. 그 호숫가 어딘가에 그녀가 기적처럼 있어주었으면 하고 기대하는 마음이 깊었으나 그것도 터무니없는 것이었다. 떠난 사람은 이 세상 어디에도 이미 존재하지 않는다.

잿머리 성황제가 거의 끝나갈 무렵까지 나는 쉬엄쉬엄 막걸리를 마시며 예전의 그 솟대와 지금 새가 날아가고 나뭇가지만 앙상한 솟대 아닌 솟대를 번갈아 생각하고 있었다. 딱히 무슨 생각이었는지는 명확히 알 수 없었다. 우리의 한때 만남은 어느새 박제가 되어 저쪽 진열창 안에 먼지를 뒤집어쓰고 있었다. 추억이 언제까지나 살아 있자면 사랑을 제물로 삼아야 한다. 단도직입적으로 말해서 사랑의 심장을 보는 앞에서 희생으로 삼아야 한다는 말이다. 그렇다면 그녀는? 나는 생각의 갈피를 제대로 잡을 수가 없었다.

옆에서 솟대니 까마귀니 하던 기자도 어디론가 옮겨 가고 없었다. 그는 그날따라 이것저것 꽤 많은 이야기를 했는데 나는 그가 해박하나 설익은 지식을 꺼내놓으려고 안달하는 것 같아 그저 건성으로 고개만 끄덕여주었다. 그런 어느 어간에 그가 그리핀에 대해서 한마디 했는지는 자세히 기억되지 않는다. 그러나 그는 어디론가 옮겨 가기 전에 분명히 내게 그리핀이라는 낱말을 전해주고 갔다. 아마도 그의 말을 듣는 내 태도가 성실치 못하다고 여겨서 거기서 멈추었는지도 모른다. 그리핀. 그게 솟대의 새와도 연관이 있다고 그가 말한 것 같다. 그러니까, 앞에서 내가 그리핀에 대해서 처음 들은 것이 잿머리 성황제에서였다고 했지만 '얼핏'이라고 했듯이 그때는 자세한 기억이 없다고 하는 게 옳겠다. 나중에 기억을 더듬어본 결과 그랬었구나 하는 정도인 것이다.

그야 어쨌거나 별 상관이 없는 일이다. 그리핀이든 머리핀이든 나는 성황제에서 돌아와서도 내내 솟대라는 데 생각이 머물러 있었다. 성황제가 열렸다고 해서 민속적인 측면에서 그것에 관심을 기울이고 있었던 것은 결코 아니었다. 그것에 관해서라면 '그 애송이 기자 녀석 공연히 아는 척을 해' 하고 오히려 못마땅한 마음이었다. 자기 것을 찾자느니 뭐니 해서 케케묵은 것들을 뒤지고 다니는 꼴도 신물이 나도록 봐와서 은근히 반발심마저 일고 있는 판국이었다. 그런데 나는 그날 줄곧 솟대가 머리에서 떠나지를 않았다. 그러므로 나는 아무래도 그녀 때문이라고 고백하지 않을 수가 없는 것이었다.

그녀 때문이었다. 나는 바닷가를 끼고 호숫가로 나아간다. 거기에 솟대가 있었다. 솟대란 무엇인가? 나는 비로소 그 의미를 캔다.

산속 마을에서 나는 한 여자를 만난다. 그 산속 마을에는 모닥불이 피워지고 그 여자는 춤을 추었다.

"당신이 오실 줄 알고 있었어요."

그 여자가 말했다.

"어떻게?"

술잔을 들고 나는 물었다.

"그것은 운명이에요."

"운명?"

나는 그 여자의 얼굴을 들여다보았다. 모닥불의 홍염이 여자의 얼굴을 비추었다. 여자가 살포시 몸을 기대왔다.

"저는 이 부족의 수호 여신이에요."

그러면서 여자는 자신의 정체를 밝혔다. 나는 생각에 잠겼다.

"운명이라는 건 당신은 오늘 밤 절 선택하게 되어 있다는 거예요."

"그게 무슨 뜻이지?"

나는 알 수 없는 '운명'이 다가오는 느낌을 받았다.

"당신은 이 마을에 온 첫 손님이에요. 그 손님이 바로 닷새 뒤까지 안 오면 저는 수호 여신 자리에서 물러나게 되지요."

무슨 엉뚱한 이야기일까.

"난 못 알아듣고 있소."

나는 머리를 저었다.

"어려운 얘기예요. 어쨌든 저는 오늘 밤 당신 여자예요."

"그래서 어떻게 된다는 걸까?"

"그래서…… 당신은 저를 선택하지 않으면 목숨을 잃게 되지요."

그 여자는 나를 응시했다.

"그러면…… 그다음엔?"

나는 술잔을 비웠다.

"저를 선택한 다음에요? 그다음엔 저를 데리고 떠나야 해요."

여자가 고기 한 점을 집어 나의 입에 넣어주었다. 내가 마을에 온 것은 작은 우연에 지나지 않았다. 그런데 운명이 결부되어 있다니 난처한 노릇이 아닐 수 없었다.

"어디로 떠나야 한단 말이오?"

나는 궁금하기 짝이 없었다.

"어디론가요. 벌판 끝에 호수가 있어요."

그 여자는 이야기의 내용에도 불구하고 얼굴을 발그레 물들이고 있었다. 나도 그 호수가 있다는 것을 알고 있었다. 그러나 그 주변에는 아무것도 없다. 다만 짐승들만 출몰하고 있는 것이다.

"난 다른 일이 있는 사람이오."

나는 피할 길을 생각한다.

"그러니까 운명이지요."

여자가 따뜻한 손을 건넸다.

"저 사람들을 보세요."

여자는 눈짓을 했다. 눈을 들어보니 다른 사람들은 이쪽을 예의 주시하고 있었다.

"이것은 이 마을의 운명이기도 해요. 오래전부터 내려오던 습속이지요. 그렇게 하지 않으면 이 부족은 멸망한다고 믿고 있어요."

점점 무서운 현실이 다가온다고 나는 생각한다. 그러나 여기서 벗어날 길은 없다는 것도 알 듯했다.

"저기 멀리 호수가 있어요."

"거긴 그저 황량하기만 하던데."

"저희 마을 사람들은 그 호수를 신성하게 생각하고 있어요."

그 여자는 꿈꾸는 듯한 눈을 들어 먼 곳을 응시했다. 여자의 몸에서는 향내가 난다. 이게 무슨 냄새일까. 나는 그 향기에 점점 취해 옴을 느꼈다.

"우리는 그곳으로 가야 해요."

"가야 된다니?"

"우리는 그곳에서 의식을 치러야 해요. 그러지 않으면 당신은 저 사람들에게서 벗어날 수 없을 거예요."

나는 그 여자의 몸이 자신에게 점점 기대옴에 따라 최면에 걸린 듯 온몸이 굳어져 왔다. 그녀의 바스락거리는 비단옷 소리만 아스름히 들려왔다.

"자! 이리 오세요."

나는 그 여자가 이끄는 대로 따라갔다. 그러자 이대로 그 여자를 따라 어디든지 가도 좋다고 생각되었다. 거기가 유황불이 타는 지옥이라도 말이다.

"저기 새가 한 마리 와요."

"어디 새가?"

나는 그 여자가 가리키는 곳을 바라보았지만 아무것도 보이지 않았다.

"어디?"

"저기 안 보여요?"

아득한 저쪽에 뭉게구름 같은 게 보인다. 여자의 벗은 몸이 다가왔다. 그는 어느새 방 안에 와 있다는 것을 스스로 느낀다.

"여기가 어디야?"

나는 문득 방 안을 둘러봤다.

"여기는 신소神所예요."

여자는 그리고 꼭 입을 다물었다.

"신소?"

"당신은 이미 운명의 장소에 들어온 거예요."

나는 어쩔 수 없이 운명이 다가왔다는 것을 절실하게 느꼈다. 그러자 멀리 저쪽에서 새 한 마리가 날아왔다. 큰 부리를 가지고, 큰 날개를 가지고, 긴 다리를 가지고 있었다. 그런데 이상하게 그 머리는 어디서 본 듯한 사람의 얼굴을 하고 있었다.

"앗! 너는 뭐냐?"

그 얼굴은 아무 말도 하지 않았다. 그리고 옆에 내려와 앉았다.

"너 이놈, 저리 가지 못할까."

새는 날개를 한 번 퍼덕거렸을 뿐 그 여자 앞에 있었다. 여자는 벗은 알몸을 일으켰다.

"어서 타세요. 함께 이 새를 타고 그 호수로 가야 돼요."

"호수라고?"

"신성한 곳이에요."

여자는 더 이상 말이 없다. 입을 다물고 그윽이 바닥을 내려다보았다. 말하자면 그녀는 한 마리 새로 변신하고 있는 것이었다. 큰 부리와, 큰 날개와, 긴 다리…….

어느 사이엔가 나는 아무도 모르는 사이에 먼 땅에 버려져 있었다.

호수는 멀리 있는가.

나는 눈을 뜨며 생각한다. 그러면서 주변을 둘러보았다. 사방은 흰 눈에 덮여 있었다. 눈은 순결했다. 모든 걸 정화시키듯 아니, 온갖 것을 다 밑바닥에 감추듯 백색으로 덮고 있는 것이다. 순결…… 나는 생각했다. 이 버림받은 땅에 버려져 있는 육신, 나는 문득 순결해지고 싶었다. 버림받은 땅에 버려져 있는 그대로 눈 속에 묻혀 그대로 얼어붙고 싶었다. 호수는 얼어 있을까? 나는 눈을 감았다. 그러고는 땅바닥에 얼굴을 갖다 대었다. 차가운 감촉이 전해져 왔다. 호수는…… 망막 속으로 호수가 갇혀왔다. 아니, 갇혀온다기보다는 펼쳐져 나갔다. 돌을 던진 연못에 물결이 퍼져나가듯 계속해서 퍼져나가는 것이다. 얼마를 그렇게 엎드려 있었을까. 꿈인지 현실인지 분간할 수 없는 속에서 나는 한 마리 물고기처럼 되어 유영했다가 부스스 몸을 일으켰다. 차가운 땅에 손을 짚고 온 힘을 다해 일어섰다.

'여기가 어디일까?' 나는 새삼스럽게 다시금 주위를 둘러보았다. 기억에 없었다. 아무것도 눈에 익은 게 없었다. 사방은 눈에 덮여 있을 뿐 기억 속에 존재하는 것은 하나도 눈에 띄지 않았다. 아무리 기억을 더듬어도 어떻게 해서 여기까지 오게 되었는지 그것조차도 알 수 없었다.

호수…….

나는 눈 덮인 들판에다 대고 중얼거렸다. 나는 비척거리며 걸음을 옮겼다. 호숫가에는 숲이 우거져 있었다. 그리고 밤에는 그 숲에서 짐승 울음소리가 들리곤 했었어……. 한 걸음 한 걸음 옮길

때마다 등에선 식은땀이 이어져 나왔다. 생각 같아서는 그 자리에 누워 잠들고 싶었다. 아주 영원하고 아늑한 잠을. 그러나 나는 걸어야만 되었다. 어디로 가야 하는지도 모르지만 어쨌든 가야만 되었다. 그게 자신의 운명인지도 몰랐다. 호수를 찾아야만 돼…… 나는 생각했다. 망막 속으로 다시금 호수가 펼쳐졌다. 해가 지고 어둠이 내리면 커튼을 치듯, 그리고 펼쳐진 커튼이 잠시 출렁이듯, 호수의 물결이 일렁이며 눈에 어른거렸다. 그게 나에게 주어진 숙명인지도 몰랐다. 나는 금세라도 무너져 내릴 것 같은 자신의 육신을 달래며 한 발짝 한 발짝 걸음을 옮겨나갔다. 호수를 찾아서……. 류를 찾아서…….

……나는 오랫동안 이것을 꿈이라거나 환상이라거나 하는 투로 돌려두려고 하지 않는다. 물론 터무니없는 이야기로서 비록 꿈속에 이상하게도 몇 번인가 반복되기는 했으나 꿈이란 어김없이 어떤 식의 희망사항이라고 꿈 학자는 말하고 있었다. 그런 의미에서 꿈보다 해몽이 좋다는 말은 그야말로 그럴싸한 말이었다. 꿈속에서 나타난 광경이건 현실에서 몽롱한 가운데 그려본 광경이건 간에 나는 그 이면에 숨겨져 있는 뜻을 간단명료하게 설명할 수 있다. 즉, 그 큰 부리에 큰 날개를 한 긴 다리의 새는 솟대의 새이며, 그 호수는 내 고향의 호수가 틀림없다는 것이다. 비록 내가 그리는 광경의 내용이 솟대를 만들어, 설사 옛사람들의 뜻과 구체적으로는 다르다 할지라도, 거기에 어떤 종류든 신앙의 의미가 깃들어 있음이 분명하다 할 것이면…….

솟대란 무엇인가? 듣건대, 솟대란 세계나무와 하늘새의 개념을 나타낸 것이라고 했다. 말했다시피 나무나 돌로 만든 새를 장대나 돌기둥 위에 앉힌, 마을의 신앙 대상물로서, 북아시아 사람들의 무속巫俗과 직접적인 연관을 가지고 있다는 것이었다. 북아시아 무속에서는 우주는 상계 · 중계 · 하계라는 세 개의 우주 층으로 되어 있고 이 세 우주 층을 잇는 세계 축으로서 세계나무가 존재한다. 이때 새는 세계나무를 통해 신의 세계와 인간의 세계를 왕래하는 사자使者의 역할을 한다고 했다. 그러니까 세계나무와 하늘새로서 솟대는 존재한다. 그러나 이런 학자들의 연구가 어찌 되었든 나는 나름대로의 독특한 솟대를 마음속에 만들어 세워놓았다는 이야기가 된다. 그녀 때문이었다. 아닐 것이다. 그녀 때문이었다가 아니라 그녀를 향해 갔던 그 길의 뜻 때문이었다.

그런데 그로부터 불과 며칠 뒤 다시 그리핀이 있다. 그녀와 나는 '스키타이 황금'의 대표적인 상징이 된다는 황금 그리핀 앞에 여러 번 발걸음을 멈추었다. 황소를 공격하는 그리핀, 사슴 머리를 물고 있는 그리핀, 멧닭 수컷을 공격하는 그리핀, 산양을 공격하는 그리핀…… 사자 머리의 그리핀, 독수리 머리의 그리핀…… 그리핀은 황금을 지키는 괴조怪鳥로서 새는 새지만 여러 짐승과 합친 모습이었다. 일찍이 중앙아시아와 흑해 연안의 초원지대를 무대로 무서운 세력을 떨쳤던 스키타이 사람들이 만든 상징이었다. 기원전 8세기니 7세기니 하는 아득한 옛날의 황금새는 박물관의 진열창 안에 금방이라도 날아오를 듯 눈을 번뜩이고 있었다. 날카롭게 굽은 부리, 힘 있게 뻗친 볏과 갈기, 바짝 선 귀, 부라리고 있는 눈, 독수리 머리에 사자 몸뚱이…… 이런 찬란한 유물들을 남겨놓고 그들은 어디로 사라졌을까 하고 크게 한숨짓는 대학생 차림의 관람객도 있었다.

"어디 가서 점심이나 하지."

황금의 유물들을 뒤로하고 나오면서 나는 말했다. 실로 오랜만에 박물관에 가서 많은 황금을 봐서인지 머리가 혼란스러웠다. 그 진열창 한구석에 스키타이 유물들과 비교해보라는 뜻으로 오도카니 놓여 있는 신라 금관도 다시 눈에 어른거렸다. 서봉총瑞鳳塚이라고 이름 붙여진 무덤에서 나온 금관이라고 했다. 서봉총이라면 지금 스웨덴의 왕 구스타프가 왕자였을 때 경주에 와서 발굴에 참가했다고 해서 스웨덴의 한자 표기인 서전瑞典의 서瑞 자를 딴 이름이라고 언젠가 들은 적이 있었다. 명칭이야 어떻든 전시실에 붙어 있는 설명 쪽지에는 그 금관이 스키타이 유물과 어떻게 닮아 있는지를 말해주려고 애쓰고 있었다. 나는 스키타이 유물의 장대투겁에 앉아 있는 세 마리의 새를 보았다. 내가 그렇게 금관을 자세히 살펴본 것은 처음이었다. 그것들은 나뭇가지에 앉아 있는 그리핀, 아무리 봐도 그리핀이었다.

"점심…… 그래…… 마지막 인사라도 해야 되니깐…… 우린 어디론가 떠나가. 뭔가를 찾아서. 남자가 맹목적으로 살기는 싫다는 거야. 나도 아주 멀리 떠나고 싶고…… 어디 맛있게 하는 데 알아?"

류가 비로소 팔짱을 끼어왔다. "떠나기는, 어디로?" 나는 간신히 물었다. "글쎄, 사막은 어떨까?" 그녀는 웃었다. 나는 내 고향 바닷가 마을에 서 있는 솟대 위에 앉아 있는 세 마리 새를 떠올렸다. 스키타이의 새, 금관의 새, 솟대의 새는 하나같이 하나의 모습이었다. 그것의 의미는 무엇이며 그녀가 굳이 박물관으로 나를 데려가 보여준 의미는 무엇일까? 나는 늦가을 햇빛 아래 박물관 앞뜰을 건너지르며 몽롱한 생각에 빠졌다. 뜰 옆 잔디밭 앞에서는 갓 결혼식장에서 나온 신혼부부들이 사진사의 연출에 의해 괴이한 몸짓으로 사진을 찍고 있었다. 지지고 볶으며 살아갈 앞날을 미리 보상받으려는 듯, 문자 그대로 선남선녀의 모습을 연출하는 그 행동들은 더욱 비현실적으로 과장되어 보였다. 행복은 부드럽게 미소 짓는 가면 속에서 벌써부터 일그러진 얼굴로 변하고 있는 것만 같았다. 우리는 서로 약속이나 한 듯 마주 보며 피식 웃음을 터뜨렸다.

그날 그녀가 나를 데려가서 그리핀을 보여준 것은 그녀가 이 우주의 어디, 즉 상계거나 중계거나 하계거나를 막론하고 멀리멀리 가 있다 하더라도 세계나무에 얹어진 하늘새에 의해 나와의 관계는 연결되어 있다는 의미를 말하고자 했던 것일까? 이것은 지나친 표현일지 모른다. 그럴 것이다. 그럼에도 불구하고 나는 이 가을 그 의미를 받아들이고자 하는 것이다. 점심을 먹은 뒤 그녀는 떠나갔다. 나는 중요하거나 긴박한 때 내 뜻과는 상관없이 엉뚱한 말을 내뱉는 버릇이 있다. 뒤돌아서는 그녀에게 내가 한 말도 그랬다. 그것은 우리 동네에 경순왕, 그 김씨 대왕을 모시는 민간신앙이 있는데 그 신당이 있었던 군자봉 꼭대기에 이상하게도 몇백 년 묵은 느티나무가 한 그루 있는 걸 아느냐는 말이었다.

“그래? 그걸 볼 시간은 없구.”

그녀는 간단하게 받고는 뒤돌아섰다. 그것이 마지막 순간이었다.

나는 그 마지막 순간에 왜 좀 더 가슴에 와 닿는 말을 직접적으로 하지 못했을까? 오랜 시간이 지나 그 만남의 의미가 퇴색했다고 하는 것은 거짓말이다. 막연하게나마 나는 남모르게 언제나 그녀와 함께 호수로 표상되는 저 세계로 날아가는 꿈을 꾸어왔던 것이다.

그렇게 류는 다시 떠나갔다.

언젠가 그녀 옆에서의 '영원히'를 꿈꾸었다면 그 '영원히'는 이제 정반대로 실현되었다는 느낌이었다. 사실인 것이다. 그녀가 영원히 떠났음을 받아들여야 한다고 여겨졌다. 그녀는 영원히 떠나갔다. 그러나, 그러나 그녀가 보여준 그리핀이 의도적이었든 의도적이 아니었든, 그리핀으로 하여 내 꿈은 다시 선명하고도 생동적으로 살아났음을 깨닫는다. 첫사랑에 눈뜰 무렵처럼 나는 스스로 의미를 부여한다. 그리고 삶이란 의미를 부여함으로써만 삶일 수 있다고 믿기 시작한다. 그렇게 될 때 우리들 헤어짐은 결코 헤어짐으로 막을 내리지 않는다. 다만 그 진실을 믿는 것이 문제인 것이다. 그렇다면 옛사람들의 그리핀은 내게다 진실을 전하기 위해 지금까지 사막이며 초원은 물론 박물관의 진열창 속에서까지 외롭게 외롭게 버텨온 것이 아니었을까.

이렇게 생각에 젖어 있던 나는 돌아오는 일요일에는 오랜만에 군자봉으로 산행을 해서 그 느티나무를 또 한 번 보아야겠다고 다짐했다. 그날 우연하고도 다행스럽게 그 나무 꼭대기에 까마귀 한 마리라도 와 앉아 있게 되기를 은근하고도 끈끈하게 희망하면서.

| 작가의 말 |

우편낭 속의 그대들

올봄이 갈 무렵 나는 신문에 다음과 같은 글을 실었다. 누구에겐가 마지막으로 보내는 편지라는 형식이었다. 나는 예전 한때 그렇게 가까이 오갔던 친구에 대해 쓰지 않을 수 없었다. 제목을 '협궤열차의 시간'이라고 붙였다가 좀 더 직접적으로 고치기로 했다. '그대 어디에 있는가'.

우리가 헤어진 지 몇 해가 되었는지 모르오. 아니, 형이 살았는지 혹은 어떤지도 나는 모르오. 그 몇 해 전 전화로 가늘게 들려오던 목소리. 떳떳하게 내게 모습을 나타낼 수 있을 때, 그때를 기다려달라고 하던 목소리.

도대체 이 모든 일이 어떻게 가능한 것인지, 그저 인생이란 것에 탄식을 보낼 뿐이오. 더군다나 엊그제 수인선 열차가 다시 개통된다는 뉴스를 듣자 지난 일들이 와락 달려들어 나를 우리의 그 공간과 시간 속으로 데려가는 것이었소. 새로 개통된 수인선이 비록 여느 열차라고 할지라도 그것은 여전히 우리의 협궤열차이기 때문이오. 협궤열차가 바라보이고 기적 소리가 들리는 공간이 우리의 독립된 왕국이었지요. 그곳에서 우리의 만남이 독특한 문화를 이루었음을 오래전부터 알고 있었기에 더욱 그 시절이 그립소. 형이 내게 들려준 인용구 '눈물은 시간을 적시지만 시간은 눈물을 마르게 한다'를 늘 잊지 않고 있었으니, 이제 그 말을 형에게 되돌려줘도 좋겠다 싶은 심정인 것이오.

산과 호수와 바다가 어울려 있는 그곳은 서울 변두리 땅으로서 우리나라 문화의 한 축도를 이루고 있었지요. 모든 밥벌이가 서울에 있던 그 무렵 우리는 몸부림치며 서울로 나가곤 했습니다. 그리고 몇 푼 챙겨서 돌아와 양식을 마련한 다음, 버려진 논밭, 버려진 웅덩이, 버려진 모래언덕을 거쳐 마지막 포구로 가곤 했소. 온통 죽은 듯한 잿빛 포구의 갯고랑을 타고 바닷물이 들이차 오고 마침내 깃발을 꽂은 통통배들이 숨을 고르며 들어오는 것이오. 오젓거리, 육젓거리 새우들이 염전의 소금더미처럼 쌓이면 망둥이, 서대, 장대에 상괭이, 시육지도 미끈거렸지요.

문화의 축도라는 건 먹고살기에 팍팍했던 80년대식 삶을 말하기도 하는 것입니다. 우리는 생활이 아니라 생존에 시달리면서도 오로지 문학을 향한 일념만으로 삶을 버티어나갔습니다. '고원에 달이 떴다'는 동료 소설가의 문장을 반추하며 먼 꿈을 가까이 끌어당기던 날은 포장마차의 술잔에도 꿈이 찰랑거렸지요. 그러면 문학은 꿈을 현실과 맞바꾸는 힘이 되었지요.

'무엇이든 일단 보았다면 작가에게는 자료'라며 형은 내게 많은 지혜를 가르쳐주었소. 외국 문학 공부로 앞선 안목과 절도 있는 자세는 나 같은 어중된 인간에게는 늘 귀감이 되었소. 하물며 낚시 미끼 꿰는 손길조차 섬세하여 나는 형이 눈치채지 않게 훔쳐보기를 즐기곤 했지요. 그 움직임이야말로 형이 말하던 '프랑스 섬세주의'가 아니고 무엇이겠소.

그러니 그 겨울 내가 아무 연락도 없이 프랑스 파리의 신근수네 호텔에 도착했을 때 보졸레 누보를 마시고 있던 형을 만난 뜻밖의 조우에 대해서 우리는 좀 더 많은 시간을 할애해야 하지만, 그러나 어찌하여 우리는 조금씩 제각기 다른 운명 속으로 빠져들어 가고 있었단 말이오. 중국이 홍콩을 접수했다고, 세기의 큰 사건이라고, 그걸 글로 쓰지 않으면 안 된다고 형은 홍콩으로 필리핀으로 유랑의 길을 떠나고 말았으니……. 생에 대해 내가 말할 수 있는 건 차라리 작은 액자에 불과함을 절감하오. 그곳에서 생계 수단으로 삼았다는 형의 기타 연주 솜씨가 원망스러운 것이오. 거기에 흐르는 선율 '알람브라궁전의 추억'은 이제는 지나간 우정의 편린 아닌 역린이 되고 말았소.

그곳에서 잠깐 돌아온 형이 내게 보여준 필리핀 원주민의 '타갈로그어 사전'처럼 이제 나는 형에 대한 모든 것이 낯선 까막눈이오. 형이 모습을 감춘 이 나라에서 나는 무엇인가 여전히 글자들을 짜 맞추고 있소만, 형이 내 퍼즐을 해독해주지 않는 한 나는 내 글에 역시 까막눈이 될 것만 같소.

형이여, 그대는 어디에 살아 있기라도 하단 말이오? 여러 벗들이 가고 만 이제 허위적거리며 묻노니, 그대 어디에…….

써놓고 나니, 지금의 시간은 2012년, 그와 만났던 시간은 1980년대, 아득한 골짜기가 가로놓여 있었다. 그러나, 그러나, 글을 쓰는 순간 그 골짜기는 어느새 구름다리로 이어지고 모든 이야기가 현재로 이어졌다. 그리고 협궤열차가 구름다리로 모습을 나타냈다. 나도 열차에 실려 있었다. 나는 협궤열차에 실려 있는 우편낭을 열어 '그대 어디에……'의 편지를 봉해 넣었다. 그러니까 우리에게 과거란 달리 있는 게 아니며 미래 또한 달리 없다. 다만 모든 것이 현재일 뿐이다. 그것이 삶의 뜻이었다. 그대 어디에…… 묻는 순간, 그대는 이 시공간 어디에 가까이 있다. 숨어 있을지라도 우리는 함께할 수밖에 없다. 나는 스스로 퍼즐을 맞추고 예전의 '류'를 다시 만난다.

우편낭을 열어 내가 보낸 편지를 읽는다. 그것이 이 소설이 된다. 지난 세기의 80년대에 주로 쓰인 이 소설은 출판사 사정으로 절판된 뒤에 나도 어디서 구해야 할지 난감했던 것이다. 어디서 찾아 읽을지 묻는 사람을 만날 때마다 나 자신 무슨 잘못을 저지른 듯 아쉬웠음을 이제야 모면한다. 그리하여 나는 아직도 그곳에 살고 있는 나를 보고 있는 것이다. 이제 협궤열차 대신에 전철이 복원되어 오가는 그곳이 나의 그곳은 아닐지 몰라도 나는 여전히 그곳의 나를 통해 또 다른 나를 복원하곤 한다고 느낀다. 다만 하나, 우리에게 필요한 것은 영원한 순수 회귀일진대, 이 소설이 그에 값하기를 바라는 마음이다.

책 뒤에 붙인 '대담'은 오래전 두 분 평론가가 안산의 골방에 찾아와 이야기를 나누고 옮긴 것이다. 그래서 필기도구가 만년필이라느니 하는 옛 풍경이 나타나지만, 이제는 그리운 모습이기도 하다. 두 분께 다시 감사드린다.

그리고 무엇보다도, 흔쾌히 책을 내준 시인 김영재 사장께 큰 고마움을 밝혀 적는다.

—2012년 가을

윤후명

| 대담 – 문학평론가 우찬제 · 권성우와 함께 |

윤후명, 산업화 시대 낭만적 예술가의 초상

작품과 공간적 배경

권성우 선생님 안녕하십니까. 선생님을 모시게 된 것을 무척이나 기쁘게 생각합니다. 언젠가는 선생님을 꼭 뵙고 싶었는데 처음 뵙게 되는군요. 개인적으로 선생님의 작품 세계에 대해서 각별한 애정을 지니고 있다는 사실을 이 자리에서 밝혀두고 싶습니다. 그렇지만 오늘 저는 선생님의 작품 세계에 대해 함께 이야기하기 위한 대담자로 이 자리에 나온 것이기에 오늘의 이야기는 선생님의 문학에 대한 저의 사적인 얘기보다는 한국문학의 지형도에서 선생님의 문학 세계가 지니고 있는 고유한 특질에 대해서 함께 논의하는 방향으로 전개되어야 할 것 같습니다.

오늘 봉고차를 타고 안산으로 내려오면서 여러 가지 생각을 했습니다. 하염없이 비가 내리는 가운데 흔들리는 봉고차의 차창을 통해서 바라본 신흥도시 안산의 풍경이 무척이나 을씨년스럽게 쓸쓸하더군요. 또한 잠시 전에 저희들이 둘러본 사리포구와 수인선 철길의 풍경도 저에게는 무척이나 독특한 풍경으로 다가왔습니다. 이를테면, 낚시꾼 두어 명만이 보이는 평일의 사리포구, 손님이 거의 없는 수많은 횟집들, 그리고 폐선과 포구에 내리는 비, 곧 없어질 것이라는 수인선 협궤철도의 안타까움과 막막함…… 등이 서울에서 부황한 삶을 영위하다가 이곳에 내려온 저의 시선에 붙잡힌 풍경들입니다. 우연의 일치인지 모르겠지만, 선생님의 작품 세계의 분위기와 지금까지 제가 언급한 사리포구를 중심으로 한 안산의 분위기는 무척이나 비슷하다고 생각됩니다. 굳이 언어화하자면, 쓸쓸한 여운을 주는 폐허적인 정취라고나 할까요. 이와 관련하여 선생님은 수인선을 공간적 배경으로 하는 작품을 많이 쓰신 것으로 기억되는데, 그렇다면 선생님의 작품 세계와 안산이라는, 한편으로는 신흥 공업도시이면서도 어딘지 모르게 쓸쓸하고 폐허적인 도시와의 관계, 즉 작품과 공간적 배경이 지니고 있는 관계에 대해서 선생님은 어떻게 생각하고 계십니까?

윤후명 어찌어찌하여 이곳에 왔습니다만 살다 보니 이 쓸쓸한 안산의 분위기가 마음에 들어 계속 여기서 살고 있는 것이지요. 수인선을 중심으로 하는 외로운 풍경을 저는 무척이나 좋아합니다. 저에게 수인선의 협궤열차는 일종의 문학적 모태이며 아름다운 환상이기도 합니다.

수인선에 관한 재미있는 이야기를 하나 말해볼까요. 수인선이 지나는 여기 안산에 간이역이 하나 있습니다. 그 역의 역장으로 있는 분은 서울에서 직장에 다니던 사람인데, 지금은 그만두고 이 안산의 간이역에서 하루에 세 번씩 다니는 수인선을 돌보고 있지요. 이 사람은 항상 수인선이 절대로 없어지지 않을 것이라고 주장하곤 합니다. 그런데 저는 이 수인선이 결국 어떻게든 변형되리라는 것을 잘 알고 있지요. 가끔씩 그와 술을 마실 기회가 있었는데, 그는 내가 아무리 협궤열차가 없어질 것이라고 얘기를 해도 도무지 막무가내입니다. 말하자면, 그는 일종의 환상을 지니고 있는 것입니다. 그런데 더욱 흥미로운 사실은 그가 협궤열차가 곧 없어질 것이라는 사실을 그 자신도 잘 알고 있다는 것이지요. 분명히 없어질 협궤열차의 운명을 잘 알고 있으면서도 다만 관념적으로 수인선의 영원함을 믿는 그 역자에게서 저는 어떤 낭만적 동경의 풍모를 보게 됩니다. 우리 시대에 이러한 풍모는 무척이나 드문 덕목이라고 생각합니다. 그런데 얼마 전에 가보니 뜻밖에 그는 저세상으로 가버렸더군요. 이번에 나오는 소설에도 나오지만요……. 따지고 보면 예술가에게 절실하게 요구되는 것이 바로 '그리움'과 '외로움'으로 표현될 수 있는 낭만적 동경과 환상이 아닐까요. 그러한 의미에서 안산의 폐허적이며 낭만적인 분위기는 저의 문학에 커다란 자산으로 작용하고 있습니다.

폐허는 단순하게 아무것도 없는 것이 아니라, 인류 문명의 자취가 스쳐 간 자리입니다. 그리고 완전히 죽은 폐허는 존재하지 않습니다. 생성과 소멸, 즉 폐허는 인류 문명의 두 가지 기본적인 축이지요. 결국 생성과 소멸의 순환 과정이 바로 인류사의 전개 과정이라고 생각되기에 저는 폐허를 통하여 삶의 본질을 파악하고 있습니다. 제가 둔황이나 누란에 깊은 관심을 나타낸 것도 바로 이러한 측면과 연계 지어 생각할 수 있을 것입니다. 어쨌든 사리포구와 수인선을 중심으로 한 안산의 폐허적인 분위기는 저의 작품 성향에 중요한 인자로 작용한다고 말할 수 있겠네요.

우찬제 다소 막연하긴 하지만 선생님의 경우 폐허를 바라보는 허무혼의 인식 공간이 광활한 대우주를 향해 넓게 펼쳐져 있는 것이 아닌가 하는 생각을 하게 됩니다. 실제로 독자들은 선생님의 작품을 읽으면서 선생님의 모습을 빼닮았음에 분명한 중년의 쓸쓸한 사내가 정처 없이 폐허를 찾아 헤매는 모습을 자주 발견하게 되거든요. 일차적으로 그가 온천을 찾아가건, 고향을 찾아가건, 협궤열차 역을 찾아가건, 할머니의 고향을 찾아가건, 혹은 원숭이를 만나러 가건 간에 결국 그가 맞닥친 곳은 폐허에 값하는 공간이지요. 폐허가 된 도시, 역사, 촌락 등등으로 말입니다. 하여 마지막 남은 여운은 폐허의 공간적 · 심리적 이미지가 주된 것이 되겠고요. 어떻게 보면 선생님의 소설은 폐허를 찾으러 떠나고 헤매는 길 위에서 인간의 본원적 영혼을 입증하려는 끊임없는 실험이 아닌가 생각되기도 합니다.

윤후명 저는 실제로 사람들이 아름답다고 느끼는 풍경을 싫어합니다. 황량한 들판, 안산의 경우엔 황량한 갯벌을 좋아해요. 이런 것에서 새로운 아름다움을 발견코자 하는 게 저의 미학이지요. 그러니 헤맬 수밖에요. 완결적인 풍경보다, 폐허화된, 소멸된, 혹은 무너진 풍경들을 보면 좋기 때문에 늘 찾아 헤매는 것이지요.

폐허화된, 소멸된 풍경을 보면서 그 이전에 살았던 사람들의 체취나 모습을 재현해보는 버릇이 있습니다.

저는 쓸쓸한 것, 버려진 것에서 말할 수 없는 비애와 위안을 느낍니다. 그리고 그 감정에서 삶과 죽음을 등식으로 보게 되는데 우리 문단에서 박상륭 선배 같은 분이 계시긴 하지만, 죽음에 대한 관심이 부족한 것은 사실입니다. 죽음이 곧 삶의 다른 면일 수 있다는 철학적인 인식을 많은 작가들이 좀 더 진지하게 가져주었으면 합니다.

우찬제 사실 우리가 죽음에 대해 태무 관심했던 민족은 아니었다고 생각합니다. 삼국시대 이전으로 거슬러 올라가면 삶의 바로 옆자리에 죽음을 놓고, 선생님께서 말씀하신 대로 한자리에 놓고 바라볼 수 있었던 것이지요. 그 이후 유가풍의 질서 아래서 죽음의 문제가 등한시돼온 건 사실이나 지금도 여전히 죽음의 문제는 중요하게 인식되고 있다고 여겨집니다.

윤후명 그렇지만 일상적인 삶에서 그런 인식은 부족한 편이지요. 그게 안타까워요. 그래서 그걸 좀 환기시켜보고 싶은 생각이 드는 것이지요. 우리가 그걸 분명히 인식할 때 우리 삶이 오늘날처럼 이렇게 방자하거나 잘못된 가치관에 함몰되지는 않을 것 아니겠어요. 죽는다는 것을 분명히 인식할 때 삶이 보다 진실할 수 있다고 생각합니다.

우찬제 어느 사형수의 낙서 중에 이런 것이 있었다고 합니다. '인생은 두 개의 사건밖에는 없다. 탄생과 죽음이 그것이다.' 절박한 진실이지요. 또 '병과 죽음에의 모든 관심은 단지 삶에 대한 관심의 다른 표현일 뿐이다'라고 말한 이는 토마스 만이었지요. 이렇게 볼 때 삶과 죽음을 동궤의 차원에서 조망하시는 선생님의 인식론이나, 소멸에서 생성을 그리고 생성에서 소멸을 예비하고 있는 인간관, 우주관은 매우 소중하다고 생각합니다.

윤후명 뭐 그게 특별한 일은 아니지요. 누구나 다 그렇게 생각할 수 있는데, 현재 과학 문명의 발달에 따른 현실추구주의에 휩쓸리다 보니 잠깐씩 잊고 사는 것이겠지요. 그게 좀 아쉽다는 것입니다.

문학 동기와 문학관

권성우 앞에서 하신 이야기는 선생님의 문학 세계를 이해하는 작업에 있어서 무척 중요한 지식이라고 생각되는군요. 말이 나온 김에 선생님의 작품 성향과 연계시켜 선생님의 문학관을 구체적으로 언급해주시지요. 그리고 문학을 하시게 된 동기는 과연 무엇입니까?

윤후명 사실 저는 외로움을 나름대로 극복하기 위해서 문학을 선택한 것입니다. 그런데 이상한 것은 문학을 더 공부하고, 책을 더 읽을수록 더욱 외로워진다는 사실입니다. 제가 체질적으로 너무나 유약해서 그러한 것일까요. 결국 저는 문학을 통해서 외로움을 더욱 연마한 셈이며 더 깊은 고독의 의미에 부딪히게 되었습니다. 아마도 인간의 근원적인 본질 중의 하나가 바로 고독이 아닐까요. 그러한 의미에서 저는 문학은 삶의 근원적인 문제에 대한 심오한 통찰을 보여주어야 한다고 생각합니다. 또한 문학은 무엇보다도 말 그대로 문학이어야 한다고 생각합니다. 작품의 주제가 어떤 것이건 간에 먼저 문학적으로 형상화가 이루어져야 하지 않을까요. 이러한 측면에서 보면 우리 문학은, 이를테면 광주 문제나 분단 문제와 같은 가시적인 사건의 흐름에 너무나 표피적으로 쏠려 있는 것 같습니다. 어떤 역사적 사건이 일어나면 유독 그러한 시선에만 집중하는 우리 문학의 풍토는 한 번쯤 반성되어야 하지 않을까요. 우리 문학은 대체로 심오한 철학적 인식, 형이상학적 깊이, 세계사적 보편성, 인간의 영원한 본질에 대한 정치한 인식 등의 요소들이 절대적으로 부족하다고 생각합니다. 이러한 우리 문학의 약점들이 극복될 때 우리 문학은 비로소 세계사적 보편성을 획득하게 될 것입니다.

우찬제 외로움과 그리움을 극복하려고 문학을 했는데 더 외로워지고 더 그리워진다는 이 역설, 바로 이것이 낭만적 예술가의 숙명이 아닌가 생각합니다. 보들레르의 유명한 시 「알바트로스」에 나오는 지상에 유폐된 시인의 이미지 같기도 하고요. 아까 사리포구에 갔을 때, 그 폐허 같은 황량한 모습을 보면서 작가 윤후명이야말로 날개 꺾인 알바트로스의 숙명을 온몸으로 붙안고 살며 문학하는 이 땅의 드문 낭만적 예술가가 아닐까 생각해보았습니다.

윤후명 글쎄요. 결과적으로 그렇게 된 것 같습니다. 그러나 저만 그런 것은 아닐 텐데, 이상하게 제가 약한가 봐요.

우찬제 아까 말씀하신 역장의 얘기에서도 느낄 수 있듯이 선생님의 소설에서는 있는 현실을 알면서도, 그리고 자기가 추구하는 것이 없다는 것을 잘 알면서도 그것을 찾아가는 낭만적 삶의 태도가 보이는데…… 구체적 삶의 현실과 거리를 두는 태도에 대해서는 어떻게 생각하시는지요.

윤후명 현실적인 삶 자체도 물론 중요하겠는데, 그것보다 저는 본원적인 것을 더 좋아합니다. 어차피 죽게 되어 있는데 본질적인 것을 추구해야 되지 않겠습니까? 우리 문학이 그 본원적인 것에 충실할 수 있었으면 합니다. 문학이 시대상을 반영한다는 말이 있지만, 그걸 무작정 반대하자는 건 아닙니다. 다만 시시콜콜한 얘기만 하고 삶의 원동력 부분을 등한시하면 곤란하다는 것입니다. 탄탄한 철학적 인식이 필요해요. 그게 없으면 우리나라 문학의 전망이 어둡다고 봅니다. 원초적인 삶을 어떻게 아름다워지게 하느냐 하는 것이 문학의 본령 아니겠습니까.

본원적 형이상학과 시대정신

우찬제 문학이 원초적인 삶에 대한 탐구라고 한다면 근원적인 인간학일 텐데요. 원초적인 삶에 비추어 볼 때 미분화되고 잡다한 일상적 삶의 의미는 무엇일까요? 선생님께서 가지고 계신 원초적 삶이란 기본으로 볼 때 일상적인 삶의 모습은 어떻게 보이고 판단되는 것인지요? 실제로 선생님께서 소설을 써가는 데 있어 이것은 상당히 중요한 기준이 될 것 같은데요.

윤후명 본원적 삶이란 늘 일상적 삶을 확인하는 기준이 되겠지요. 나날의 현상에 끌려가지 않고 존재의 근원으로부터 해석하고자 노력할 따름입니다.

우찬제 물론 좋은 말씀입니다. 그러나 일면 오해의 소지도 없진 않군요. 가령 구체적이고 일상적인 삶의 모습들이 근원적인 삶으로 환원되는 경향을 띤다면, 이 경우에는 구체적인 삶 부분에 대해 작가의 시선이 소홀해질 수도 있지 않겠습니까?

윤후명 소홀히 하자는 게 아니고요. 제 자신이 좀 형이상학적인 경향이 있어요. 제 소설의 경우 등장인물이나 사상事象은 제가 얘기하고자 하는 것의 소도구예요. 그러고 보니 제 소설이 좀 관념적이긴 합니다. 그러나 전 그걸 좋아해요. 그런데 저도 나름대로 타협을 하고 있지요. 너무 개개의 삶을 이야기하는 사람들이 많기 때문이기도 하지요. 저도 노력하겠지만 누가 본격적인 관념소설을 쓰는 사람이 제대로 나와줬으면 합니다. 문학 하는 이들이 누구나 다 똑같은 이야기를 되풀이할 필요는 없지 않겠습니까? 다양한 정신, 탄력적인 긴장이 필요합니다.

우찬제 그렇다면 말입니다. 본원적인 형이상학과 당대의 시대정신이 유리되는 것은 결코 아닐 텐데요. 선생님께서는 시대정신에 대해 어떻게 생각하고 계십니까?

윤후명 시대정신을 개개인의 삶에서 파악하는 사람들이 있는데, 제 경우는 너무 한 사람의 시대정신 자체를 앞세우면 안 된다고 생각하는 편입니다. 제 작품을 예를 들어 좀 뭣합니다만, 준비 중인 소설에 「너의 귀, 나의 귀」라는 한 챕터가 있는데요. 광주와 아무런 직접적인 관련이 없음에도 불구하고 그 사건 때문에 미쳐서 귀를 자른 사람의 이야기지요. 그런데 그걸 광주 이야기라고 한 사람은 아무도 없습니다. 왜 광주 이야기가 아닙니까? 그것이 온 나라의 이야기라면 직접 고통받는 사람 못지않게, 그 엄청난 폭력과는 직접 관계가 없는 사람임에도 불구하고 그 폭력 증후군에 시달린 나머지 귀를 자른 사람의 얘기도 분명 거기에 속할 수 있다고 보는 것입니다. 그래서 제가 파악하는 것은 시대에 앞장서서 깃발을 들고 나서는 사람도 있고 그 뒤에서 고통받는 사람도 있는데, 문학이 꼭 앞의 경우만 그린다면 획일성에 빠지고 마는 결과가 된다는 것입니다.

권성우 사실 우리 문학이 서구문학과 비교해 볼 때 형이상학적 상상력이나 철학적 인식, 인간의 본질에 대한 깊이 있는 이해가 부족한 것은 분명한 것 같습니다. 그러나 뒤집어 생각해보면 가시적인 역사적 현실의 문학적 형상화를 중시하는 우리 문학의 성격은 극복되어야 할 한계라기보다는 우리 문학의 특수성이 아닐까요. 흔히 하는 말이지만 가장 민족적인 것이 가장 세계적인 것이라고 생각할 수도 있을 것입니다. 90년대 들어와서 통일전선 문제를 중심으로 하는 민족문학론이 지속적으로 전개되는 것은 이러한 우리 문학의 특수성에서 연유하는 것으로 보입니다. 그리고 좀 더 근본적으로 말한다면 세계사적 보편성이나 인간의 영원한 본질 같은 것들이 과연 존재하기나 하는 것인지, 해체주의자들에 의하면 그러한 항목이야말로 우리를 지금까지 억압해온 이성 중심의 형이상학적 전체라고 보는데 말입니다.

윤후명 저의 말은 민족문학이나 노동문학이 불필요하다는 이야기는 절대 아닙니다. 그러한 문학도 물론 있어야겠지요. 다만 우리 문학의 균형 감각이라는 면에서 봤을 때, 현재의 우리 문학은 너무

나도 표피적인 사건의 흐름에 치중하는 것이 아닌가 해서 드리는 말씀입니다. 정치적 사건을 형상화하더라도 그것이 인간의 본질이라는 문제와 연결될 때 진정으로 훌륭한 문학이 아닐까요.

실험과 실험 정신이 담긴 문학

권성우 저희가 선생님과 만나 이야기하게 된 것은 선생님의 문학 세계가 가지는 독특한 의미망 때문입니다. 말하자면 선생님의 소설은 80년대 소설 문학의 커다란 대세라고 할 수 있는 리얼리즘에서 상당히 벗어나 있으며, 또한 소설의 형식이나 내용 면에서 우리 소설 문학의 주도적 전통과는 커다란 거리를 지니고 있는 것으로 생각됩니다. 이러한 측면이 작용해서 그런지 모르겠지만 선생님의 문학 세계는 그 중요성에 비해서 별다른 주목을 받지 못한 것으로 파악됩니다. 이러한 의미에서 오늘의 좌담은 오늘날 문학적 지형도에서 윤후명 문학의 고유한 의미를 파악하는 작업의 일환이 될 것이라고 봅니다. 그렇다면 선생님 자신께서는 선생님의 독특한 소설 세계에 대해서 어떻게 생각하고 계신지요.

윤후명 저로서는 우리 소설이 지금보다 훨씬 실험적이고 파격적이어야 한다고 생각합니다. 지금은 유명무실해졌지만 옛날에 저도 관여했던 '작가' 동인 중의 한 사람이 언젠가 저의 소설이 정통 소설의 기율에서 벗어났다고 비판한 적이 있습니다. 하지만 저로서는 이러한 시각은 좀 편협한 사고의 소지가 아닌가 생각됩니다. 소설이란 무엇입니까? 인간의 정신을 그대로 표현한 것이 소설이라면 그 방법론에는 여러 형태가 존재할 수 있다고 생각합니다. 다양하고 복합적인 삶의 모습을 형상화하는 방법이 어떻게 한 가지만 존재할 수 있겠습니까? 기존의 문법 체계에 기계적으로 얽매이지 말고 작가의 자유로운 상상력을 한껏 발휘하는 것이 우리 문학에서 절실히 필요하다고 생각합니다. 저의 문학은 이러한 문제의식에서 보면 사실 과도기적인 단계에 불과하지요. 우리 문학은, 이를테면 이인성 씨가 시도한 일련의 작업보다 훨씬 더 나아가야 한다고 생각합니다.

우찬제 그러면 그러한 것이 실험적인 작업이라고 할 때, 그것이 무엇을 위한 어떤 실험인지, 그리고 선생님께서 생각하시는 실험정신은 무엇인지에 관해서 자세히 말씀해주셨으면 합니다.

윤후명 실험적이라고 할 때 우선 그것은 정신 실험일 것입니다. 실험은 우리 삶의 양태 중에 여러 가지로 나타날 수 있겠는데, 안타까운 것은 하나의 줄기에 의존하려는 경향입니다. 실험은 그래서는 안 됩니다. 어떤 사건이나 사상事象을 한 줄기로 얘기해서는 파악이 안 되리라고 생각합니다. 그러니까 앞 뒤 옆 위 등 다면적으로 관찰해야 형상이 올곧게 보인다는 것이지요. 물론 그렇게 하기가 어렵지만 문학도 궁극적으로는 그렇게 되도록 노력해야 할 겁니다. 다른 말로 하면 문학이 좀 더 어려워져야 되겠다는 것이지요. 상황과 맥락에 맞게 정확하게 포착하는 것이 실험적이라는 것인데, 고착된 문학이 아니라 움직이는 문학을 추구해 형상을 포괄적으로 나타낼 수 있어야 한다는 이야기입니다. 물론 어려운 소립니다. 저 자신 역시 막막하고요.

우찬제 실험 과정을 좀 나누어 생각해보죠. 지금 말씀 중에 좀 어려워져야 되겠다는 것은 소설이 읽힐 때나 또는 쓰는 과정에서의 문제일 테고요. 대상을 하나로만 보지 말고 여러 줄기로 보자는 것은 관찰 과정의 문제일 텐데요.

윤후명 어떤 일이 발생했을 때 대개는 어떤 하나의 이유를 제시하지요. 그래야 독자들에게 선명하게 다가갈 거고요. 그런데 그게 사실은 오늘날 같은 복잡다기한 사회 속에서는 불가능한 것이지요. 한 사건이 일어나는 데는 복잡한 인과관계가 뒤얽혀 있는 것 아니겠습니까. 소설도 이걸 다양하게 표현해서 인간의 삶을 포착해야 한다는 것이지요. 때문에 실험 정신이 중요한 것일 테고요.

우찬제 사물을 보되 외줄기로 보지 말고 여러 줄기로 다양하고 포괄적으로 인식해야 한다, 이른바 맥락의 구체적 인과관계를 십분 고려하여 그 실상에 도달해야 한다는 말씀인데요. 이는 자칫 앞에서 말씀하신 바, 근원적인 인식의 프리즘과는 상충될 수도 있다고 생각합니다. 왜냐하면 선생님께서 지향하시는 근원적인 민족 심상이나 우주관이 상당한 환원력으로 작용할 수도 있겠기 때문입니다.

윤후명 그런데 그것과는 좀 다르다고 생각합니다. 소멸과 생성 등 우주관은 대원칙이고요. 하나의 현상을 관찰하는 것은 거기서 무수히 움직이는 개체들이지요. 대원칙은 변할 수 없는 것입니다.

환상적 세계에 대한 동경과 희원

권성우 선생님의 소설을 읽다 보면 여러 가지 환상적인 이미지가 곳곳에서 돌출하고 있다는 것을 느끼게 됩니다. 예컨대 푸른 연꽃이나 푸른 그림자, 별 등의 이미지가 등장하는데, 과연 그러한 이미지들은 무엇을 표상하는 것입니까?

윤후명 푸른 연꽃이라는 것은 불교적인 이미지의 일종인데, 사실 푸른 연꽃이라는 실체적인 존재는 없습니다.

옛날 신라시대에 푸른 연꽃을 찾아다닌 두 왕자가 있었다고 하는데, 결국 그 왕자들은 푸른 연꽃을 찾아내어 그 자리에 청련사靑蓮寺라는 절을 지었다고 합니다. 하지만 지금은 그곳이 어디에 있는지 모르고 다만 전설로 채색되어 전해질 따름입니다. 저도 한때 청련사와 푸른 연꽃을 찾아다닌 적이 있었는데, 결국 찾지 못하고 말았습니다. 백련사白蓮寺라는 절은 찾을 수 있었는데……. 다른 이미지들은 아마 푸른 연꽃의 연장으로 보아도 좋을 것입니다.

권성우 마치 노발리스의 「파란 꽃」을 연상시키는 대목이군요. 말씀을 듣고 보니 이제 선생님의 문학 세계의 본질을 알 듯합니다. 말하자면 이 세상에 실제로 존재하지 않는 환상적인 세계에 대한 동경과 희원이 윤후명 소설 문학의 뼈대가 아닐까 합니다. 그러한 의미에서 선생님은 현대 산업사회에서 고독하게 환상을 지니며 살아가는 낭만적 예술가의 초상이라고 할 수 있겠군요.

윤후명 대체로 적절한 지적이라고 생각됩니다. 저에게는 환상이야말로 예술적 창조의 중요한 원동력입니다.

우찬제 선생님 소설에는 또한 민담적 소재가 많이 등장합니다. 「높새의 집」에 나오는 처녀를 물어 간 호랑이 사위 이야기라든가, 「둔황의 사랑」에서 처녀가 죽은 뒤로 마을 사람들이 새해가 돌아오면 나무로 제각기 남근을 깎아 당나무에 매달아 처녀의 넋을 위로한다는 이야기 같은 것 말입니다. 지금까지의 말씀에 비춰 보건대 단순히 옛것에 대한 향수라기보다는 근원적인 민족 심상에로 다가가려는 의도인 것 같은데요…….

윤후명 그것도 일종의 문학적 소도구인데요. 소도구를 통해서 승화시켜보자는 것이지요. 서양 소설의 경우도 신화를 차용해 현실 문제를 풀어보려는 노력이 많잖아요. 저도 우리 신화나 민담을 통해 오늘의 혼돈상을 파헤쳐 보자는 생각을 한 것입니다. 지금 쓰고 있는 소설에서 솟대 이야기 같은 것도 하고 있는데 그것도 그런 것입니다. 상실된 원형을 회복하기 위한 몸부림일 수도 있겠지요.

우찬제 제임스 조이스가 대표적인 경우일 수 있지요.

윤후명 그런데 말이에요. 우리가 자꾸 외국 신화를 끌어들이려는 경향이 있는데 그건 잘못입니다. 신화 얘기는 아니라도 가령 단순한 예로 '빵보다 자유를 달라'라는 표현을 쓰는데, 무슨 빵입니까? 밥이지. 한 단어에 불과하지만 우리 것에 대한 정확한 이해와 사용 내지 원형 회복이 필요하다고 생각합니다.

문화적 발상의 구체화 과정

우찬제 한 가지 더 궁금한 게 있는데요. 선생님의 문학적 발상법뿐만 아니라 그 발상의 구체화 과정입니다. 신화나 전설 등 민담을 소설에 도입한다고 하더라도 그것이 소재의 차원인지, 주제의 차원인지, 상징의 차원인지, 또 다른 어떤 차원인지—선생님께서 아직 다 보여주시진 않았다고 하더라도 의도하고 있는—선생님의 서사 전략을 말씀해주셨으면 합니다.

윤후명 상징은 힘들 테고요. 「모든 별들은 음악 소리를 낸다」에 별들이 나옵니다. 물론 서양 별들이 많이 나오지요. 그러나 일부러 동양 별을 집어넣었습니다. 소박한 문학 이론인데, 그런 걸 한 구절 실천함으로써 우리 문학이 당당한 세계문학이 되지 않겠느냐는 욕심을 가지고 있습니다. 가령 단군만 해도 그렇습니다. 단군은 우리의 신화이자 곧 세계의 신화입니다. 이것이 그리스신화보다 못지않다는 것을 알려야 된다고 봅니다.

우찬제 그런 데 대한 특별한 관심과 고향 체험과는 어떤 관련이 있습니까?

윤후명 제 고향은 상당히 종교적이었습니다. 천주교 전파가 잘 안 될 정도로 민속신앙이 뿌리 깊은 곳이었지요. 거기에 많은 영향이 있었을 겁니다. 물론 자라면서 외래 종교와 접목되긴 했지만 선조들로부터 물려받은 인자들은 계속 잠재하고 있었지요. 또 서양 공부를 더 많이 하면서 오히려 우리 것에 대한 관심이 높아지게 되었고요. 원래 그런 거 아닙니까.

권성우 선생님의 소설은 대개 남녀의 사랑 이야기가 중요한 스토리 라인으로 구성되고 있습니다. 이러한 점은 가장 최근의 작품들에서도 고스란히 적용되고 있는데요. 과연 사랑이란 무엇이라고 생각하십니까? 그리고 남녀 간의 사랑을 작품 속에 그토록 많이 등장시키는 이유도 가지고 계신지요.

윤후명 이성 간의 '사랑'이야말로 우리가 인생을 영위함에 있어서 가장 소중한 것이라고 생각합니다. 이 문제에 대하여 고민해보지 않은 사람은 아마도 거의 없을 것입니다. 좀 거창하게 말한다면 이성 간의 사랑이야말로 인류가 지금까지 번영해온 원동력이 아닐까요. 그런데 요사이는 이상하게도 남녀 간의 사랑을 경시하고 천박하게 여기는 풍조가 팽배해 있는 것 같습니다. 우리 고전문학을 보면 고려 때까지는 속요라는 형식을 통해 남녀의 사랑에 관하여 진솔하게 읊었다고 생각되는데, 그 이후로는 유교의 영향으로 성과 남녀 간의 사랑의 문제가 끊임없이 억압되어왔다고 생각합니다. 저에게 있어서 이성, 즉 여성은 이 우주를 표현하기 위한 소도구라고 할 수 있을 것인데, 여성을 통해서 우주를 본다는 것이니까 소도구치곤 매우 엄청난 것이지요. 저보고 많은 사람이 왜 남녀 문제만 다루느냐고 말하는데 실은 남녀 문제에만 국한된 것은 아닙니다. 실질적으로는 음양의 이야기지요. 제 사상을 표현하는 프리즘이 바로 여성입니다.

우찬제 여성이 세계를 보는 프리즘이라고 했을 때 선생님 소설에 자주 등장하는 바다 이미지와 함께 생각해볼 만합니다. 고향 바다를 자주 이야기하시면서 '고향 바다는 끊임없이 나를 자유롭게 한다. 자유롭게 하는 하나의 모태이다'라고 쓰셨지요. 어쨌거나 바다의 이미지와 여성의 이미지는 근원적인 정서와 상상력의 공간으로서 중요한 몫을 차지하는 것 같습니다.

윤후명 그렇게 볼 수도 있겠지요.

원작의 구조 변형 문제

권성우 그러면 이제 작품 내적인 문제와 관계하여 질문을 드려볼까 합니다. 선생님께서는 이미 발표하신 단편소설을 묶어서 새로운 중편소설로 만든 경우가 있지요. 예컨대 「둔황의 사랑」과 「모든 별들은 음악 소리를 낸다」가 그 대표적인 실례라고 하겠습니다. 이러한 방법을 작가의 독특한 개성으로 보면서 긍정적인 시선을 던질 수도 있겠고, 원작이 이미 발표된 이상 그것의 구조를 변형시키는 것은 원작의 의미를 손상시키는 것이라는 부정적인 시선도 존재할 수 있다고 생각되는데, 과연 그러한 변개를 감행하는 특별한 이유라도 존재합니까?

윤후명 이따금씩 저를 찾아오는 사람들이 그러한 질문을 많이 합니다. 짧고 단아한 단편이 더욱 예술적인 완성도가 높은 것 같은데, 무엇 때문에 그러한 단편들을 묶어서 새로운 중편 혹은 장편을 만드느냐 하는 질문이지요. 굳이 그 이유를 말하자면 대체로 두 가지로 설명될 수 있겠습니다. 저의 사유 구조 자체가 시적이어서 그런지는 모르겠지만 대체로 산문도 짧은 글을 많이 썼습니다. 그래서 소설가로 등단한 이후에는 어떻게 하면 글을 길게 쓸 수 있을까 하고 많이 생각을 했었습니다. 그런 결과로 짧은 소설들을 함께 묶게 된 것 같습니다. 그리고 또 다른 하나는 주제상의 이유입니다. 소설을 쓰다 보면 비슷한 내용의 것들을 자주 쓰게 되지요. 그래서 제재나 주제가 비슷한 작품들의 경우 합치는 것이 오히려 좋겠다는 생각이 들어서 중편이나 장편으로 만들게 되는 것입니다.

권성우 단편소설을 합쳐서 중편소설로 만들었다는 사실 자체로서는 폄하될 것도 아니고 높이 평가될 것도 아니겠지요. 다만 작품에 따라서 그러한 변개가 긍정적으로 작용하는 경우도 있고 부정적으로 작용하는 경우도 있는 것 같습니다. 좀 더 구체적으로 말하면 「둔황의 사랑」 같은 경우는 상당히 성공적이라는 평이 지배적이고 「모든 별들은 음악 소리를 낸다」 같은 경우는 산만하게 구성되지 않았나 생각됩니다. 기왕 이러한 이색적인 방법론을 고집하신다면 그것을 윤후명 문학의 특유한 창작방법론으로 확실하게 밀고 나갈 수도 있을 것입니다. 말하자면 선생님 나름대로의 실험적인 형식을 창조한다는 의미이지요. 혹시 외국 소설가 중에서 선생님이 문학적 스승으로 삼고 있는 작가나 기법적 측면에서 영향 받은 작가는 없으신지요?

윤후명 주로 앙티로망이나 누보로망 계열의 작가들, 그리고 의식의 흐름을 추구했던 일련의 작가들에게 깊은 영향을 받았을 뿐만 아니라 그들의 문학 세계를 무척이나 좋아합니다. 그렇지만 이러한 계열의 작가들이 아직 우리나라 소설가들에게는 잘 받아들여지지 않는 것 같군요. 그리하여 그러한 문학적 기법을 제가 어떻게 우리 문학에 창조적으로 적용시키는가의 문제가 앞으로의 지난한 과제라고 할 수 있겠죠.

우찬제 논의를 잠시 딴 데로 돌려보겠습니다. 선생님께서 어디선가 '세계관과 우주관이 문제'라고 하셨는데, 삶을 통해서라든가 문학을 통해서 우리가 궁극적으로 추구해야 할 세계관이나 우주관은 어떠해야 한다고 상정하고 계십니까?

윤후명 세계를 아름답게 만들어야 하는 것이지요. 그러지 않고서는 우리가 처음부터 성립될 수도 없겠지요.

우찬제 그러면 어떠한 세계가 아름답고 평화로운 세계라고 생각하십니까?

윤후명 무엇이든 긍정적으로 사유하고 아름답게 보려는 마음이 선행되어야 합니다. 세계를 파괴하려고 해서는 안 된다고 생각합니다.

우찬제 우리가 생각하는 아름다운 세계, 아름다운 사람이 사는 세계가 궁극적으로 있다고 전제할 때 거기로 향하는 길은 여러 가지가 있다고 생각합니다. 가령 흙탕물이 있을 때 흙탕물은 흙탕물 자체로서도 유효하지만 그것은 일차적으로 맑아지기를 소망하지 않을까요. 흙탕물이 맑아지기를 바랄 때 어느 경우는 그냥 자연 상태로 두어서 가라앉혀 맑게 하고, 다른 경우는 막대로 젓는다든가 하는 인위적인 작용으로써 빨리 가라앉게 하여 맑아지게 하는 방법이 있을 것인데, 정화된 물, 곧 정수를 우리가 갈망할 경우 선생님께서는 어떠한 방법이 바람직하다고 보십니까.

윤후명 글쎄요. 저는 그보다 먼저 아주 맑은 물은 존재하지 않는다고 생각되는데요.

시정신과 산문정신

권성우 선생님이 1967년 〈경향신문〉 신춘문예에 시가 당선되고 『명궁名弓』이라는 제목의 첫 시집을 발간한 것은 그로부터 10년 후인 1977년이었다고 기억합니다. 그렇다면 10년 동안이나 써오던 시를 그만두고 다시금 소설을 쓰시게 된 연유는 무엇입니까?

윤후명 사실 저는 문학청년 시절인 고등학교 때부터 시와 소설을 같이 써왔습니다. 그러다가 결국 문인이 되기로 작정하고부터 시에 주력해왔지요. 왜냐하면 지금은 그렇지 않지만, 그 당시만 해도 시와 소설을 같이 하는 경우가 거의 없었어요. 문단의 전체적인 분위기가 무척이나 고루했기 때문에 저도 결국은 하나를 선택할 수밖에 없었습니다. 그래서 대학에 들어온 이후에는 시에 전력을 기울여 결국 신춘문예에 당선되었던 거지요. 그렇지만 소설을 전혀 안 쓴 것은 아닙니다. 발표는 안 했지만 가끔 소설을 써보곤 했습니다. 1977년 등단 10년 만에 시집을 내니, 무척이나 허탈하고 갈증이 심하더군요. 다음 시집의 돌파구를 열어야 한다는 심리적 부담감, 가정적으로 불행한 일 등이 겹쳐서 과거를 송두리째 버리고 싶다는 생각이 들더군요. 그 방황의 결론은 결국 청춘의 오랜 시간을 바쳐온 원고지 앞에 다시 서는 수밖에 없다는 것이었습니다. 1979년 한국일보 신춘문예에 「산역山役」이 당선되어 소설을 써왔는데, 89년부터는 시와 소설을 함께 쓰고 있습니다. 결과적으로 중간의 방황 2년을 제외하면 시를 10년, 소설도 10년을 써온 셈인데, 앞으로는 물론 시와 소설을 함께 써볼 작정입니다.

우찬제 시 10년, 소설 10년, 그리고 이제 시, 소설 동시 창작…… 그렇게 되었군요. 선생님 글의 정신이 바로 시정신이라고 하신 적이 있습니다. '시정신이야말로 문학뿐만 아니라 모든 예술, 나아가 인생에 있어서도 근본 바탕'이 되어야 한다는 믿음 아래 '투철한 산문정신이라는 것도 실상은 시정신에 바탕을 두지 않으면 무미건조 내지는 무지막지한 글을 쓰자는 주장으로 전락해버릴 우려가 많다'고 말씀하셨는데 이 부분에 대해 더 부연해주셨으면 합니다.

윤후명 남들이 저한테 저 사람은 시를 소설처럼 쓰고, 소설을 시처럼 쓴다고 흔히 얘기하고 있지요. 제 소설에 '시적'이라는 형용사가 자주 붙기도 하고요. 어떤 의미에서 받아들여지기도 하는데, 사실상 그 방법론에서는 다르겠지요. 마치 추상과 구상의 거리만큼이나 말입니다. 저는 소설을 쓰면서 종종 시에 대한 열정이나 욕망을 나타내기도 합니다. 제 소설이 시 같다고 했을 때는 제 소설 자체의 특성보다도 우리나라의 소설들이 많은 경우 고지식한 틀에 얽매여 있기 때문에 그렇게 보이는 게 아닌가 생각합니다. 처음 소설을 쓸 때 가졌던 막연한 생각이 재래식 소설과는 다르게 써야겠다는 것이었거든요. 영매靈媒의 오향奧香을 뿜고 있는 시 세계의 비의秘意를 염두에 두었던 것입니다. 그러나 소설을 쓰는 과정에서 시적 요소를 특별히 강조하는 것은 아닙니다.

권성우 시를 오랫동안 써오셔서 그런지 모르겠지만 선생님의 소설 문체는 시적인 미문체로 정평이 나 있는 것 같습니다. 특히 문체에 대해서 신경을 많이 쓰시는지요?

윤후명 고등학교 3학년 때 미문 취향의 산문으로 학원문학상 산문부에 입선한 경력이 있으니, 문체에 꽤 신경을 쓰는 편이라고 할 수 있겠습니다.

'사소설'과 '나소설'

권성우 모든 소설가가 그러하겠지만, 선생님께서도 선생님 자신의 자전적 이야기들을 소설 속에 상당 부분 수용하고 있다고 생각됩니다. 선생님의 작품이 아름다운 수필의 분위기를 띠고 있는 것도 이러한 측면과 연관되는 것 같군요. 평론가 이동하 씨는 선생님의 작품 세계가 일본의 사소설私小說과 흡사한 형태를 지니고 있다고 지적한 적이 있었는데, 과연 선생님의 소설에서는 실제 체험이라고 할 수 있는 부분들이 어느 정도 개입되어 있는지요?

윤후명 굳이 비율로 말하자면 절반에 좀 못 미칠 것입니다. 이 기회에 언급하고 싶은 것은 사소설에 관한 것입니다. 저의 소설을 사소설이라고 부르기도 하는 모양입니다. 왜 그렇게 부르는지 모르겠어요. 물론 일본어로 사소설이라고 하지만 저는 우리 식으로 말해서 '나'소설이라고 해야 된다고 생각합니다. 개인 소설이란 결국 '나소설'이 아닐까요.

우찬제 '사소설'을 '나소설'이라고 하시는 데는 상당한 근거가 있다고 생각합니다. 독일의 이히로만Ich-Roman의 경우, 자아의 확립이 분명했던 독일 정신사에 바탕을 둔 것이었지요. 그 기저에서 우리는 확실한 사고의 기반으로 자아라는 실체를 강조한 데카르트를 떠올릴 수 있습니다. 일본의 경우 사소설은 다이쇼大正기의 독특한 문단 분위기 속에서 작가의 자세가 강조되면서 풍미했던 장르로 알고 있습니다. '나'에 대한 관념이 비교적 부족했던 우리의 경우는 신변소설로 전락할 우려가 많은 장르였습니다.

선생님께서 고집스럽게 일인칭소설을 쓰시는 데에는 선생님 특유의 '나'에 대한 인식 혹은 인식하는 힘이 중요하게 작용하는 것 같습니다. 일인칭소설을 주로 쓰시는 것은 대단히 중요하고 또 매우 정직한 태도일 수 있습니다. 그러나 한편으로 지나치게 자기중심적인 세계 관찰과 해석 및 문학적 변용일 수 있는 함정이 도사리고 있다는 사실도 꼬집어볼 만합니다. 혹시 선생님께서 삼인칭을 기피하고 일인칭을 고집하시는 것에는 타자에 대한 관찰 및 이해의 부족 내지는 구체적 사실에 대한 전면적 체험의 부족 등에도 원인이 있는 것이 아닐까요?

윤후명 그렇게 지적할 수도 있겠지요. 사실 제가 다른 사람에 대해서 별로 자신이 없어요. 전지적 시점이라고 하나요. 실제로 삼인칭 소설을 써보니까 제가 추구하는 것을 제대로 나타내기가 어려웠어요. 그래서 '나'라는 것을 바탕으로 세계를 관찰해보자는 소박한 생각으로 그렇게 하고 있지요. 실제로 '나'소설이라는 게 세계적으로 그렇게 편시될 게 아니잖아요. 일인칭소설로 된 대작이 얼마나 많습니까? 가령 『백경』 같은 작품도 있고, 일인칭이 삼인칭보다 떨어진다는 생각은 버려야 합니다. 일인칭은 앞으로도 더 많이 쓰여야 합니다.

우찬제 일인칭이 삼인칭보다 못하다는 것은 아닙니다. 단지 지나치게 '나'에 얽매일 때 세계상이 왜곡될 수도 있다는 사실을 경계하자는 것이지요.

윤후명 수법이 미숙할 때 그렇겠지요. 가령 엇갈림 서술, 즉 주인공의 말과 화자와 작가의 말이 엇갈림 속에서 분명한 조합을 이룰 수 있을 때는 충분히 승화시킬 수 있는 것입니다. 독자들에게 감동적으로 검증될 수도 있겠고요. 아직 우리나라에서는 미개척 분야일 수 있겠지만…….

문학의 진정한 존재 이유

권성우 이제 선생님 문학의 세계관에 관한 이야기를 하지 않을 수 없을 것 같군요. 저 개인적으로는 80년대 우리 문학의 가장 중대한 흐름이 이른바 민중문학, 노동문학, 운동문학의 발흥이라고 생각합니다. 물론 이러한 문학만 중요하다고 할 수는 없겠지만 이러한 일련의 흐름이 일구어놓은 풍부한 성과는 쉽게 부정되지 못할 것입니다. 이에 따라서 이른바 민족문학 논쟁도 본격적으로 전개되었지요. 그런데 주목할 것은 수많은 진보적인 비평가들이 가장 타기할 문학적 경향으로 비판한 것이 소위 신비주의나 허무주의 계열의 작품이었습니다. 이렇게 보면 선생님의 문학 세계야말로 민족문학 진영에서 보면 집중적인 비판의 대상이 될 것이라고 생각되는데, 이와 관련하여 어떤 심리적 부담감 같은 것은 없으셨는지요.

윤후명 저로서는 우선 민족문학이나 민중문학, 참여문학 같은 용어를 사용하고 싶지 않습니다. 문학은 그냥 문학일 뿐입니다. 그리고 허무주의나 신비주의는 인간에 기본적으로 내재해 있는 원초적인 성향이 아닐까요. 저는 허무주의도 인간의 문화에서 일정하게 필요한 부분이라고 생각합니다. 요사이 지적 경향을 보면 허무주의가 너무나도 쉽게 매도된다는 생각을 하게 됩니다. 허무주의, 회의주의, 신비주의, 심지어는 퇴폐주의까지도 일정 부분 필요하다고 생각합니다. 허무주의가 아무 일도 하지 않고 무위도식하는 것이라고 생각하는 사람들이 있는데, 이미 글을 쓴다는 것 자체가 사르트르 식으로 말한다면 이 세상에 대한 일종의 참여이지요. 그리고 저의 경우 이른바 민족문학에 대한 부담감은 전혀 없습니다. 민족문학도 물론 필요하겠지요. 그러나 모든 사람이 그 길을 선택할 수는 없는 것 아니겠습니까. 문학과 예술은 무엇보다도 가치의 상대성을 인정하는 것이 중요합니다. 일부 과격한 민중문학 이론가들의 논리는 비유컨대, 쌀농사를 짓는 사람이 꽃 재배하는 사람을 비판하는 것에 다름 아닌 것입니다. 문학의 본질과 관련하여 저는 불문학자 김붕구 선생의 고백을 잊을 수가 없습니다. 선생은 일제시대에 학병 체험이 있는 분인데, 물론 일본을 위해서가 아니라 그 자신의 생존을 위해서 총을 들고서 싸울 수밖에 없었다고 합니다. 그런데 대장이 싸우라고 해도 결코 싸우고 싶지 않았는데, 참호에서 보들레르의 퇴폐적이라고까지 할 그 시들을 읽은 후에는 무작정 살고 싶어서 열심히 싸우게 되었다고 합니다. 문학이 그분으로 하여금 원초적인 생명력과 삶에 대한 열정을 불러일으킨 것이죠. 과연 어떠한 것이 이러한 역할을 할 수 있겠습니까. 이것이 바로 문학의 진정한 존재 이유인 것입니다.

권성우 무척이나 감동적인 이야기입니다. 다만 저는 이러한 말씀을 드리고 싶습니다. 선생님이 적극적으로 주장하신 가치의 상대성, 혹은 사상의 등가성을 인정하는 의미에서 선생님이나 저의 문학관 역시 상대적인 차원에 놓인다는 것이지요. 고리키의 『어머니』를 읽고서 얼마나 많은 사람들의 운명이 뒤바뀌었겠습니까. 이것 역시 지극히 감동적인 부분이지요. 이러한 의미에서 선생님은 앞으로 어떤 작품을 쓰고 싶으신지요?

윤후명 지금 쓰고 있는 소설에 대해서 몇 번 언급했습니다만, 협궤열차를 배경으로 한 어떤 사랑과 이별의 이야기를 우선 완성시켜야지요. 그리고 육이오를 시간적 배경으로 하는 사랑 이야기를 쓰고자 합니다. 여기서 육이오는 단지 시간적 배경으로 드러날 뿐이고 남녀의 사랑이 중요한 주제가 되는 그러한 소설을 쓸 것입니다. 현재 앞부분을 약 3백 매가량 써두었지요.

권성우 협궤열차 이야기에 기대를 하겠습니다. 그리고 선생님이 육이오 소설을 쓰고자 하는 이유에는 지금까지 씌어진 육이오 소설이 너무나 이데올로기와 표피적인 사건 일변도로 접근했기에, 인간의 본질과 인간의 영원성이라는 요소가 상대적으로 경시되었다는 문학사적 감각을 염두에 둔 것이라고 할 수 있겠는지요.

윤후명 그렇다고 볼 수 있겠네요. 중요한 것은 이념이 아니라 시대를 살아가는 인간의 모습이라고 생각하니까요.

문학 언어의 의미 확대에 기여

우찬제 마지막으로 정리하는 입장에서 문학이 선생님 개인에게는 어떤 문제이며, 남에게는 어떻게 남겨지기를 바라는지 여쭙고 싶습니다.

윤후명 참 어려운 질문입니다. 아까도 말했지만 개인적 구원의 방법으로 택하긴 했지만, 아직 그러질 못하고 있습니다. 영원히 주어진 형벌같이 여겨져요. 남들에게는, 단순한 재미를 준다기보다는 인생이 결국은 형벌이다, 괴로움 속에서 삶을 좀 더 깊이 살아보자고 느낄 수 있는 명제로 남았으면 합니다. 아울러 우리말과 글을 아름답고 풍요하게 하는 데 기여했으면 합니다. 그래서 하나의 말 안에 많은 의미를 담을 수 있도록 노력하려고 해요.

우찬제 한 단어 안에 담을 수 있는 의미의 용량이 크다는 것이야말로 과학 언어나 일상 언어와 구별되는 문학 언어의 특성일 것입니다.

윤후명 동감합니다.

우찬제 구체적으로 선생님께서 문학 언어를 가꾸고 창조해나가는 특별한 비의라고 있으면 말씀해주시지요.

윤후명 제가 시를 써서 그런지 소설을 쓰면서도 언어 하나하나 선택하기가 어렵습니다. 다른 사람도 물론 마찬가지겠지만, 일물일어설까지는 제가 주장하지 못한다 하더라도 어떤 사물을 말할 때 가장 적합한 표현을 찾으려고 애쓰고 있지요. 김현 선배가 좋아하는 표현대로 '언어의 성감대'를 건드려보려고 노력하고 있습니다.

권성우 이제 서서히 대담을 마무리 지으면서 좀 가벼운 질문을 드려볼까 합니다. 선생님의 특별한 취미는 무엇입니까? 그리고 술을 상당히 즐기시는 것으로 알고 있는데요. 술이 선생님의 글쓰기에서 차지하는 역할은 무엇인지요?

윤후명 화초를 키우는 것이 가장 큰 취미라고 할 수 있겠네요. 지금 난초를 몇 포기 기르고 있습니다. 술은 저에게 일종의 현실도피라고 생각합니다. 글을 쓰기 전의 막막함과 두려움, 위기감을 잊기 위해서 술을 먹는데, 대체로 저는 술을 먹고 기진맥진한 상태를 겪고 나서 깨어 글을 쓰는 타입입니다. 그러나 이제 때를 보아 술을 끊으려 하고 있습니다. 다시 태어나야지요.

우찬제 술은 그 기원에서 보면 신의 세계와 인간의 세계가 공존하는 마력적인 세계일 수 있다고 합니다. '알코올alcohol'이란 단어의 어원이 아라비아어로 '생명의 본질'이란 뜻과 함께 '정신을 분리시킨다'는 뜻이 있다고 하던데요. 결국 술이 인간의 정신을 괴로운 현실로부터 벗어나게 해서 도취와 황홀의 환상세계로 들어가게 하는 것이라 할 때, 술의 환상세계 속에서 문학적 환상 창조를 하실 때도 있는지요? 마치 술 취한 소리 같긴 합니다만…….

윤후명 술은 환상을 조금 불러일으키죠. 그런데 실제로 술을 마시고 글을 쓰면 그때는 좋아 보이는데 깨어나서 보면 전혀 아닙니다. 이상하지요. 그렇게 볼 때 술이라는 게 문학에 별 도움이 안 되는 게 아닌지…….

권성우 여행은 자주 다니시는 편이십니까?

윤후명 여행은 싫어하는 편인데, 일 때문에 다니곤 해요. 가령 3년에 두 번꼴로 고향에 가게 됩니다. 또 시야도 넓히고 자기 한계도 깨달을 겸 나라 밖에도 될 수 있는 한 나가보려고 노력하고 있습니다.

우찬제 하루에 원고는 어느 정도 쓰시는지요?

윤후명 한 시간에 세 장씩 씁니다. 하루 평균 열다섯 장 정도지요. 삼십 장까지는 써볼 만합니다.

권성우 만년필로 쓰십니까?

윤후명 볼펜으로 쓰다가 최근에 만년필로 바꿨습니다. 또 볼펜으로도 쓰고요.

우찬제 퇴고는 많이 하시는 편이신지요?

윤후명 발표하기 전에는 안 하는데, 발표된 다음에는 많이 하는 편이에요.

우찬제 시간이 많이 지났는데 밖에는 아직도 계속 비가 내리고 있군요. 오늘 여러 가지로 좋은 말씀 감사합니다. 사실 작품에 관한 논의를 구체적으로 많이 했어야 했는데 그러지 못해서 유감입니다. 후일의 다른 기회로 미루기로 하지요. 이제 10년 단위에 세 번째 문학기를 맞이하신 선생님의 문학 세계가 시, 소설 공히 살아 있음의 고통 속에서 새로운 알을 깨고 나오는 아프락사스의 그것으로서 보다 각별한 의미를 지닐 수 있게 되길 빌겠습니다. 더욱 건강하십시오.

윤후명 고맙습니다. 서울로 돌아가는 길이 많이 막히지 않을까 걱정됩니다. 빗길 조심하십시오.

―이 글은 월간《문학정신》1990년 7월호(말 · 삶 · 글) 특집 대담을 전재한 것임. (정리 : 우찬제 · 권성우)

| 작가 연보 |

1946년 강원도 강릉에서 태어났다.

1967년 〈경향신문〉 신춘문예에 시 「빙하氷河의 새」가 당선됨으로써 시인으로 입신했다. 그로부터 신춘문예 당선 시인들의 모임인 '신춘시'에 작품을 발표하다가 시 동인지 《70년대》의 창간 동인으로 활동하면서 시인에의 길에 본격적으로 들어섰다.

1977년 그동안 여러 출판사들을 전전하며 써 모은 시들을 엮어 시집 『명궁名弓』을 문학과지성사에서 펴냈다. 개인적으로 문학적 성과이기도 한 이 시집은, 그러나 또한 문학적 갈증을 유발했고, 그 무렵 밀어닥친 가정사의 문제와 뒤엉켜 소설에의 길을 모색하는 계기가 되었다.

1979년 〈한국일보〉 신춘문예에 단편소설 「산역山役」이 당선됨으로써 소설가가 되었고, 이듬해에 다니던 출판사를 그만두고 소설가로서의 삶만을 살기로 결심했다.

1980년 소설 동인지 《작가》의 창간 동인이 되었다.

1983년 거제도 체류. 중편소설 「돈황敦煌의 사랑」으로 녹원문학상을 수상했고, 동명의 표제작으로 첫 소설집을 문학과지성사에서 펴냈다.

1984년 단편소설 「누란樓蘭」(뒤에 「누란의 사랑」으로 개작)으로 소설문학작품상을 수상했다.

1985년 단편소설 「엉겅퀴꽃」과 「투구게」를 중편소설 「섬」으로 개작, 한국일보문학상을 수상했다. 소설집 『부활하는 새』를 문학과지성사에서 펴냈다.

1986년 단편소설 「팔색조」(소설집에는 「새의 초상」으로 수록)가 MBC 〈베스트셀러 극장〉에서 드라마 방영됐다.

1987년 산문집 『내 빛깔 내 소리로』를 작가정신에서, 중편소설 문고 『모든 별들은 음악소리를 낸다』를 고려원에서 펴냈다.

1988년 중편소설 「높새의 집」이 국제펜대회 기념 『한국 소설집』에 번역(서지문 역), 수록되었고, 「모든 별들은 음악소리를 낸다」가 무용가 김삼진에 의해 호암아트홀에서 공연되었다.

1989년 소설집 『원숭이는 없다』를 민음사에서 펴냈다.

1990년 장편소설 『별까지 우리가』를 도서출판 둥지에서, 산문집 『이 몸 쓸 그립은 것아』를 동서문학사에서, 장편소설 『약속 없는 세대』를 세계사에서, 문학선집 『알함브라궁전의 추억』을 도서출판 나남에서 펴냈다.

1992년 장편소설 『협궤열차』를 도서출판 창에서, 장편동화 『너도밤나무 나도밤나무』와 시집 『홀로 등불을 상처 위에 켜다』를 민음사에서 펴냈다.

1993년 「돈황의 사랑」이 프랑스 출판사 악트 쉬드Actes Sud에서 번역(최윤 역)되어 나왔다.

1994년 중편소설 「별을 사랑하는 마음으로」로 현대문학상을 수상했다.

1995년 중편소설 「하얀 배」로 이상문학상을 수상했다. 한국소설가협회 기획분과위원회 위원장에 선임되었다. 연세대학교, 동국대학교 국문학과 강사(~1997년).

1997년 소설집 『여우 사냥』을 문학과지성사에서, 산문집 『곰취처럼 살고 싶다』를 민족사에서 펴냈고, 한국소설학당을 설립했다.

1998년 추계예술대학교 강사(~2000년).

1999년 단편소설 「원숭이는 없다」가 독일에서 나온 『한국 소설집』에 번역(안소현 역), 수록되었다.

2000년 민족문학작가회의 이사로 선임되었다.

2001년 추계예술대학교 문예창작과 겸임교수가 되고(~2003년), 소설집 『가장 멀리 있는 나』를 문학과지성사에서 펴냈다. 한국소설가협회 이사, PEN클럽 기획위원회 위원으로 선임되었다.

2002년 단편소설 「나비의 전설」로 이수문학상을 수상했다. 산문집 『그래도 사랑이다』를 늘푸른소나무 출판사에서 펴냈다. 중편 「여우 사냥」이 일본의 이와나미문고에서 나온 『현대한국단편선』에 번역(三枝壽勝 역), 수록되었다. 〈대한매일신보〉 명예논설위원, 연세대학교 동문회 상임이사(문화예술분과)로 위촉되었다.

2003년 산문집 『꽃』을 문학동네에서 펴냈다.

2004년 소설가협회 중앙위원이 되고, 2005년 독일 프랑크푸르트 도서박람회 주빈국(한국) 출품 도서 '한국의 책 100선'에 「돈황의 사랑」이 우리 소설 16편 중 하나로 선정되었다. 동화 『두부 도둑』을 자유지성사에서 펴냈다.

2005년 장편소설 『삼국유사 읽는 호텔』을 랜덤하우스중앙에서 펴냄과 함께 '돈황의 사랑'을 '둔황의 사랑'으로(문학과지성사), '이별의 노래'를 '무지개를 오르는 발걸음'으로(일송북) 제목을 바꾸고 여러 곳 손을 보아 다시 펴냈다. 프랑크푸르트 도서전을 계기로 독일 순회 낭송회에 참가, 본 대학과 뒤셀도르프 영화박물관에서 작품을 낭송하고 해설하는 행사를 가졌다. 『The love of Dunhuang(둔황의 사랑)』(김경년 번역)이 미국 CCC출판사에서 나왔다. 서울디지털대학교 초빙교수.

2006년 『敦煌之愛(둔황의 사랑)』(번역 왕책우)이 중국에서 나왔다. 국민대학교 문예창작대학원 겸임교수(~현재). 시와 소설 그림집 『사랑의 마음, 등불 하나』를 랜덤하우스중앙에서 펴냈다.

2007년 단편소설 「촛불 랩소디」로 제12회 현대불교문학상을 수상했다. 소설집 『새의 말을 듣다』를 문학과지성사에서 펴내고, 이 책으로 제10회 동리문학상을 수상했다.

2008년 《21세기문학》 편집위원.

2009년 중국 베이징 주중 한국문화원 개원 2주년 기념행사 '한중작가 사인회(중국작가 장편 『인민을 위해 복무하라』의 '閻連科')와 미국 LA 한인문인협회 세미나에 참가(강연)했다. 문학 그림집 『지심도, 사랑을 품다』를 펴내고(교보문고), 전시회와 낭독회(거제도)를 가졌다.

2010년 한국소설가협회 부이사장이 되고, 중국 난징(난징대학)과 타이완 타이페이(정치대학) '한국문학포럼'에 참가했다. 산문집 『나에게 꽃을 다오 시간이 흘린 눈물을 다오』를 중앙북스에서 펴냈다.

2011년 한국소설가협회 편집주간을 겸임하고, '한국작가총서 문학나무 이 한 권의 책 001' 『사랑의 방법』을 문학나무에서 펴냈다. 고등학교 국어 교과서(천재교육)에 「하얀 배」와 「모든 별들은 음악소리를 낸다」가 수록됐다. 문화예술인협의회 임진강 공동대표.

2012년 육필시집 『먼지 같은 사랑』을 지식을만드는지식에서, 시집 『쇠물닭의 책』을 서정시학에서 펴냈다. 소설 『꽃의 말을 듣다』를 문학과지성사에서 펴내고 같은 제목으로 첫 미술 개인전을 인사아트센터에서 열었다.

미술 개인전

〈꽃의 말을 듣다〉(2012, 서울 인사아트)

2인전

〈꽃, 돌, 조율〉(2012, 갤러리 두)

단체전

〈티베트의 길, 자유의 길〉(헤이리 마음등불)

〈문인 자화상〉(신세계갤러리)

〈한국의 길－제주 올레〉(제주현대미술관)

〈독도〉(전국순회전),

〈어머니〉(미술관가는길)

〈구보, 청계천을 읽다〉(청계천 광장, 부남미술관)

〈한일교류전〉(헤이리 한길아트),

〈아트로드 77〉(헤이리 리앤박갤러리),

〈이상, 그 이상을 그리다〉(교보문고, 부남미술관, 선유도)

〈조국의 산하전〉(헤이리 마음등불, 광화문 광갤러리)

〈한국, 중국, 오스트리아 교류전〉(헤이리 아트팩토리) 등 다수